WORLD OF WARCRAFT™
魔兽世界

编年史

第二卷

新星出版社 NEW STAR PRESS

WORLD OF WARCRAFT™

魔兽世界

编年史

作者

（美）克里斯 · 梅森

（美）马特 · 伯恩斯

（美）罗伯特 · 布鲁克斯

全彩插图

（美）彼得 · C. 李 等

附加插图

（美）约瑟夫 · 拉科鲁瓦

译者

刘媛

BLIZZARD ENTERTAINMENT

幻象文库

图书在版编目（CIP）数据

魔兽世界：编年史 第二卷 /（美）克里斯 · 梅森等著；刘媛译 .
—北京：新星出版社，2017.4（2017.11 重印）
ISBN 978-7-5133-0570-9
Ⅰ．①魔… Ⅱ．①克… ②刘… Ⅲ．①长篇小说－美国－现代 Ⅳ．① I712.45
中国版本图书馆 CIP 数据核字（2017）第 029493 号

幻象文库

魔兽世界：编年史 第二卷

（美）克里斯 · 梅森 等著 刘媛 译

策划编辑： 贾 骥 陈 曦
责任编辑： 陶凌寅
特约编辑： 蒋 宇 刘清远
美术编辑： 焦 丽
责任印制： 李珊珊

出版发行： 新星出版社
出 版 人： 谢 刚
社　　址： 北京市西城区车公庄大街丙3号楼 100044
网　　址： www.newstarpress.com
电　　话： 010-88310888
传　　真： 010-65270449
法律顾问： 北京市大成律师事务所

读者服务： 010-88310811 service@newstarpress.com
邮购地址： 北京市西城区车公庄大街丙 3 号楼 100044

印　　刷： 北京雅昌艺术印刷有限公司
开　　本： 635mm × 965mm 1/8
印　　张： 25.5
字　　数： 160千字
版　　次： 2017年4月第一版 2017年11月第四次印刷
书　　号： ISBN 978-7-5133-0570-9
定　　价： 192.00元

目 录

光明
神圣
纳鲁
生命
自然
荒野之神
灵魂
火
燃烧军团
邪能
混乱
翡翠梦境
水
现实
暗影之地
风
泰坦
地
凋零
亡灵
奥术
死灵
秩序
上古之神
死亡
虚空领主
暗影（虚空）
暗影

第一部分

德拉诺的厄运

第一章

原始德拉诺

第一章

原始德拉诺

碰撞的余波

宇宙的诞生，并非出自慈爱之手，而是源于光明与虚空的激烈碰撞。这两股原始力量的不断冲突，导致了一场灾难性的能量爆破。从毁灭的烈焰中，现实孕育而生，继而开始运转。

光明与虚空——这两股截然相反的能量碰撞的余波回荡在这个全新的生存界域，在这个名叫扭曲虚空的物质宇宙中涌动着。大到每一颗星辰，每一个世界，小到每一粒尘埃，无不体现着寰宇的毁灭性起源。

冲突在扭曲虚空中表现得尤为明显。这个星界位面与扭曲虚空密切相连，却又与之有着本质的区别。不稳定的魔法在扭曲虚空中泛滥成灾，使其永远处于混乱状态。

当凡间生物在宇宙中出现时，也继承了这一冲突的传统——力量、意志乃至意识形态的对抗，成为了宇宙中永恒不变的主题。

一些生活在扭曲虚空中的生物成为了秩序、希望与生命的守护者，神一般的泰坦便是这些特质的化身。他们的灵魂——即世人口中的世界之魂——会在各个不同世界的炽热核心处塑造成型。

在沉睡多年之后，巨大的泰坦们以盛大的方式觉醒——变成了活生生的世界。泰坦们在扭曲虚空中游荡，寻找并唤醒其他沉睡的同伴。在此过程中，每当他们遇到新的世界时，都会用自身无比强大的力量缔造那里的秩序。

在宇宙中存在着与泰坦相对的其他势力，包括名为虚空领主的邪恶生物。虚空领主在泰坦身上看到了极大的潜力，将他们视作可以服务于黑暗的武器。即便只有一位泰坦屈服于虚空领主的腐化之力，也足以导致整个宇宙的毁灭。

万物的终结。

虚空领主腐化泰坦的狡猾计谋屡屡以失败告终，只得采取其他策略——既然无法影响一个完全成熟的泰坦，那是否可以在他们觉醒之前下手？于是，虚空领主们便将所有恶意和黑暗图谋都用于腐化沉睡的世界之魂。他们笃信成功只是时间问题。

高贵的泰坦对虚空领主的计划一无所知。在寻找沉睡同伴时，他们也遭遇过其他的黑暗生

前页图片：埃匹希斯文明

物。这些生物集结在毁灭、混乱与死亡的旗帜之下，形态不一、语言各异，却有着共同的身份：恶魔。

恶魔起源于扭曲虚空的荒芜地带，许多都沉迷于邪能魔法之力，而这股力量的助燃剂正是生命的毁灭。恶魔们在闯入物质宇宙之后，便在泰坦塑造的有序世界中掀起浩劫。

两位泰坦挺身而出，对制造祸端的恶魔宣战，他们的名字是萨格拉斯与阿格拉玛，是全宇宙空前绝后的伟大战士。当他们在星辰间追击恶魔时，亲眼见证了许多世界挣扎在死亡边缘，整个文明化为灰烬。这些难以言说的恐怖惨景让两位泰坦坚信，自己的行为是正义之举。

可惜萨格拉斯的信念并非坚不可摧。最后，瓦解他信念的不是恶魔。

情况比那还要糟糕。

萨格拉斯的堕落

在独自追击恶魔的同时，萨格拉斯得知虚空领主腐化沉睡世界之魂的诡计，不免产生了深深的疑虑。虚空领主是否已经成功？即便还没得手，想要阻止他们也绝非易事。泰坦们不可能同时守护整个宇宙。

萨格拉斯苦心思索该如何才能制止虚空领主的恶行，最后得出一个令人不安的结论，即“存在”本身就是缺陷，要想不让虚空领主的阴谋得逞，唯有烧光所有造物。“毁灭”虽然极端，却是极为必要的。尽管萨格拉斯倍感煎熬，可是在他看来，让宇宙回归一片死寂，总好过让它落入虚空领主之手。唯一能令他略感慰藉的是，既然生命曾经在宇宙中诞生过一次，就肯定还能重新来过。

萨格拉斯把他的发现和提议告诉阿格拉玛和万神殿的其他泰坦，然而却没能与同伴们达成共识。泰坦们纷纷抨击萨格拉斯想出的对策，就连他的挚友阿格拉玛都站出来反对他，认为万神殿的职责理应是守护生命，维持宇宙的秩序。

在那一刻，萨格拉斯失去了对万神殿的所有信仰。既然泰坦同伴缺乏当机立断的勇气，他也不愿再与他们多费唇舌。于是，这位泰坦勇士弃万神殿而去，消失在茫茫的混沌黑暗之中。

萨格拉斯的离去令万神殿深感痛心，但伟大的搜寻却没有止步于此。他们继续在广袤的宇宙间寻觅着沉睡的泰坦灵魂。

与此同时，阿格拉玛独自扛起了对抗恶魔的重担。这场战斗分外艰苦，也让他愈发怀念与萨格拉斯并肩作战的日子。阿格拉玛希望他的故友终有一天能恢复理性，找回信念。

但他的愿望注定不会成真。萨格拉斯已经下定决心，要用火焰净化宇宙，让虚空领主的阴谋诡计化为泡影。这场被称为“燃烧的远征”的行动将不会停止，直到每个星球都归于寂灭，浩瀚天地间只剩余烬。

萨格拉斯力量再强，也无法独自一人完成这场燃烧的远征。他需要忠诚的仆从，需要甘愿充当毁灭使者的帮手，需要跟他曾经一心只想毁灭的势力联手。

他需要恶魔。

萨格拉斯将那些邪恶生物集结在自己麾下，沉溺于邪能魔法的可怕力量。毁灭能量席卷了他的灵魂，在他高贵的形体上留下了永远的伤疤，却也让萨格拉斯获得了前所未有的力量。

被腐化的泰坦将这股全新的力量赋予他的恶魔党羽，让他们在邪能魔法的翠绿烈焰中团结一心。他给这支日渐壮大的军队起名为燃烧军团，指挥恶魔在毫无防范的宇宙中四处作恶。

随着时间的推移，军团中渐渐充满了各种各样的新型恶魔，一个又一个世界在他们迅猛的攻势面前急速陷落。一些凡间文明为求自保，选择自愿加入军团，其他的则遭到了无情的腐化。

有些世界更是从此彻底不复存在。

德拉诺与永茂林地

在燃烧军团开始远征前，一个小世界在混沌黑暗的遥远角落里渐渐成型。这个小世界在接下来的日子里，以许多不同的名称为人所知。强大的食人魔一族称之为“德戈尔”，在他们那充满野性的语言里意为“已知的陆地”；后来另一个名叫鸦人的智慧鸟人类种族把它称作“拉克沙”，意为“太阳之石”。

现在，大多数人都把这个世界叫作德拉诺。

德拉诺并没有世界之魂沉睡其中，但它在其他方面显得颇为独特。统观现存的所有世界，几乎都住着水、火、风、地这四大元素。这些原始生灵有时会很有破坏性，它们会形成物理实体，彼此交战，使各自的世界深陷动荡。

然而德拉诺却是另一番景象。这里充满了第五种元素——生命之灵。这股力量对另外几种元素之灵具有天然的安抚效果，能够调和它们暴力的天性，甚至阻止它们形成实体。

此外，第五种元素对德拉诺还产生着更为非凡的影响。它加速动植物群的生长，把这个世界变成了一个充满生机而又野性未驯的生命摇篮。

在这个年轻的星球上，各种形态不一、个头悬殊的生物四处游荡，竞相争夺着统治权。这是一片弱肉强食、胜者为尊的土地，唯有以暴制暴，才能得以生存。

德拉诺最强大的掠食者靠的不是尖牙或利爪，而是根须与棘刺。

一种极具侵略性的食肉类植物出现在德拉诺星球上，这些植物就是我们现在熟知的孢子群落。卷须状的藤蔓在地上蜿蜒，将触及之处的所有原始兽类通通扼死。随着数量渐长，孢子群落也会越吞越多，欲望永无止境，直至生长出漫山遍野的纠缠荆棘和剧毒豆荚。

但凡是孢子群落所到之处，都会长出茂密的森林和沼泽泥潭。没过多久，迷宫般的深野荒原便延伸进了这个世界的偏远角落。

就连德拉诺的元素能量也未能幸免。孢子群落的根须深深扎进地下寻找水源，与此同时，这种擅长侵略的植物还会从德拉诺的岩石和土壤中汲取第五种元素。在吞噬了这股原始能量之后，孢子群落和周围野生物种体内的天然感知力焕发而出，全新的智慧使得德拉诺的植物群形成一个巨大的有机体。这些孢子群落与其他植物被统称为永茂林地。

一旦有任何重大威胁迫近，永茂林地便会一致对外。然而那样的威胁根本就不存在，放眼望去，周遭没有任何力量能够与永茂林地抗衡。

德拉诺的驯化

孢子群落蓬勃生长的同时，阿格拉玛也一直没有停止追击恶魔的脚步。伟大的使命最终将他带到了德拉诺附近，这是一个还未被泰坦们发现的世界。

阿格拉玛徘徊在德拉诺上空的浩瀚虚无之中，尝试倾听星球核心是否有沉睡着的世界之魂的梦境呓语，结果却毫无收获。虽然如此，这个世界仍然令他欲罢不能，他从没见过如此贪婪而多样的植物群体，整个星球都散发着充满野性的生命气息。

阿格拉玛越是仔细观察永茂林地，越能清晰地预见到德拉诺未来的厄运。倘若不加遏制，这个世界的一切都将被那些植物吞噬，就连元素之灵也不例外。若真如此，永茂林地最后也会落得自我毁灭的下场，连最原始的生命痕迹都将消失，德拉诺将空留飞沙漫天的无尽荒原。

阿格拉玛急于继续剿杀恶魔，却不能置德拉诺的命运于不顾，对秩序的自然亲和力催促他采取行动。

这位泰坦战士不愿彻底肃清德拉诺的植物体，只是想加以调节。他明白，如果想要达到这个目的，就必须要消灭孢子群落。孢子群落是永茂林地力量的核心，也是林地猖獗扩张的根源所在。

阿格拉玛想亲自摧毁孢子群落，可他又担心自己太过强大的力量会不可避免地对德拉诺造成伤害，甚至会粉碎整个星球，况且他也深知自己无法永远在此守护这个世界。于是，他决定照他的模样创造一个强有力的仆从，可以代替他铲除孢子群落的危害，并留在那里维持德拉诺的平衡。

阿格拉玛巨手一挥，将火焰、空气、大地与流水的能量化作一场猛烈的元素风暴。他引导着咆哮的疾风骤雨席卷了德拉诺最为高耸的山岭，能量呈排山倒海之势蔓及星球各地，释放着一股股力量冲击波。随后，那座山峰获得了生命，撑着两条巨腿站了起来。在他那熔岩矿脉纵横交错的崎岖表皮之上爆裂着原始的元素之力。

阿格拉玛给他的造物起名为葛隆德，让他替自己守护德拉诺。

奉阿格拉玛之命，葛隆德立即踏上征服永茂林地的征途。这座行走的高山迈着沉重的步伐踏遍世界，在身后留下一池池元素烈焰。葛隆德疏浚河海，雕凿谷地，堆塑高山，把永茂林地分隔开来，然后，他便朝最近的孢子群落进发。孢子群落的高度甚至和葛隆德相差无几。

孢子群落虬结的根须突然从土壤中爆出，缠住葛隆德，阻挡他继续前进。然而，葛隆德不费吹灰之力就挣脱了根须的纠缠——他把参差尖锐的手指扎进孢子群落，奋力一拽，把它从星球表面撕扯下来。

见此情景，其他的孢子群落全都痛苦地颤抖着。现在它们知道，只凭根须和藤蔓绝对不是葛隆德的对手。它们需要新的武器，它们需要改变。

孢子群落从周围的森林与丛林中吸收生命精华，留下大片枯萎的荒地。在获得这些能量之后，孢子群落拔地而起，可以在这个世界自由移动。

总共有三个孢子群落，每个都是永茂林地中一块区域的化身。第一个名叫赞加，沼泽与真菌生物遍布它的躯干；第二个是波塔安，它周身上下长满了原始森林；最后一个人称纳亚努，以茂密的丛林蔽体。

三个孢子群落携手抗衡葛隆德，德拉诺在这几位巨人激烈的战势之下苟延残喘。

葛隆德的落败

阿格拉玛在德拉诺的上空俯瞰孢子群落与葛隆德的战斗。赞加、波塔安与纳亚努决意不惜一切代价死守永茂林地。它们喷吐着原始怒火，舞动着卷须，用足以粉碎金刚石的力量狠狠鞭笞着葛隆德。巨石从元素巨人的外皮上滚落，致使大地凹陷，高山破碎。

凭借心灵的感应，三个孢子群落默契配合，协同作战，几乎把葛隆德打得无力招架，眼看就要落败。

然而那颓势只持续了片刻。与阿格拉玛一样，葛隆德也拥有钢铁铸就的意志，在重塑德拉诺的平衡之前，他决不会轻言放弃。

葛隆德汇聚全力，浑身上下奔涌着元素风暴的力量，朝孢子群落发起猛攻。他用重如峰岭的双拳狠狠出击，每一击都将那些周身翠绿的巨人打得枝折叶散，破碎的残根与树种从孢子群落身上落向大地。

葛隆德凶猛无情，那些孢子群落却也不遑多让，拼尽全力抵挡着元素巨人的怒火，妄图继续统御世界。双方你来我往，互有胜负，德拉诺的地表在他们的脚下颤抖、破碎。

虽然孢子群落颇为顽强，但也不可能永远抵挡得住葛隆德的攻势。赞加受到的打击最重，它是三个孢子群落之中体形最小的一个，最先倒在葛隆德的重拳之下。

葛隆德将赞加从地上抓起，一撕两半。赞加破碎的尸体砸落在德拉诺的大地上，发出震耳欲聋的轰响。随着时间的流逝，它那腐烂的尸体变成了一片真菌丛生的海域，人称赞加海。

葛隆德乘胜追击另一个孢子群落——纳亚努，用他那双强有力的巨手碾碎了另一个巨人。死去的孢子群落倒在地上，破损的躯壳慢慢地化归泥土，变成了塔纳安丛林。

两个孢子群落相继落败，可这场旷日持久的战斗也让葛隆德的强韧之躯遭受了无尽的创伤，再也不复往日的雄风，浑身上下遍布凹陷与裂痕。

波塔安感受到了敌人的虚弱，但要想击败葛隆德，它还需要积聚更多力量。最后一个孢子群落从纳亚努和赞加的尸体上汲取了渐渐萎缩的生命精髓，让其为己所用，变成了一个遮天蔽日的庞然大物。

葛隆德大战最后一个孢子群落

虽然获得了全新的力量，但波塔安仍然谨慎应对。它避开了葛隆德的正面攻势，同时用数千条细小的藤蔓缠住对手。带有尖刺的卷须把葛隆德缠得结结实实，渐渐地钻进了他外皮的裂缝与伤口之中。

葛隆德起初并没有把藤蔓的威胁放在眼里，但那些藤蔓向内越钻越深，巨人这才意识到真正的威胁。

可惜为时已晚。

藤蔓挣裂了葛隆德身上的伤口，在他身上留下了新的裂纹。元素巨人终于支撑不住，轰然倒地，跌成碎片。他庞大的尸体在后世人称纳格兰的那片旷野边缘地带形成了一道山脉。

巨人的血脉

在葛隆德与孢子群落的战斗期间，这些巨人身体的碎片落入大地，催生出新的物种。赞加、纳亚努和波塔安的树种与根须中含有少量的生命精髓，孕育出许多独特的生物，其中最强大的是名叫原祖荆兽的庞然巨兽。这种四条腿生物外皮覆盖着厚厚的叶片，尽管体形巨大，却有着令人难以置信的速度与敏捷。

与从孢子群落身上掉落的植物碎片类似，在从葛隆德身上滚落的岩块中也含有生命精髓。最大的石块变成一种具有感知力的生物，又称巨灵。虽然他们不像葛隆德那般强大，但身影在这片大地上仍然赫然耸现。

除此之外，从葛隆德身上掉落的碎石中还包含着火、水、风、地等原始元素，这些能量渐渐化作力量之池，在德拉诺星球上史无前例地形成了具备物理形态的元素之灵。如果不是因为孢子群落，这一切都不可能出现。这些带有原始元素的碎石吞噬了许多第五种元素，才使元素之灵的力量得以壮大。

起初，元素之灵寥寥无几。但在葛隆德落败后，他们的数量骤然暴增，从葛隆德的尸体中流淌出大量的元素力量，在他那起伏绵延的遗骸上冲出无数实体元素，其中便有各种元素之怒。他们是德拉诺星球上最为强大的元素之灵，存在于葛隆德残存的头部附近——分别是火焰之怒伊森拉图斯、水流之怒埃布留斯、大地之怒戈达乌和空气之怒卡拉迪奥斯。

四大元素之怒哀悼着葛隆德的败亡，立誓要永远留守在他尸体的阴影中。这个被他们当成家的地方，在德拉诺后世的凡间文明中被称作元素王座。

葛隆德的阴影

眼见在德拉诺上诞生了这些巨灵，阿格拉玛心中又升起了希望。虽然这些生物的力量不如葛隆德强大，然而他们数量众多。阿格拉玛相信他们一定能消灭波塔安，让德拉诺归于平衡，但也需要他出手相助。

阿格拉玛用葛隆德的遗体塑成巨大的石头圆盘，并将泰坦的力量符文铭刻其上。他用石头圆盘将巨灵崎岖的表皮融合起来，仿佛给他们穿上了一层铠甲。石头圆盘内含的原始能量涌入巨灵的身体，使其力量与韧性大为增强。

对巨灵赋予力量的过程需要时间。由于少了抑制他们的敌人，波塔安和原祖荆兽很快便在德拉诺上大肆作乱。孢子群落和它的追随者们正在复原永茂林地，想要重新收回被葛隆德破坏的领地。

阿格拉玛赶在波塔安让永茂林地复原之前释放出了巨灵。他在旁观孢子群落和葛隆德的战斗时，已经获知不少波塔安的情报，掌握了它的优势与弱点。他把这些信息转达给巨灵。

在巨灵开始远征时，阿格拉玛感觉到扭曲虚空中的能量有一丝微弱起伏，源头显而易见——那是某个星圣临终时发出的哀鸣之声。这些天神生物是那些泰坦塑造的有序世界的守护者，其中一位消亡预兆着有可怕的力量——一股连星圣都无法匹敌的力量出现了。

尽管阿格拉玛在德拉诺的使命远未完成，但他不能再在此耽搁。他需要查明是什么杀死了星圣，并确认附近的世界是否面临危险。

阿格拉玛让巨灵继续攻击永茂林地，但他无法再引导他们了。他向巨灵道别，承诺一定会再回来，然后便消失在星海之中。

他不知道的是，这次与德拉诺的分离，却是永别。

巨灵的牺牲

巨灵永远也不会知道阿格拉玛的命运。他们还在满怀期待地等着泰坦主人的归返，决意要在他回来之前，让德拉诺重归平衡，但眼下的任务却无比艰巨。

永茂林地此时已经吞噬了这个世界的大部分地区。随着狂野林地蔓延的范围越来越广，波塔安的力量也在日益增强。这个孢子群落现在已经今非昔比，个头甚至比当时的葛隆德还要大上很多。它行走在位于永茂林地中心位置的茂密丛林里，周围有成百上千的凶猛原祖荆兽层层保护。

利用从阿格拉玛处了解到的情报，巨灵开始商讨应该如何击败最后一个孢子群落。直捣波塔安所在的永茂林地核心地带无异于自寻死路，只有把那个孢子群落和它的追随者从林地中引出来，才有成功的可能。

巨灵集结在永茂林地的边界处，朝林地发起攻势。正如他们预想的那样，波塔安见状大为

阿格拉玛的命运

在离开德拉诺之后，阿格拉玛发现星圣是死于燃烧军团之手，于是前去追击这支庞大的恶魔军队。他发现率军作战的正是他昔日敬爱的良师益友——萨格拉斯。阿格拉玛要这个堕落的泰坦给他一个解释，却一无所获。

萨格拉斯绝不会放弃率领燃烧军团荡除宇宙万物的这场远征，无论是阿格拉玛还是任何人，都休想阻止他。

导师与他从前的徒弟大打出手，阿格拉玛无法招架萨格拉斯的邪能之力，只得逃离战场，回去找万神殿求援，请他们出手阻止这位堕落的同伴。

虽然与萨格拉斯交过手，阿格拉玛仍然固执地相信自己能带他重返正途，于是想要最后再劝说萨格拉斯一次，想要唤醒残存在他导师灵魂中的高尚信念。

作为回应，萨格拉斯把阿格拉玛彻底击倒。

震怒之下，万神殿立即对萨格拉斯和他率领的燃烧军团宣战。这场战斗有如天启降临，致使现实扭曲，星辰晦暗。

最后，萨格拉斯取得了胜利。他的邪能风暴吞噬了他的同族，并粉碎了他们的物质形态，侥幸留存下来的只有泰坦们那并无实体的灵魂。纵使他们的灵魂逃过了萨格拉斯的怒火，却再也找不回从前的力量。

燃烧军团大获全胜。

愤怒。

它召集所有的原祖荆兽，朝这些爱找麻烦的巨灵大举杀来。随着波塔安渐渐逼近，这些石头巨人开始慢慢往永茂林地之外的贫瘠峡谷与丘陵地带撤退，想要利用那里的地形优势。

波塔安毫不犹豫地追了上去。在它眼里，那些巨灵不过是葛隆德可笑的效仿者而已。当孢子群落冲出永茂林地边界之后，巨灵大举出击。许多石头巨人早已埋伏在岩丘地带等待时机，此时他们全部卸下伪装，腾空跃起，将波塔安和它率领的原祖荆兽战队团团包围。

接下来的这场战斗在德拉诺星球上造成的影响持续了长达数千年，世界的统治权在巨灵与永茂林地守护者手中交替更迭。

随着时间的推移，巨灵损失惨重，许多石头巨人惨死在波塔安和原祖荆兽的攻势之下。他们破碎的尸块散落在大地上，就像从葛隆德的遗骸上形成了巨灵一样，一种名叫玛戈隆的全新生物从巨灵的尸体上诞生了。

无论是在体形还是智慧上，玛戈隆都无法与巨灵相比，但他们却拥有强大的力量，粗糙的外皮上涌动着烈焰与原始的元素能量。

巨灵召集玛戈隆共同对抗永茂林地，但他们却拒不服从。这些熔火巨人对永茂林地有着与生俱来的排斥，但也不愿效忠于他们的先觉者。虽然一部分玛戈隆会与沿途遇到的原祖荆兽交战，大多数则走进了德拉诺的贫瘠地带，寻找着存在火山活动的地带。

由于数量锐减，巨灵再也无法阻止波塔安对永茂林地的复兴。除非这些石头巨人采取极端行动，否则将注定失败。

大多数巨灵纷纷聚集，决意与敌人决一死战。经年累月的战斗早已让他们的外皮遍布裂缝，但与身体相融的泰坦圣物中却仍然蕴藏着无边的力量。

他们甘愿牺牲自己，凭借这股力量让这个世界归于平衡。

巨灵杀进永茂林地，将波塔安团团包围。他们伸出岩石之手紧紧抓住孢子群落那庞大的身躯，同时释放出泰坦圣物中的能量，引导那股能量冲进波塔安体内。

泰坦圣物释放的能量在波塔安和巨灵中引发了一场巨大的爆炸，在场的所有生灵都被那股强能爆破冲击得粉身碎骨，无数碎块散落在德拉诺大地上。

星球上所有植物的根须与叶片都受到了波塔安之死的影响，繁茂的森林瞬间枯萎，数百上千的原祖荆兽倒地毙命。刹那间，整个永茂林地都随着波塔安的湮灭而痛苦地颤抖着。

随后，一切又重归寂静，德拉诺的植物再也不会相互传递思绪或情感。波塔安的死，摧毁了它们彼此之间的感知联结。

巨灵胜利了，却也付出了惨重的代价——他们的遗骸再也不能形成生物了。泰坦圣物的力量，烧光了巨灵体内的所有生命精华，也灼烤着他们的尸体。渐渐地，他们破碎的躯体没入土壤，变成一种坚不可摧的金属矿脉——黑石矿。

与殒没的巨灵不同，波塔安的尸体上依然残存着强大的生命能量。在孢子群落的碎片落入大地的地方，长出了茂密的森林与丛林。波塔安的巨大遗骸更是形成了一片生机勃勃的青葱之地，后世被称之为法兰伦。

原祖荆兽与其他植物继续在这片生命的庇护所中茁壮生长，却再也没有一个孢子群落团结它们，并指挥它们在共同的意志下统一行动。

然而，在永茂林地被消灭之后，德拉诺也未能迎来和平。

破坏者与原兽

在永茂林地瓦解后，巨灵与孢子群落的后代还在为德拉诺的统治权争夺不休。冲突的继承者不仅有玛戈隆和原祖荆兽，从岩石与树根中出现的新生物种也加入了这场战斗。

在波塔安受到能量爆破的一瞬间，它的身体释放出了无数充满生命之灵的孢子，这些孢子落在德拉诺的地面，扭曲着触及到的一切。其中一些孢子附着在玛戈隆的身上，紧贴着玛戈隆的外皮，削弱着玛戈隆的身体力量。

其中一些玛戈隆退化成了名为戈隆的巨人，身体一半是血肉，一半是岩石。这些体形庞大的掠食者游荡在荒野边缘地带，威胁着弱小的生命形态，吞噬着目力所及之处的一切东西。戈隆智力平平，却是能力出众的捕猎者。他们的外皮上长着锯齿状的尖刺，作为击杀猎物的武器，加上有坚硬的岩石充当盔甲，保护他们免受其他危险物种的威胁。

由于孢子的持续作用，一小部分戈隆继续退化，变成了独眼魔。独眼魔比戈隆更具智慧，但力量却要逊色不少。独眼魔惧怕戈隆，将那种庞大的巨兽视作天神。

和戈隆退化成独眼魔一样，独眼魔也在退化。经过几千年之后，残余的孢子把他们变成一种人称食人魔的血肉生物。这些凶残的食人魔比他们的祖先更为矮小，许多沦为了独眼魔的奴隶。

食人魔后来慢慢退化成一个新种族——即世人口中的兽人。他们是戈隆一脉中体形最小的后裔，尽管不具备身材和力量上的优势，却有着非同一般的智力与社群意识。正是通过紧密团结，集体行动，兽人们才得以在严酷的荒野中存活下来。

从岩石中形成的最初几代生物——玛戈隆、戈隆和独眼魔——统称为破坏者，他们宣称自己是德拉诺贫瘠山岭与多岩峡谷的主人。虽然这些破坏者各不相同，但都是戈隆的后裔，有着相同的始祖。即便没有因此结成同盟，体内却都流淌着那位古老巨人的力量。无论他们在风俗习惯与生活方式上如何迥异，所有的破坏者都对青葱的绿野毫无好感。

破坏者遭到了原祖荆兽和其他植物生命体的顽强抵抗，那些对手统称为原兽，孢子群落是它们共同的祖先。

和破坏者一样，许多原兽也是在波塔安覆灭后诞生的，从那巨兽尸体上散落出的大量孢子飘落到野外，一边削弱着岩石生物，一边让植物的力量不断增强。

孢子为现存的植物体赋予了感知力。随着一个个新物种相继诞生，行走在这片大地上，丛林再次焕发了生机。一些身材矮小、头脑简单的生物被称为魔荚人和孢子人，最为聪慧繁盛的新种族叫作木精。

木精有着深色的外皮，遍布德拉诺的广袤原野。在它们的脑海中还残留着对永茂林地的记

巨灵的遗骸

相传有少数巨灵在与波塔安的激战中幸存了下来，但它们也无一例外地受到了孢子的影响。数千年过后，它们的身体退化成了血肉之躯。

等到凡间文明在德拉诺星球上兴盛之时，这些巨灵早就死去已久。兽人等种族会找到它们的骸骨，用来制造武器、住所以及饰物。这些种族坚信，仍有力量存在于这些巨人的遗骸之中。

忆，却对孢子群落的真相知之甚少，更不了解它们与戈隆和巨灵之间的那场大战。

即便如此，对永茂林地的粗浅印象还是对木精的文化产生了深远的影响。它们奉原祖荆兽为神，将其视作伟大孢子群落留在这个世界上的回声。木精还拒绝自我意识，坚信个体灵魂只是联结德拉诺万千植物的整体精魂的一部分。

木精与原祖荆兽和其他植物一道，致力于守护林地。在此过程中，它们会不可避免地与破坏者发生冲突。

在此后漫长的岁月中，两股势力还会频频爆发冲突，但双方都无力将对手彻底消灭。他们之间无止无休的战斗让区域的界限渐渐清晰，并给德拉诺带来了平衡。渐渐地，破坏者控制了戈尔隆德、霜火岭、纳格兰以及阿兰卡等地区，而原兽则在塔纳安丛林、赞加海、法兰伦、影月谷和塔拉多兴盛繁衍。

阿兰卡诸神

渗透进原始德拉诺各处的生命之灵原本催生了许多种动物，但这些野兽几乎全都没有躲过永茂林地和孢子群落的侵袭。

随着永茂林地的消亡，动物们终于有机会重新夺回失地。波塔安散落的碎片变成了充满生命之灵的林地，这些能量改变着这片土地，促使新生物种加速发展。

首先崛起的是体形庞大的巨兽，具有超乎寻常的力量。有些巨兽对木精和其他原兽掌握的自然魔法有着天然亲和力，另一些则在汲取着德拉诺的元素能量。但也有部分巨兽冲出了现实界域，到宇宙中探寻光明与虚空的力量。

德拉诺的这些巨大动物虽然实力强大，却也面临着生存的困境。木精会用陷阱诱捕它们作为滋养荒野的食物，或是利用寄生的真菌把它们变成原兽的仆从。除此之外，戈隆与独眼魔也喜欢对它们竞逐追猎。在所有动物当中，最适应这个无情世界的当数长有翅膀的飞鸟类族群，只有它们才能展翅翱翔，躲过原兽与破坏者的滋扰。

大多数飞鸟类族群定居在阿兰卡，那里巨大的尖峰巍然高耸，俯瞰着当地的茂密丛林与沿海灌木林地。在那里出现了三位神一般的生物——庄严的火鸟鲁克玛、凶残的风蛇塞泰和狡诈的乌鸦之神安苏。

这些神兽各具实力。鲁克玛的灵魂接触到了原始的光明力量，这股能量联结使她能够召唤出魔法烈焰，兼具摧毁和滋养生命的力量。她那对火红的双翼始终被白炽的烈火席卷，却完全不会被烧伤。

塞泰有着短小而强韧的翅膀，不能像鲁克玛那样飞上高空，但他与存在于宇宙中的暗影能量体——虚空联系密切。

安苏的体形比鲁克玛和塞泰都小很多，他在力量上没有任何优势，却有着过人的智慧。在好奇心的驱使下，安苏对德拉诺星球上纵横交错的魔法能量线展开调查，从中发现了奥术魔法。

多年来，这三大神兽固守在阿兰卡，被动地抵挡着原兽与破坏者的进犯。只有安苏在为他自己与这群浑身长有羽毛的族人梦想着更好的未来。

安苏希望鲁克玛和塞泰能跟他一起把阿兰卡打造成为所有鸟类的圣所。既然他们有能力自行统治这片土地，又何苦屈居于原兽和破坏者的压迫之下？

安苏与同伴们同心协力，将这些形成于岩石与根须中的子嗣赶离了阿兰卡。在摆脱破坏者和原兽的威胁后，这里变成了飞鸟类族群的天堂，鲁克玛、塞泰和安苏则充当起了这片土地及各种鸟类的守护者。

鲁克玛与最美丽的飞鸟——卡利鸟的关系日渐密切。她把卡利鸟当成自己的孩子一般疼爱，大多数时间都陪它们栖息在阿兰卡尖峰的最高处，享受着温暖阳光的照耀。

虽然鲁克玛本性高贵，却也相当傲慢，将自己视为集德拉诺所有种族的优雅和美艳于一体的至尊化身。她从来不会落在地面上，对居住在森林和附近的其他物种也多有嫌弃。

安苏守护着居住在阿兰卡各处的低级乌鸦，常常会去造访尖峰下方的茂密林地。

塞泰则统治着体形更小的风蛇同族，与它们共同居住在幽暗的角落里，或是尖峰脚下的裂隙之中。他对待追随者的态度并不像安苏对乌鸦那般尊重，手段颇为残忍苛刻。

就在看似平静的阿兰卡尖峰附近，黑暗的力量早已蠢蠢欲动。

塞泰的诅咒

多年以来，塞泰对鲁克玛的妒心日盛。他的羽翼不如鲁克玛宽广，也不能像她那样飞上云巅，甚至连尖峰的顶端都飞不上去。他认为自己注定要活在鲁克玛的阴影之下。

塞泰不愿接受这样的宿命，他梦想能击败鲁克玛，夺取她的力量，可他知道只凭一己之力绝对无法办到，最终决定与安苏联手。一旦战胜鲁克玛，他们就能毫无滞碍地翔游在世界的最高处，阿兰卡尖峰也将进入双王统治的全新时代。

塞泰认定安苏一定也早就想要夺取鲁克玛的力量，毕竟那只火鸟对乌鸦之神近地而居的做法总是嗤之以鼻。然而塞泰错了。安苏对鲁克玛没有嫉妒，只有羡慕。乌鸦之神早就对火鸟心存爱意，只是未能鼓起勇气对她表白心迹。他认为鲁克玛不会接受他作为伴侣。

安苏把塞泰的意图透露给了鲁克玛，乌鸦之神与火鸟缔结了约定，共同应对风蛇的图谋。在塞泰出击的那一天，鲁克玛早已做好准备。

她用烈焰怒火将塞泰吞噬，把他的翅膀烧成灰烬。就在风蛇跌落在地的一瞬间，安苏落在他旁边，挖出了他的双眼。塞泰拼尽最后一口气对鲁克玛和安苏发出复仇的诅咒——利用自己的肉身与血液，从他体内渗出的诅咒之力向大地各处弥散开来。

由于担心诅咒会毁灭阿兰卡尖峰，安苏将塞泰整个吞进腹中，把风蛇的黑暗能量控制在自己体内。诅咒扭曲着乌鸦之神的身体与灵魂，折磨得他痛不欲生。安苏的身体皱缩变形，从此失去了飞翔的能力。

安苏遭受塞泰的诅咒

尽管付出了惨痛的代价，安苏却成功控制了诅咒，塞泰的血液只有一小部分流了出去，腐化了附近的区域，却未能向远处蔓延。这片阴暗的地区后来被称为塞泰克山谷。

在这一切发生之后，安苏更加无法向鲁克玛坦白爱意。既然她从前对他都无甚好感，如今这副面目也只会惹她嫌恶。于是，安苏消失在密林深处，无论鲁克玛怎么呼唤，他都不愿再次现身。

塞泰的诅咒让安苏变得虚弱，却也使他获得了新的力量——吞噬风蛇后，他获得了驾驭黑暗魔法的能力。随着安苏与这股力量磨合得日渐默契，他遁入了暗影界域，永远躲藏在鲁克玛的视线之外。

在苦寻无果后，鲁克玛只得放弃。安苏高尚的自我牺牲之举令她很是感动，可那威胁着她家园的诅咒也让她深感恐惧。无奈之下，鲁克玛一飞冲天，离开了阿兰卡尖峰，最终在戈尔隆德的最高峰上定居下来。

鲁克玛决定，如果她无法当面向安苏致谢，那她至少可以创造出一个全新的种族，以此向他表达敬意。火鸟利用自身的生命能量，将她身边的一部分卡利鸟追随者转变为长有翅膀的鸟人族，名为阿拉卡鸦人，兼有“阿兰卡之子”的含义。在他们身上展现着鲁克玛的优雅与庄严，以及安苏的睿智与机敏。

鲁克玛打算让鸦人们重返阿兰卡尖峰，但眼下还不是时候。塞泰的诅咒萦绕不散，她不愿送这些新生的子嗣去那里承受苦难。等他们有朝一日变得成熟而充满智慧时，鲁克玛会亲自带领他们返回先祖的家园。

她唯一担心的是自己恐怕活不到那么久。为了创造阿拉卡鸦人，鲁克玛消耗了大量自身的生命精华，再也不是昔日那只强大的火鸟。她知道自己正在老去，终将离开这个世界。

在那之前，她下定决心要将鸦人文化塑造成形，并引领他们走上正途。

埃匹希斯的黎明

黑暗之门开启前 3000 年

世代以来，鲁克玛都在远处观察着鸦人族群的发展壮大，并会时不时地与这个羽翼未丰的新种族畅谈过往，给它们讲述阿兰卡尖峰的故事，讲述塞泰的邪恶和安苏的壮举。除此之外，鲁克玛还向鸦人传授了驾驭光明的基本方法。

鸦人们学得很快，不久便能将光明操纵自如，成为老练的治疗者与先知。他们许多原始风俗都与对鲁克玛的崇拜有关，将她奉为太阳女神，视作光明魔法的源泉。

然而鸦人并不满足于驾驭光明之力，通过聆听鲁克玛的述说，他们也对安苏倍加尊崇，给予了他和太阳女神同等尊贵的地位。许多鸦人掌握了奥术魔法，成为卓越的法师。

随着阿拉卡鸦人族群的繁荣壮大，鲁克玛却感到她的生命力在不断消退。她最后一次与子嗣们交谈，催促他们尽快夺回阿兰卡尖峰。之后，鲁克玛便乘风而起，振翅南飞，鸦人们紧随其后。就在即将抵达目的地时，火鸟吐出了最后一口气息。烈焰吞噬了她的躯体，她就像是另一轮艳阳，高挂天穹。

鸦人将鲁克玛的辞世看作族群崛起的信号，立誓要在阿兰卡创造出无比辉煌的文明——令德拉诺的其他文明全都相形失色的鸦人文明，来祭奠先祖的英魂。像鲁克玛一样，他们的知识与力量也将在九天之上放射出夺目的光辉。

这些鸦人自称为埃匹希斯，占领了阿兰卡尖峰的最高处。他们从附近的林地中砍伐树木，从山岭里采掘矿石，在他们高耸的新家周围建造了一座座富丽堂皇的建筑物。利用对光明的驾驭力，埃匹希斯还制造出了燃烧着魔法烈焰的巨型灯笼，高挂在尖峰各处。

追寻着安苏与他高尚壮举的神秘传说，鸦人法师开始调查塞泰克山谷。他们小心地研究着那里被诅咒的能量之池，弄清了暗影魔法的秘密。这些法师利用一种独特的方法，将自身的奥术知识和在塞泰克山谷里找到的黑暗力量合二为一。

埃匹希斯同时接纳了光明与虚空，认为它们都是生命的自然组成部分，继而形成了两个截然不同的教派。安哈尔教派对神圣魔法深入钻研，司卡拉克斯教派则致力于探究暗影与奥术魔法。这两个教派占据着埃匹希斯社会的上层阶级，在威望和影响力方面不分伯仲。

随着鸦人在阿兰卡尖峰的势力日渐巩固，他们便开始对世界的其他地区展开探索。尽管这些鸦人并不是在盲目地追求扩张，却凭着好奇之心，在德拉诺各地建立了哨站，观察各地的动植物群。鸦人研究了森林及其分布，还为遍及整个星球的高山峻岭绘制了地图。他们敬畏地发现，原来许多地方都是由曾经称霸德拉诺的古老生物残骸变化而来。

根据从鲁克玛处听来的传说，埃匹希斯鸦人意识到原兽和破坏者正是这些原始巨人的后裔。鸦人观察着双方无止无休的战斗，既深深着迷，又倍感同情，却从未插手介入。他们是鲁克玛的子嗣，因此也继承了她的傲慢，认为对陆地族群的冲突横加干预是自贬身份的做法。

永茂林地的使者

黑暗之门开启前2000年

鸦人的崛起，早已被德拉诺的其他住民看在眼里。

在阿兰卡尖峰不远处，原兽占据着塔拉多的茂密森林，其中力量最强的是一位名叫纳勒加尔的树人。正如鲁克玛和她的子嗣，这棵智慧过人的树人也是在波塔安败亡后应时而生，驾驭着强大的自然魔法，以及流淌在原野之中的生命之灵。

纳勒加尔的古代知识也同样渊博，这位树人从原祖荆兽那里得知了永茂林地、孢子群落和能够让整片森林协同行动的感知力。

数千年以来，纳勒加尔借由纠缠根须构成的双脚行走在世界各地，利用魔法强化原兽的力量，助其对抗破坏者。纳勒加尔还不断磨炼自己的本领，学习如何影响植物同族的意识。很快，这位树人便能够操纵其他原兽，指引它们的行动。

纳勒加尔发现木精是德拉诺所有原兽之中最具潜力的一个族群，若能适当地加以栽培，它们一定能成长为一股无可抵挡的力量。于是，纳勒加尔肩负起了照料木精的责任，并悉心打造它们的文化。树人向它们传授了孢子群落的真相，让它们相信总有一天，永茂林地将会重新焕发出昔日的荣光。

虽然木精在德拉诺星球上分布甚广，但居住在塔拉多的木精数量最多，发展得也最为超前，成为了整个族群文化的核心所在。

在纳勒加尔的传授下，塔拉多的木精学会了如何利用自然魔法，创造出一个个强大的自然能量之池，让死去原祖荆兽的灵魂进入新的躯体。

在木精专心致志地迎击破坏者的时候，纳勒加尔却留意到了埃匹希斯。鸦人的文化与自然背道而驰，本不该属于这个世界。更为糟糕的是，鸦人还恣意破坏大片原野——为了建造那些金碧辉煌的神庙与城市，不惜摧毁了整片森林。

纳勒加尔知道这些鸦人远比破坏者危险得多，他们那极具破坏力的魔法有力量将自然烧成灰烬，或是让暗影能量泛滥成灾。若不及时加以阻止，过不了多久，他们便能征服整个德拉诺。

纳勒加尔绝不容许那样的情况出现。他毅然离开塔拉多，去寻找原古时期的力量，将它作为对抗埃匹希斯的武器。后来，树人遇到了一块巨大的石化根须，那是波塔安遗留下的为数不多的几块完整残骸之一。

返回塔拉多后，纳勒加尔将木精召集到身边，明确地告知它们：要想复兴永茂林地，就必须先消灭亵渎神灵的埃匹希斯文明。

然后，树人把他找到的根须展示在树精面前，告诉它们可以利用这块根须创造出新的孢子群落，它的力量甚至能远胜祖先。纳勒加尔决定让它来打头阵，率领军队把埃匹希斯从他们那高耸的尖峰上驱逐出去。

纳勒加尔把根须种到了塔拉多的地下深处，并举行了一场伟大的仪式帮助它快速生长。成千上万的木精自愿牺牲，让纳勒加尔将它们的灵魂注入树根。慢慢地，枝干破土而出，嫩芽发出新叶，继而长出一丛丛棘刺和韧如皮革的复叶。纳勒加尔把这个蓬勃生长的孢子群落命名为塔亚拉。

在塔亚拉渐渐成型的同时，原兽也在为战争做着准备。木精从生命之池里唤醒了新的原祖荆兽，纳勒加尔则引导生命之灵进入森林，为数千棵大树赋予了智慧与意志。

这些大树后来被称作多瘤行者。它们纷纷拔地而起，像其创造者那样行走在世界上。纳勒加尔命其作为先锋军，还给它们的树干和枝条施以魔法，用于抵挡鸦人的烈焰和暗影诅咒。

数以万计的原兽聚集在塔拉多，它们个个身披棘刺铠甲，周身涌动着自然魔法的力量，在那里静静地等待着塔亚拉的苏醒。

木精正在唤醒新生的孢子群落

塔亚拉的诞生

埃匹希斯起初并没有理会塔拉多的骚动，认为那只是原兽与破坏者战争的一部分。然而位于阿兰卡尖峰边缘的森林很快就变得更加茂密，藤蔓甚至攀附到了尖峰之上，播撒的树种生根发芽，以惊人的速度长成了不计其数的参天大树。

面对林地的飞速蚕食，安哈尔和司卡拉克斯教派的成员开始调查塔拉多。然而派出的斥候几乎全都有去无回，只有几位幸存者带回了骇人听闻的消息。

森林里的大树活了过来，数以千计的木精和原祖荆兽正在整装备战，可最为令人不安的是那个在塔拉多中心地带渐渐成型的庞然大物。据鸦人的斥候回报，那怪物比原祖荆兽还要大得多。

根据已知的永茂林地的情报，埃匹希斯担心这个成长中的怪物或许正是塑造初生世界的巨人之一。如果它真的苏醒，整个鸦人族群必将灭亡，德拉诺也难逃毁灭的厄运。

事关全族存亡，安哈尔和司卡拉克斯别无他法，唯有主动出击。

两大教派动员埃匹希斯鸦人，匆忙集结了一支大军。安哈尔的祭司和司卡拉克斯的法师构成了鸦人军队的主力，从空中向塔拉多进发。在安哈尔和司卡拉克斯领导者的率领下，鸦人没有与沿途遇到的原兽多做纠缠，一心只求消灭森林深处的那个恐怖怪物。

埃匹希斯大军深入塔拉多密林深处寻找塔亚拉，在鸦人和原兽之间爆发了激烈的大战。安哈尔祭司用附魔烈焰的魔法之刃烧灼着整片绿野，司卡拉克斯法师用诅咒削弱敌人的力量。可纵然费尽力气，鸦人也没能突破原兽的防线。

纳勒加尔进入了冥想状态，联接到原兽们的意志，使之协同战斗。每一条藤蔓与根须都在朝埃匹希斯步步紧逼，原兽们配合得天衣无缝，打得鸦人节节败退，只得飞回空中。

这场惨败让安哈尔和司卡拉克斯教派大为震惊，几乎折损了半数兵力。要想击败原兽，鸦人们亟需再想其他办法。

安哈尔教派提出了一个新策略——他们的祭司发明了一种颇具独创性的新式武器，将其命名为鲁克玛之息，可以利用这种装置引导太阳的能量，让鸦人获得惊人的毁灭之力。安哈尔的工匠便开始在尖峰的最高处着手制造。

与此同时，纳勒加尔也加快了塔亚拉的成长速度，它知道鸦人不会等到它们重整旗鼓便会再次攻来。纳勒加尔命令更多木精献出自己，将它们的灵魂导入新生孢子群落的脉络之中。

最后，塔亚拉终于动了，巨大的复叶伸展而出，站得比林冠还高，俯视着下方的绿野。这个身上长满棘刺的庞大怪物迈出了第一步，整片林地随之震颤。

纳勒加尔再次进入冥想状态，让自己的心神与塔亚拉以及其他原兽联接。原兽大军在树人统领的指挥下，浩浩荡荡地朝着尖峰进发。

鲁克玛之息

埃匹希斯鸦人看到原兽渐渐迫近，初醒的孢子群落在地平线上现出身影。此时安哈尔的武器还未制造完成。若是无法在敌人逼近尖峰之前完工，鸦人一族必将在劫难逃。

一些勇敢的司卡拉克斯法师没有放弃，他们主动请命，沿途伏击敌人，给安哈尔同伴们争取宝贵的时间来完成鲁克玛之息。塔拉多之战虽然以失败告终，但法师们却发现了纳勒加尔，知道它能引领木精和其他生物的行动。如果能除掉原兽的首领，敌军一定会遭受重创。

司卡拉克斯法师们以暗影做掩护，避开了大举袭来的原兽大军，悄悄潜入了塔拉多的密林，找到了纳勒加尔。

还没等法师们动手，纳勒加尔就察觉到了他们的到来。愤怒的树人脱离了冥想状态，迅速除掉了这群来犯的鸦人，但他们还是成功地释放出了暗影力量。

纳勒加尔中了诅咒，腐烂在树人的根须与枝干上渐渐蔓延开来，它变成了一棵焦黑的枯木，倒在伏兵的尸体旁边。

纳勒加尔一死，原兽们的联接立刻崩解，塔亚拉和它的同族顿时失去了方向。大军在阿兰卡尖峰边缘停下，不知该何去何从。

法师铲除纳勒加尔的行动成功地拖住了原兽的脚步，让鸦人祭司顺利地完成了武器制造。就在塔亚拉眼看就要抵达尖峰时，安哈尔教派启动了武器。

强大无匹的能量从鲁克玛之息中咆哮而出，撼动了整个尖峰。从装置中喷出的白炽火光穿透了塔亚拉的胸膛。安哈尔的秘密武器瞬间将那孢子群落烧得只剩下一团灰烬。

其他原兽也未能幸免，无论是木精、多瘤行者还是原祖荆兽，都在刹那间被鲁克玛之息烧得灰飞烟灭，为数不多的幸存者狼狈地逃回了塔拉多。

安哈尔毫不留情地用烈焰吞噬了这些四散而逃的原兽余孽，焚烧了与阿兰卡相连的整片林地。等到战火消散之时，尖峰周围早已化作一片焦土，再无半点生气。

埃匹希斯的胜利彻底地削弱了自然的力量，永茂林地再也无法以任何形式重振昔日的雄风，德拉诺的凡间文明从此进入了全新的黄金时代。

埃匹希斯的没落

黑暗之门开启前 1200 年

在瓦解永茂林地之后的数百年间，埃匹希斯渐渐壮大成为一个繁盛的帝国，人口也在与日俱增。自视甚高的鸦人认为自己是这个世界上最为强大的物种——就连强大的原兽都无力与之匹敌。

既然不再有任何力量能对他们构成威胁，埃匹希斯便投入到科学与魔法的研究当中。知识成为了鸦人文化中最为宝贵的资源，安哈尔与司卡拉克斯教派也化身成智慧的守护者，负责编

霜火岭
赞加海
纳格兰
塔拉多
阿兰卡
古代德拉诺

戈尔隆德
法兰伦
塔纳安丛林
阿什兰
影月谷
隔绝之海
破坏者
原兽
埃匹希斯

纂历史、钻研魔法，以及记录与世界和各种生物相关的所有信息。

埃匹希斯鸦人并没有把这些知识记载在书册或卷轴上，安哈尔祭司与司卡拉克斯法师别出心裁地用魔法创造出了水晶存储装置。只要轻触这些水晶，鸦人就能把存于其中的所有知识全都吸收到自己的脑海中，甚至就连装置制造者的记忆也能归其所有。

埃匹希斯鸦人还用手中的魔法力量创造出了各类机械装置来帮他们建设帝国。鸦人一族本就傲慢，大捷过后更是变本加厉地急速自我膨胀。他们认为所有行走在星球表面的物种都不洁净，于是制造了机械装置取而代之，从地下采集金属矿物和各种资源。

宗教也是埃匹希斯鸦人日常生活中不可分割的一部分。安哈尔祭司在用来消灭塔亚拉的武器周围造起了一座闪闪发光的太阳神殿，每年都会有千百鸦人齐聚于此，纪念埃匹希斯的胜利，并对鲁克玛呈上敬意。

其他鸦人则会频频造访位于尖峰脚下那些凿于岩石之中的神祠，司卡拉克斯法师会在那里举行仪式，缅怀乌鸦之神安苏，以及他当年的牺牲壮举。

埃匹希斯文明看似发展得蒸蒸日上，但事实并非如此。安哈尔和司卡拉克斯教派各自在为争取族人的支持而进行着激烈的角力。

安哈尔知道，要想夺取族群的统治权，就必须要把知识牢牢地控制在手。教派的领袖——大祭司威斯利克命令追随者前去搜集尽可能多的埃匹希斯水晶。数年来，安哈尔都在秘密进行着这一行动，将水晶偷偷地藏在峰林顶端的太阳神殿中。

司卡拉克斯在领袖大法师萨拉维斯的率领下，最终发现了事情的真相。他们认为知识是归所有鸦人共同所有的，族群中的每个成员都有权获得。萨拉维斯要求安哈尔的祭司立即把水晶交出来。

威斯利克当然没有理会，他宣布安哈尔鸦人才是埃匹希斯唯一的统治者，只有安哈尔教派有权决定水晶与知识的归属。不仅如此，威斯利克还号称他和安哈尔鸦人才是鲁克玛意志的全权代表，族人只有遵从教派的领导才能得到太阳女神的眷顾。

萨拉维斯心思狡猾，他深知倘若不及时采取行动，司卡拉克斯教派就会慢慢从鸦人社会中被边缘化，渐渐失去原有的影响力。于是这位大法师果断召集追随者，大举进攻太阳神殿。如果安哈尔拒不交出埃匹希斯水晶，那么司卡拉克斯就要用武力夺取。

在太阳神殿正门前，两大教派打得昏天暗地，战火很快便烧到了尖峰的下层。一些鸦人加入了安哈尔，而另一些则选择与司卡拉克斯并肩战斗。这场内战持续了数月之久，埃匹希斯文明的各个角落都未能逃脱战乱的洗劫。为了力挽战局，安哈尔鸦人决定动用鲁克玛之息，要用这台巨大的武器装置让司卡拉克斯和他的追随者们葬身火海。

前页图片：古代德拉诺上的原兽、破坏者和埃匹希斯势力图

鲁克玛的重生

在埃匹希斯文明的巅峰时期，一小支由安哈尔祭司组成的队伍前去寻找鲁克玛的遗骸。他们在尖峰不远处找到了她焦黑的尸骨，用魔法复活了这只巨鸟。安哈尔取得了成功，但效果并不理想——新生的鲁克玛只继承了从前的少许神力与智慧。虽然如此，埃匹希斯鸦人仍将她视作重生的女神。安哈尔赋予她光明的力量，延长了火鸟的寿命，让她能在天空中翱翔千年万世。

在此情况下，萨拉维斯明白司卡拉克斯鸦人肯定不会是鲁克玛之息的对手，可他仍然寸步不让，率领一小群最为杰出的法师冲上尖峰顶端，以迅雷不及掩耳之势突破了安哈尔的防守阵线，来到了鲁克玛之息面前。

虽然安哈尔鸦人奋力反扑，但萨拉维斯已经施放法术破坏了鲁克玛之息。虽然起了作用，却引发了灾难性的结果。

伴随着一声轰响，装置猝然炸开，尖峰上的大部分鸦人当即毙命，大地也随之震裂破碎。火光消散后，只剩下一片黑暗。

这场爆炸将阿兰卡尖峰分裂成了无数个较矮的峰群，还把附近的地区变成了贫瘠的荒地。后来，人们将这里称作阿兰卡峰林。经过许多个世代之后，这里才重新焕发了生命力，幸存的鸦人甚至用了更长时间才从创伤中振作起来。

尽管埃匹希斯文明已经烟消云散，却有新的文明正在从它的灰烬中冉冉升起。

PETER LEE 16

第二章
岩石之子

第二章

岩石之子

葛隆德的血脉

黑暗之门开启前 1200 年

处于巅峰时期的埃匹希斯帝国彻底地粉碎了永茂林地的力量，同时也帮助其他种族消除了原兽的威胁，给了他们发展壮大的机会。这些新生的文明与鸦人之间罕有冲突——无论是在领地还是资源上，双方都互无交集。鸦人在空中飞翔，生活在地面上的生物自然不会心生惧怕。

但葛隆德的后裔却没能彼此和平相处。

到了鸦人文明衰落之时，这些岩石之子已经为数众多，广布各地。数量相对较少的戈隆——这些比森林还要高出不少的强大巨人仍然四处游荡，形单影只，因为德拉诺的任何地方都无法同时满足多个戈隆的猎食需求。一旦两强相遇，必定会为争夺领地而打个你死我活。

其他体形小于戈隆的生物则聚集在一起，形成了初具雏形的社会。独眼魔虽然天性凶残，却很快就领悟了合作的价值——只有凭借人数上的优势才能战胜对手，离群独居意味着惨败与死亡。在这些早期的部族之间时常会爆发冲突，当某个独眼魔的尊严受到折辱后，冒犯者必然要付出鲜血的代价。德拉诺星球上的其余种族在他们眼中都不值一提，只配作为食物或劳力。

甚至就连与独眼魔有着相同祖先的种族也不例外，食人魔和兽人很快便对体形庞大的独眼魔俯首称臣。当一个食人魔部族被征服之后，他们最好的结局便是被派到战场上去与其他的独眼魔部族拼杀。虚弱患病或是年老体衰的食人魔通常会被活祭，用于安抚戈隆，以防他们侵入独眼魔的地盘。

在葛隆德的后裔中，兽人身材最为矮小，生活在距离独眼魔极为遥远的地方。当时面积最大的兽人聚居区是位于戈尔隆德下方的一处开阔洞穴，虽然这里的物产并不丰富，却总算能让这些兽人免于遭受被独眼魔奴役的凄惨命运。

前页图片：高里亚的食人魔首都

高里亚帝国

黑暗之门开启前1000年

在埃匹希斯社会瓦解后的数百年间，鸦人祭司和法师四散而居，还带走了备受族人珍视的水晶碎片。

后来，司卡拉克斯教派中的小股势力开始对这些知识与力量展开搜寻，其中一些成员追求的是个人荣耀，另一些则是为了让鸦人族群的奇迹得以留存下来。他们当中甚至有人认为，如果能集齐这些古老的智慧并重建鸦人社会的话，也许就能再次迎来崭新的黄金时代。

司卡拉克斯的领导者容吉听说那些关键性的知识都被埋藏在位于塔拉多沿岸的埃匹希斯遗迹之下。独眼魔如今是那片废墟的主人。可他纵然想尽办法，无论是贿赂收买还是以货易货的提议却都没能奏效。那些独眼魔虽然智力平庸，但体形和力量都不容小觑，于是鸦人们只得暂且作罢，等待时机。

容吉和他的追随者从空中观察着独眼魔部族，寻找着赶走这些蛮兽的机会。很快，他们便锁定了助其成事的人选：独眼魔的奴隶——食人魔。食人魔尽管在力量上不及他们野蛮的主人，但在智力上却略胜一筹。更重要的是，他们对任人差使的现状极为不满，只是苦于不敢反抗。

鸦人法师开始私下与食人魔取得联系，答应向他们传授奥术魔法。结果，奴隶们进步神速。作为葛隆德的后世血脉，食人魔也继承了泰坦阿格拉玛的神力，因此对奥术有着与生俱来的敏锐直觉。这一发现令司卡拉克斯感到又惊又喜，没想到竟然有人能如此轻易地学会这些全新的施法技巧。食人魔对大地有着特殊的亲和性，善用奥术力量塑造并驾驭岩石的意志。

高格是最先掌握这股力量的食人魔之一，司卡拉克斯相信他具备杰出的领导才能，是率领同族发动全面叛乱的理想人选。在得到强化后，高格便大步向前……可他并没有把独眼魔看在眼里，而是有着更为远大的目标——消灭戈隆，击垮被所有食人魔奉为神明的庞大掠食者。

就连鸦人都被他的野心吓了一跳，但结果却让他们哑口无言——高格单凭一只手就打败了一只戈隆。他血腥屠杀戈隆的传说如同燎原之火，在食人魔奴隶中散播开来。之后，他取得了一场又一场胜利，等到他击败第五只戈隆时，已经成了所有食人魔聚居区中无人不知，无人不晓的英雄。一直以来，戈隆都被看作是不可一世的怪物，无论是在体形还是力量上都与天神无异，他们认为戈隆是不会被杀死的，更不可能死在区区食人魔的手上。至少，奴隶们曾经坚信这个事实。

高格的壮举彻底颠覆了他们的观念。如果戈隆都能被消灭，那么独眼魔又何足为惧？

当“戈隆杀手”高格光荣归返时，奴隶自发地云集响应，决意要推翻独眼魔奴隶主的残酷压迫，一场喋血大战正式打响，双方均死伤无数。鸦人耐心地在远处观望着战势的发展，只等从独眼魔的领地上把水晶抢夺回来。

最后，几乎所有独眼魔部族都倒在了奴隶的攻势之下。他们完全抵挡不住食人魔的复仇怒火和新获得的奥术力量。有些独眼魔侥幸没被大卸八块，狼狈不堪地向德拉诺各地四散逃亡。

在食人魔奴隶挣脱锁链之后，司卡拉克斯法师悄悄地潜入进去，在废墟间搜寻埃匹希斯遗物与神器。“戈隆杀手”高格却没能让他们如愿——同样身为法师的他，哪里肯把如此强大的力量之源让拱手让人。为了这片领地，食人魔付出了鲜血的代价。于是高格自封为“戈尔高格”，意为国王高格，并宣布他才是这片遗迹的统治者。他将该地命名为高里亚——“国王的宝座”，命令容吉带着他的司卡拉克斯追随者尽快离开，否则将以死罪论处。

鸦人确实离开了，但只是以退为进。高格的行为彻底激怒了容吉和他的族人，他们决定以武力把属于自己的东西夺回来。在夜深人静之时，鸦人法师对刚刚建成的高里亚王国发动了突然袭击。高格率领一群学艺未精的奥术法师奋起反击，无数新获自由的食人魔也前来帮助救世主共同抗敌。国王击败了鸦人，活捉了容吉，毫不留情地结束了这位司卡拉克斯领袖的生命。

容吉惨死在高格手上的消息很快便传遍各地。虽然鸦人仍对埃匹希斯水晶垂涎不已，却都不敢再贸然进犯食人魔的领地。

高里亚帝国在后世数代缓慢地向外扩张。虽然食人魔并不热衷于征战杀伐，却还是有大片土地落入到帝国的版图之中。每当他们发现游荡的戈隆和独眼魔，都会对其追猎到底，为建造新的聚居地铺平道路。城市如雨后春笋般出现在德拉诺的大地上，最大的两座城市分别是位于纳格兰西部的悬槌堡和藏于霜火岭深处的刀塔要塞。这些城市作为高度武装的哨站，帮助食人魔帝国的疆界越扩越广。此外，一张跨越大陆与海洋的先进贸易网更是让高里亚与各处偏远据点密切相连。

高里亚仍然作为帝国的主城，也是供学徒研习奥术魔法的地方。埃匹希斯水晶在这里备受珍视，博学的食人魔法师对蕴藏鸦人知识的水晶碎片大为追捧。

然而，食人魔对巫术的钻研以及与原始奥术力量的接触，也产生了意想不到的负面效果。尽管这样的例子非常稀少，但有些食人魔婴孩生来就拥有两个脑袋。很快，食人魔们弄清了缘由，原来这些食人魔竟然都是天赋异禀的施法者，他们的外貌因此也被视作吉兆。随着时间的推移，高里亚的奥术师甚至能够用法术来人为地制造这一现象，让普通的食人魔长出第二个脑袋，以此强化他们的智慧和驾驭魔法的能力。

兽人氏族的形成

黑暗之门开启前800年

食人魔的叛乱显著改变了德拉诺各地族群的生存现状。在削弱独眼魔和戈隆的力量后，高里亚帝国无异于是帮助戈尔隆德的兽人铲除了两大威胁。兽人从此不必再躲藏在不见天日的地下洞穴里，世代以来头一次敢于到地面上来建造永久聚居地。

兽人的数量呈爆炸式增长，没过多久，人口激增就引发了严重的问题，戈尔隆德本就匮乏的野生物种几乎濒临灭绝。家族矛盾随之而来，但在发酵成一场灾难性的战事之前，许多兽人决定举家迁移。久居地下的艰苦生活早已把他们变得坚韧而强大，舒适与否无足轻重，他们要的只是一片全新的土地来安定下来。

仍然留在戈尔隆德的兽人们逐渐形成了数个风格各异的氏族——黑石、嘲颅、雷刃和龙喉。黑石氏族占据着戈尔隆德的大片区域，继续生活在古老的洞穴之中，研究着周围的大地，积累着金属冶炼和锻造方面的知识。当地仅有且分布甚广的黑石矿那时还很难被开采利用，但当兽人掌握了其中的关键方法之后，便能制造出惊人的工具和武器。大名鼎鼎的黑石利刃更是以可靠性和耐用性广受青睐。

向东迁移的兽人来到了茂密的塔纳安丛林。他们发现这片新家园危机四伏，到处充满了原始的力量。尽管不乏野味，可剧毒植物和凶残猛兽随处可见，稍有疏忽就会身中剧毒，继而缓慢又痛苦地死去。时常听说有强大的兽人因被毒蛇咬了一口而周身麻痹，被拖进丛林深处，葬身于那些隐踪匿迹的生物腹中。不仅如此，在幽暗的洞穴和山谷里似乎还涌动着险恶的力量，当兽人汲取这股暗影精华后，有时会获得力量重拾荣耀，有时则会陷入疯狂。

塔纳安兽人族群间渐渐形成了一种野蛮的迷信观念。那些理智尚存的兽人自称为血环氏族，而彻底迷失在黑暗力量之中的族人则遭到了流放。后来，被流放者形成了一个规模较小的噬骨氏族，族名来自于他们为求生存而不得不蚕食同类的行为。血环与噬骨氏族虽说从未结盟，却也很少交战，对他们来说，单是丛林本身就已足够凶险。

朝着戈尔隆德西部进发的兽人最终来到了寒冷荒凉的霜火岭，这里寒冬凛冽，火山频扰，但兽人却认为只有适者才能得以生存。两大氏族——霜狼与白爪学会了与当地的狼群一同狩猎，甚至将其训练为同伴。另一些兽人则在为称霸这片土地而不懈地努力着。雷神氏族浩浩荡荡地在冰封荒原上四处游走，经常猎杀凶猛的戈隆。如果能成功击杀一只猎物，就足以让他们几个星期都不必为果腹发愁，可要是狩猎失败，他们也要忍受一段食不果腹的日子。

向南迁移的兽人相继来到肥沃富庶的塔拉多。在当地的群山与平原间兴起了三大氏族，分别是火刃、红步和刃风氏族。

第四个氏族——战歌氏族移居到了更为遥远的西南方，深入纳格兰的辽阔草原，过上了类似游牧民的生活，很少会在同一个地方停留超过数月。为求生存，战歌氏族被迫与高里亚帝国的食人魔频繁交战，一代又一代地在这片土地上扎下根来，甚至有些时候比其他氏族还要人丁兴旺。该氏族生性好战，但当兽人对食人魔挑衅得太甚时，往往会招致灭顶之灾。

刀塔要塞
白爪氏族
霜狼氏族
雷神氏族
龙喉氏族
元素王座
悬槌堡
高里亚
战歌氏族
刃风氏族
火刃氏族
红步氏族
通天峰
兽人版图

黑石氏族
雷刃氏族
嘲颅氏族
噬骨氏族
血环氏族
影月氏族

龙喉氏族

在兽人语中，龙喉氏族念作奈尔戈－硕玛什，意为“猛兽的号叫”。这一名称得来于他们对双头巨龙的驯服，那是一种长翼的猛兽，在戈尔隆德外围猎食。龙喉兽人们习惯把双头巨龙叫作奈尔戈，意思是“忠诚之兽”。当该氏族后来在艾泽拉斯遇到巨龙时，也把这个名称套用在了巨龙身上。最终，所有兽人都将龙类统称为奈尔戈。尽管龙喉氏族的名称从未改变，但意义显然发生了变化。

在德拉诺东南的影月谷里也形成了另一个氏族。这些兽人远离高里亚帝国的主要据点，过得相对平静。影月氏族被满天星斗深深吸引，认为可以根据星辰运转的轨迹预测未来。居住在影月谷中的兽人极为神秘，他们围绕占星术和祖先崇拜发明了一系列传统与仪式。

第一位萨满祭司

影月谷的秘法师经常会去世界各地朝圣，希望能够聆听到天神的意志。许多朝圣者都在纳格兰西北边的山岭附近接收到了奇怪的梦境和幻象。令兽人没有想到的是，这里其实正是葛隆德的安息之地，到处都涌动着元素能量，在山脚下尤为强烈。在那片宁静湖泊的正中央，古老巨人的头颅形成了一座小小的岛屿。

初来此地的第一批影月谷朝圣者亲眼目睹了火、风、土、水这四种原始的元素之灵，并聆听它们的教诲。兽人对它们表示了极大的尊重，并将这个新发现的地方命名为元素王座。

萨满祭司之道在兽人的族群中顺理成章地诞生了。这些岩石之子聚集在葛隆德的遗骸周围，学会了用开放的心怀与和谐的意识对元素之灵加以指引。与致力于用凶残巫术撕裂并重塑大地的食人魔不同，这些兽人对这股自然力量满怀敬畏。当他们从元素中获得萨满之力时，结果令所有人大呼惊奇——洪水在他们指尖转道绕行，劲风吹得鸦人突袭者无法靠近。兽人从没见过这般奇迹，也从没与自然界缔结过如此不可思议的联结。

影月氏族最先将自己献于元素。他们把葛隆德的头颅打造成了一座天然的神庙，还向其他族人散播这些知识，几乎得到了所有氏族的接纳。年轻的兽人从小就被培养成元素之灵的坚定拥护者，成年后，这些初出茅庐的萨满祭司也会前往元素王座来寻觅灵魂的赐福。他们会进入冥想状态，用自身的意识去感应元素的力量。其中一些能够如愿得到元素的认可，另一些则只

前页图片：兽人氏族在德拉诺的分布图

元素王座

能无功而返。

在冲破物质世界边界的过程中，少数兽人甚至发现自己接触到了黑暗之力。这些可怜的灵魂误打误撞地闯进了德拉诺之外的另一个界域——虚空。可怕的见闻令他们发了疯，幸存者被流放到氏族之外，被迫在纳格兰的地下洞穴中过起与世隔绝的生活。这些兽人的面容被文上了白色颅骨的刺青，意味着他们对族人来说已经“死亡”。

那些受到元素欢迎的兽人则成了备受尊敬的灵魂领袖，光荣地返回到族人身边。他们地位尊崇，仅次于氏族酋长。萨满祭司之间的联结能够跨越氏族界限，使其得以在族人间调停纷争、化解干戈。

影月氏族还创设了一年两次的萨满集会，名为克许哈格祭典。很快，该集会就得到了所有兽人的认可。每到集会举行时，各个氏族都会暂时搁置争端，互通信息，巩固联结，畅快宴饮。

利爪之王泰罗克

黑暗之门开启前600年

虽然食人魔和兽人一族都在不断壮大并四处扩张，却没有任何氏族或帝国胆敢闯入阿兰卡峰林。世人皆认为那片鸦人文明留下的破碎遗迹中充满了诅咒与鬼魅，还有长翼的生物在狂热地守护着他们的领地。

那些仍把那里当成家的鸦人变得黑暗、不安而迷信。尽管他们自称是“高阶鸦人”，身上却只带着往昔辉煌的残影。强盛的埃匹希斯帝国早已没落，只剩下零散的知识碎片，大多被胡乱拼凑在一起，用错误的方式解读。

历代王者统领着这群高阶鸦人，与安哈尔教派的残余势力共掌权势。祭司保留着敬奉鲁克玛的传统，但她的教诲已被扭曲歪解。埃匹希斯帝国原本深切缅怀安苏的牺牲之举，鸦人保护着塞泰克山谷并小心地研究着其中的暗影力量。如今，那份尊崇已经消逝无踪。

高阶鸦人把塞泰克山谷当成了行刑和处决的场所。任何与安哈尔意见不合的族人都会被定罪成为异端，然后扔进受到风蛇之神塞泰鲜血诅咒的池水之中。大多数遭遇不幸的鸦人都悲惨地死去了，侥幸没死的也被黑暗能量折磨得形貌大改，再也无法在空中飞翔。这些鸦人被称为流亡者，被赶出了所有高阶鸦人的聚居区。

被迫在地面上生存的鸦人流亡者遭遇了当地一种狡诈掠食者——虎人的威胁，这种聪明的猫科生物在德拉诺各地皆有分布。在埃匹希斯帝国瓦解后，许多虎人部族迁移到了阿兰卡峰林。当他们遇到这些无法飞到空中逃离危险的流亡者时，便尽情享受起了追杀猎物的快感。在那段时期，只有受诅咒的鸦人才处于危险的境地。

后来，在某个虎人部族中兴起了一种新式运动，将追猎的目标瞄准了那些仍能在空中飞翔的鸦人。血鬃虎人在强大首领虎王卡拉什的领导下，渐渐不再满足于猎杀流亡者。卡拉什向他的追随者传授了猎网、绳索与捕叉的使用技巧。起初，血鬃虎人先选择孤身高飞的鸦人斥候来磨砺身手，以免惊扰到阿兰卡峰林顶端的鸦人主力军。

随着信心的日益增强，卡拉什便对高阶鸦人正式宣战。血鬃斗士开始对大批鸦人发动伏击，将他们屠戮殆尽。这让高阶鸦人陷入了恐慌，世代以来，这些鸦人从来没把任何“低等”生物放在眼里。安哈尔祭司费尽心力地向族人解释着鲁克玛为何不再施以眷顾，以及峰林遭到围攻的原因。

高阶鸦人之王——泰罗克眼见族人深陷绝望，知道自己必须要采取断然行动来力挽狂澜了。于是，他赶在派大军迎敌之前，独自对血鬃虎人的营地发起突袭，不费一兵一卒就攻破了对方的防线。他凭借一己之力扭转了整个战局，士气大增的鸦人精兵纷纷追随于他，万死不辞。

在与敌人苦战数月之后，泰罗克终于手刃了虎王卡拉什。虎人部族一下子变得群龙无首，这场战争以鸦人大获全胜告终。

高阶鸦人把泰罗克奉为传奇，甚至认定他就是鲁克玛的化身。安哈尔祭司变得紧张起来——在此之前，只有他们才有权代表太阳女神的意志。泰罗克凭借大多数鸦人的支持，在云端建造了一座全新的城市，名为通天峰，重现了古埃匹希斯的辉煌。泰罗克甚至还颁布了新的律法，限制安哈尔教派的权威，宣布高阶鸦人社会必须以对知识和智慧的渴求为指引，绝不能受到恐惧与迷信的禁锢。

这一举动促使安哈尔祭司下定了行动的决心。寂夜之时，祭司劫走了泰罗克和他的女儿蕾希，并把他们丢进了塞泰克山谷的血池中。第二天，祭司对族人宣称，鲁克玛已经不再信任这位鸦人之王，并诅咒了他的后世血脉。他们自称是鲁克玛的信徒，只有他们才有权决定高阶鸦人一族的未来。自此之后，再也没有出现过别的鸦人之王，安哈尔祭司权欲熏心地将鸦人文明牢牢控制在自己手中，直到该文明在数百年后于烈火与杀戮中覆灭。

与此同时，泰罗克在竭力适应着他流亡者的新身份。在被投进诅咒之池后，泰罗克活了下来，但蕾希就没这么幸运了。这场劫难使泰罗克的身心都遭受了极大的扭曲，在痛苦、愤怒与孤单的多重折磨之下，他在塞泰克山谷中饮恨苟存，生不如死。然而在黑暗中，有个声音敦促他继续前行。

泰罗克将其他鸦人流亡者集合起来，寻找那个神秘声音的来源。后来，这位昔日的王者终于明白，原来跟他说话的竟然是恐惧渡鸦之神安苏。这个发现令他大感吃惊——鸦人一族始终把安苏当成死去已久的先祖敬奉，没想到他至今仍然活着，而且还在影响着这个世界。安苏向泰罗克和他的追随者传授了巫术和暗影魔法的秘密，于是在流亡者中间出现了强大的鸦爪祭司。

在安苏的指引下，泰罗克率领流亡者前往古老的埃匹希斯遗迹，在断壁残垣间造起了一座名为斯克提斯的城市，并以这处规模尚小的避难所为起点，伺机重夺领土。后来，阿兰卡峰林四周的丛林全都被纳入了斯克提斯的统治范围，他们所统治的这片领地就是后来的泰罗卡森林。

纵是如此，塞泰克山谷黑暗、折磨人的诅咒依旧影响着泰罗克的意志，让他逐渐陷入狂乱。泰罗克绝望地想要终结自己的痛苦，然而想要活下去的意志，让他转而采取野蛮的手段来寻求治愈的可能。当他疯狂到开始以族人为祭品治疗自己时，鸦爪祭司悲痛地制服了首领，将他封印在安苏藏身的暗影界域里。这样既保全了他的性命，又使流亡者不致沦为他疯狂的牺牲品。

在后来的数百年间，流亡者都对高阶鸦人避之若浼。每当有鲁克玛的信徒被高阶鸦人以反叛和异端的罪名放逐时，鸦爪祭司都会对他们敞开大门。渐渐地，流亡者数量大增，族群规模足以与高阶鸦人匹敌。

元素的劫难

黑暗之门开启前403年

历代以来，兽人氏族都定居在高里亚帝国的边缘地带，虽然与食人魔之间频频发生领地争端，却从未爆发全面战事。高里亚帝国的食人魔对兽人几乎毫无兴趣，更谈不上惧怕。他们一心只想夺取埃匹希斯水晶碎片和散落在世界各地的其他力量之源。一些兽人氏族也开始外出寻找这些神器，只图能把它们拿到食人魔商人那里卖个好价钱。

在此期间，高里亚巫术也迎来了巅峰时代。整个食人魔社会的统治与司法系统都旨在拥护巫王的魔法与智慧，并将其尊称为元首。

兽人的萨满之道引起了食人魔的注意，但他们只当那是故弄玄虚的骗术，无非是让风刮得更猛一些，或是让火烧得更旺一点罢了。直到食人魔亲眼见到某位年长的萨满祭司成功化解了一场险些吞噬兽人村落的洪灾，这才看清了元素的真正力量。

面对这股力量，食人魔采取的做法与兽人大相径庭，全然没有谦卑与敬畏之心，决定直接用武力夺取。当时的高里亚领导者——元首穆罗克派出大军杀向兽人的领地，势要占领元素王座。这场无端进犯令兽人萨满祭司怒不可遏，可氏族却并未大举反击。高里亚军队没有对兽人们妄加屠杀，只是把他们赶了出去。

食人魔迫不及待地用奥术魔法勘察元素王座，对这里的每一寸土地深入探究。但他们不知道，这里是葛隆德的长眠之所，在这位巨人身上蕴藏着泰坦阿格拉玛的力量。

高里亚法师怎么也想不到，在那古老的巨人遗骸里竟然还会残留着原始的泰坦与元素之力，鲁莽的实验引发了灾难性的后果。在那悲惨的一天，食人魔所使用的魔法与葛隆德的残余能量激烈碰撞引发了大爆炸，兽人在巨人头颅处建造的神殿瞬间被炸成了一片狼藉。神殿中的所有高里亚法师当场罹难，空留下几根颓垣石柱屹立至今。

这场意外也导致元素之间失去了平衡，产生了极为深远的影响。风暴四处横行，德拉诺各地的灵魂也陷入混乱。

然而高里亚却派出了更多法师，继续先驱者未竟的事业，元首穆罗克的决心没有丝毫动摇。现在，他掌握了元素力量的切实证据，不将它据为己用誓不罢休。

饱受折磨的元素请求兽人萨满祭司出手相助，迫使兽人氏族终于采取了行动。

氏族联合

黑暗之门开启前402年

之后那届克许哈格祭典上，既无喜庆欢歌，也无宴饮喧闹，只有对元素王座那场灾祸的悲痛悼缅。兽人氏族中的萨满祭司想尽办法安抚德拉诺当地的元素之灵，想让它们重归平衡，却始终未能成功。不仅世界各处都在被毁灭性的风暴席卷，元素更是愤意难平。过不了多久，每个氏族就都会遭遇前所未见的灾荒，厄运或许将永无终结之时。

影月氏族的萨满祭司长者奈尔加姆慷慨激昂地号召所有氏族联合起来。元素在呼号求援，莽撞的食人魔法师还在搅扰着元素王座的宁静。这个世界危在旦夕，眼看就要受到不可逆转的伤害。

在各大氏族群起响应之后，奈尔加姆请求元素对他们的联手赐以祝福，保护他们免受伤害。随后，兽人便步履一致地奔赴战场。

氏族联军首先突袭了元素王座。高里亚法师被打得措手不及，慌忙撤退，但元首穆罗克很快就重整旗鼓，指挥高里亚帝国军团大肆反扑。大军血洗了他们所能找到的每一处兽人营地。德拉诺全境陷入了战火，所有兽人都无法逃脱这场劫难，每一处村庄和住所，无论男女老少全都要做好御敌入侵的准备。

高里亚食人魔认为这种无情的战术一定能把敌人吓得闻风丧胆，当然不会料到兽人氏族还敢奋起迎战。灵活机动的兽人突袭军渐渐攻占了遍布高里亚帝国各地的城塞与贸易哨站，逼得食人魔军队步步后移，最终退回到了帝国的都城——高里亚。

高里亚围攻战

黑暗之门开启前400年

高里亚防御森严，兽人军队也没有理由白白送死，于是他们选择在食人魔主城周围的山岭间布下包围圈，打算把敌人饿死在城里。这在高里亚食人魔看来简直是无稽之谈，他们手中握有船只与海港，就算有那些痛苦的元素之灵助阵，兽人也无法对其构成多大威胁。现如今那些元素已是自身难保，萨满祭司的力量必当不复从前。

但几个月之后，食人魔发现他们的帝国渐渐无法支撑下去了。他们本以为只靠海运贸易就能维系整个城市的运作，但实际上远远不够。他们迫切需要重建被兽人切断的陆运贸易线。元首穆罗克和他的法师们再次将目光投向埃匹希斯水晶，想要从中找到突破围困的办法。不久之后，他们发现了关于塞泰诅咒的古老鸦人传说，开始着手进行实验，把类似的折磨散布到兽人氏族。

食人魔的实验取得了成功。一场被称作“红色天灾”的瘟疫如同野火般迅速在兽人营地间

各大兽人氏族群起应战

蔓延开来。这场销蚀性疫病具有极强的传染性，病程可长达数月，染病者惨死无数。兽人发现健康战士的数量正在急剧减少。在问询过元素之后，奈尔加姆和他的萨满祭司同伴才意识到，这不是天灾，而是食人魔在暗下杀手。

这场围攻战眼看就要宣告失败——不等高里亚投降，就会有太多兽人死于非命，各氏族酋长的斗志也发生了动摇。何况战士纷纷染病，也根本不可能再对食人魔主城发起正面突袭。留给他们的时间已然所剩无几。

奈尔加姆和其他萨满祭司为求胜利，决定铤而走险。他们破天荒地恳请元素出手，铲平高里亚。无论是兽人还是元素之灵都明白，一旦氏族联手的行动失败，元首穆罗克必然会继续威胁元素王座的存在。

萨满祭司集结在高里亚的高城深堑之外，亲眼见证了元素之灵的激昂怒火。接下来发生的一幕令所有人永世难忘。

一场气吞山河的风暴席卷了整座食人魔城市。刹那间，大地呻吟，万物战栗。风暴接连肆虐了数个小时，高里亚的围墙与建筑在闪电与地震面前轰然倒塌。废墟间燃起大火，烈焰封锁了食人魔的逃生路线，连停泊在港口中的船舶也是火光冲天。当最后只剩下瓦砾与灰烬时，大地犹如一张洞开的血盆巨口，把元首穆罗克连同他那座伟大的城市一起吞入腹中。

命丧当天的食人魔多得难以计数，元素们没有对一人施以恩赦。后来，高里亚毁灭的消息渐渐传到了食人魔帝国的其他城市与哨站，食人魔余党再也不敢跟元素抗衡。

兽人虽然得胜，却也没有欢呼庆贺。他们同样损失惨重，还见识到了一股毕生都不愿再见的毁灭之力。奈尔加姆与萨满祭司对元素们的怒火尤为惧怕。他们认为已经没有再联军作战的必要，各个氏族应该就此分道扬镳。

无人对此提出异议。兽人氏族分别返回各自的领地，但他们的生活已经彻底发生了变化。“红色天灾”从来都未曾真正消失，每隔几代就会爆发一次，在氏族间掀起浩劫。

经此一战，高里亚帝国元气尽丧，食人魔部族的其他城寨——尤其是悬槌堡和刀塔要塞——竭力守卫着自己的领土，渐渐形成了独立的城邦，不再作为统一帝国的一部分。高里亚食人魔也无意洗刷主城陷落之耻，以免付出更为惨痛的代价。

高里亚被毁后，食人魔的防线变得脆弱不堪，许多兽人氏族都从敌人手中夺取了大片领地。更为重要的是，兽人超越了食人魔，成为了德拉诺最先进、最具优势的族群。

可惜好景总是昙花一现。

流亡者的避难所

黑暗之门开启前200年

早在高里亚陷落之前的遥远年月，就有一股力量在密谋着改变兽人的未来……

在远离德拉诺的浩瀚宇宙中，萨格拉斯和燃烧军团击败了泰坦的万神殿。纵观寰宇，再也没有任何人能与恶魔抗衡，阻止他们摧毁万物，但萨格拉斯也需要联合新的盟友来继续这项使命。他麾下的恶魔天性狂野，极难控制，必须要招募副官和谋士来对任性妄为的燃烧军团加以指引。在此情况下，他发现了一个名叫艾瑞达的高等智慧种族。

在三位智者——阿克蒙德、基尔加丹和维伦的统领下，艾瑞达人将他们那个名叫阿古斯的世界打造成了崇尚知识与哲学的天堂。在遭到萨格拉斯的腐化之后，大多数艾瑞达人都自愿接受了自己的命运，乐此不疲地当上了燃烧军团的指挥官，率领恶魔大军上阵厮杀。

一部分艾瑞达人并未妥协。在三位领导者中，只有维伦没有向萨格拉斯屈服。他带领其他异议者，大胆地逃离了阿古斯——多亏纳鲁的帮助，他们才得以顺利出逃。纳鲁是一种圣光生物，立誓保护宇宙和众生万物。他们早就预见到了艾瑞达人遭受腐化的结局。

数千年来，维伦和大多数德莱尼人——在艾瑞达语中是“被流放者”的意思——挣脱了燃烧军团的魔爪，在宇宙中寻找着容身之处。他们通过名叫吉尼达尔的空间要塞，往返于物质宇宙和扭曲虚空之间。这种充满纳鲁力量的飞船能载着德莱尼人在广阔无垠的星海中穿梭。

虽然在航程中充满危险，但维伦和他的德莱尼追随者几乎避开了所有燃烧军团的耳目，恶魔也没能追寻到他们的踪迹。在三位纳鲁——克乌雷、卡拉与德欧里的协助下，德莱尼人总能事先感应到追猎者的迫近。每到此时，流亡者便会果断撤离，消失在星辰之间。

维伦深知，若是无法找到一个能让族人定居的世界，他们就永远都不会是燃烧军团的对手。在那之前，吉尼达尔就是德莱尼人唯一的家园。

可是在宇宙中往来飞行需要消耗难以置信的能量。纳鲁的灵魂必须要承担起漫漫旅途的重担，他们的力量也会因太久的旅途消耗殆尽。随着他们圣光能量的消退，吉尼达尔也将面临解体的危险。

纳鲁知道逃离的时间已经结束。他们找到一个燃烧军团尚未染指的世界，为了抵达那里，倾尽了所有残余的力量。

维伦和他的追随者们将这世界命名为德拉诺，意为“流亡者的避难所”。

吉尼达尔的坠毁

德莱尼人在最后一趟旅途中遭遇了灾难。其中一位纳鲁——卡拉失去了与圣光的联结，虚空能量开始将它吞噬。事实上，许多神圣生物都难逃这样的结局。尽管光明与虚空是两股对立的力量，却不可避免地紧密相连。当纳鲁失去力量，濒临死亡时，它的神圣能量便会衰减，渐渐寂灭的光明会被与之截然相反的虚空所取代。

卡拉最后的行动是说服德莱尼人将它从吉尼达尔上扔下去。想做到抛弃一个纳鲁谈何容易。虚空能量已经流遍了卡拉的躯体，它在本能的驱使下转而攻击其他两位正在弱化的纳鲁。它们的能量在吉尼达尔的船舱里发生了激烈碰撞，混乱之中，被卷入战斗的人瞬间丢掉了性命。幸好维伦及时出手，用光明的力量将另外两位纳鲁与它们被腐化的同伴隔绝开来，然后将卡拉扔下了船。此后的数百年间，沦为黑暗生物的卡拉都将在影月谷上方的天空中浮荡。

维伦的英勇之举拯救了德莱尼人，也引发了严重的后果。这场战斗让他耗尽体力，身体和精神上都遭到重创。他不能再准确地预见未来，要用好几百年才能彻底痊愈。

另外两位纳鲁也太过虚弱，无法让吉尼达尔在德拉诺星球上安全着陆。飞船撞击在地上，致使德欧里和船上的不少德莱尼人丧生。等到坠毁点烟雾尽散之后，吉尼达尔残骸的位置上只留下一片水晶山。

幸存的德莱尼人逃出船舱，进入了一个陌生的新世界。仅存的纳鲁克乌雷警告德莱尼人尽快撤离，它知道自己也和卡拉一样遭到了腐化，不愿让他们暴露在虚空之下。从此以后，维伦和德莱尼人就只能依靠自己的力量求存，而这个星球也成了他们所能见到的最后一个世界。

维伦虽然身负重伤，意志却依然坚定，带领族人向前进发。在这片大陆上充满各式各样的奇景与谜团，看似生机勃勃，实则危险丛生。维伦先是创立了一个名叫游侠的组织，派出斥候到这片全新的家园各处展开探索，寻找会对德莱尼人未来造成影响的资源——以及威胁。

不久之后，斥候便会满载而归。

主教议会

自从离开阿古斯之后，维伦就不断地通过纳鲁和圣光预见到未来的景象，以此赢得了“先知”的称谓。在这种能力的帮助下，他曾经无数次在危险发生前带领族人安然逃离。如今，德莱尼人失去了纳鲁的指引，维伦的伤势又令他的预判大为失准。

与此同时，维伦眼中的画面也变得越来越恐怖。当他接触到黑暗的卡拉时，他看到了那些在虚空中徘徊的混乱邪恶生物。维伦不仅看见了有可能成真的未来，还包括虚空的渴望。腐化宇宙的虚空梦境真假难辨，让人难以分清哪些是真实的灾难，哪些只是扑朔迷离的幻影。

维伦认清了一个事实，如果族中只有他一位领袖，而他的判断又不够准确的话，德莱尼人必将遭遇灾祸。

吉尼达尔坠毁在德拉诺

于是，维伦成立了一个议会，让诸位贤能之士分别监管德莱尼文化的方方面面。议会中的首位“主教”名叫奈丽，领导着不久前刚刚创立的游侠组织。她素来以身作则，平日里总是与其他游侠一同外出探查。

第二位主教担负起了指引德莱尼工程师——技师们的任务，督促他们制造护甲、武器与住所。哈塔鲁技艺精湛，而且早就掌握了塑造德拉诺天然矿物的技巧。阿肯尼特水晶是他最早的创造之一，可以作为奥术能量的导体，给德莱尼社会带来光明与力量，还能让他们得以修造建筑物，让家园免受威胁。

第三位主教名叫阿卡玛，统领着德莱尼守备官。作为一群忠于光明的战士，守备官不遗余力地捍卫着族人，助其抵御着弥散在这片全新土地上的黑暗力量。

第四位——也是最后一位主教名叫奥萨尔。吉尼达尔飞船上的纳鲁有的已经死去，有的正在缓慢腐化，但都还残存着一些神圣能量。此外，德莱尼人还找到了德欧里的遗骸。他们既不知道这位惨死的纳鲁是否危险，也不确定他已被虚空能量吞噬到了何种程度。研究分析德欧里及其他纳鲁的责任就落在了奥萨尔的肩上，但愿能够借此与德拉诺之外的纳鲁和德莱尼人取得联系。致力于这项事业的组织被称作沙塔尔，奥萨尔即成为了该组织的领导者。

沙塔斯的建立

黑暗之门开启前 195 年

德莱尼游侠在德拉诺星球上四处寻找，想要觅得一处永久居住地。后来，他们终于找到一片未被其他生物占领的原始地带。那里四周群山环绕，紧邻大海。

令游侠没有想到的是，这里正是从前食人魔王国的主城——高里亚。德拉诺当地的其他族群都对那场吞噬城池的元素天灾记忆犹新，没人愿意涉足此地。德莱尼人对此并不知情，自然也就未有迟疑。维伦率领族人在那里建造起了沙塔斯城，在德莱尼语中意为“光明之居所”。经过技师昼夜不停地全力建造，这里很快就建筑参天，水晶林立，道路宽广，为德莱尼文化的发展壮大奠定了基础。

就在德莱尼尽心打造家园的同时，一种奇怪的现象引起了他们的注意。沙塔尔的一位成员——玛拉达尔感觉到那些死于吉尼达尔坠毁事故中的德莱尼亡魂有些异样。纳鲁德欧里的遗骸越来越沉入虚空的状态，并吸引亡魂纷纷向他靠近。最为令人震惊的是，当亡魂到达死去的纳鲁附近，活着的德莱尼就能跟那些死去的族人交谈。

在艾瑞达人的历史上从未有过这样的先例。维伦立即命令玛拉达尔率领沙塔尔成员把德欧里的遗骸转移到更为隐蔽的地方。他们在泰罗卡森林外围找到了一处理想的位置，那里与其他文明都相隔甚远。随后，沙塔尔在那里建造了一处巨大的陵墓来安葬德欧里。在他们将那位纳鲁的遗骸放入墓穴之后，德莱尼亡魂也尾随而至。

这处陵墓即是奥金顿，在德莱尼语中有“英灵的居所”的意思，玛拉达尔也因此被任命为德莱尼议会的第五位主教，领导着一个名为奥金尼的组织。玛拉达尔和组织成员负责与死去的德莱尼交流，保护他们的灵魂不受侵害。

黑暗之星

黑暗之门开启前 180 年

随着沙塔斯城日益繁荣，维伦提醒德莱尼人不要到离开据点太远的地方居住。他希望能与兽人和食人魔这两大文明和睦共处。

然而在几年之后，他的想法便发生了转变。游侠在探索德拉诺的过程中发现了越来越多的迹象，证明坠毁的吉尼达尔对星球造成了严重伤害。飞船坠地后释放出了强大的奥术、光明与虚空能量，扭曲了当地的动植物群。原兽与破坏者离开了各自的领地，与遇到的其他生物公开交战。就连德拉诺的植物也比维伦他们在别的星球上见到的更喜攻击，危险性不容忽视。

维伦认为德莱尼人有责任弥补这一无心之失。大批技师、游侠和守备官在德拉诺各处建立起了哨站与城市，使其与该星球上的奥术能量线纵横相连。在这些全新的聚居点中，最为卓越的是位于影月谷东部边缘地带的卡拉波神殿，那里很快就成为了德莱尼人最美的圣地之一。

随着时间的推移，借由奥术与光明能量，德莱尼人终于修复了德拉诺的创伤。原兽和破坏者的关系也在数十年间渐趋和缓，危害似乎得到了控制。

扩张加强了德莱尼人与其他种族的联系。维伦再三向主教们表示，不愿让族人与当地物种交战，希望德莱尼人的到来不会给兽人和食人魔造成任何不良影响。可他的这一愿望很快就成了泡影。

影月兽人向来对神迹很是敏感，他们看出了天体运转背后的意义。当卡拉的遗骸在空中出现时，影月氏族的秘术师把这一现象称为“黑暗之星”，将其当作神明崇拜。

有一些萨满祭司尝试接触卡拉的暗影之力，结果被那位死去纳鲁体内的虚空能量震得粉身碎骨。影月氏族很快便认清了现实——黑暗之星的力量不该由凡人享有。他们严禁任何不自量力的做法，倘若有人胆敢违命，就会立即被逐出影月谷。

“灵魂之山”沃舒古

被困在吉尼达尔水晶残骸中的衰亡纳鲁也同样在影响着兽人社会。就在德欧里的遗体开始将德莱尼人的亡魂吸引到他身边的同时，克乌雷也引来了兽人的亡魂。当氏族发现这一现象后，萨满祭司便频频造访那座被其命名为沃舒古的水晶山，与先祖交谈。

一部分兽人的亡魂汲取了残留在吉尼达尔中的光明能量，睿智程度远胜生前。这些先祖极具先见之明，听从其指引的氏族成员通常都会对结果感到喜出望外。

情势的转折让德莱尼人深感忧虑。虽然德欧里身上也在散发着虚空能量，但毕竟它的遗骸已经破碎。反观克乌雷，它的身体依然完整，正在释放着惊人的黑暗力量。长此下去，德莱尼人不确定会对这个世界或兽人产生怎样的影响，而沙塔尔研究吉尼达尔的秘密任务也依然毫无收获。

他们能想到的各种应对办法都会不可避免地引发灾难。倘若强行斩断兽人与其先祖的联系，双方难免会大动干戈；如果克乌雷突然在虚空中堕落得更深，后果同样不堪设想。矛盾之下，德莱尼人没有采取任何对策。

正如他们担心的那样，克乌雷的虚空能量渐渐令兽人深受其害。当德莱尼的飞船坠毁时，引起了一个位于纳格兰地下的小型兽人群落的注意。这个群落的成员都是因为汲取虚空之力或是在萨满仪式上陷入疯狂而被逐出氏族的流亡者。世代以来，他们聚居在纳格兰的地下洞穴中，脸上文有与其身份相对应的白色颅骨刺青。

流亡者在沃舒古地下开挖隧道来调查这些奇怪的外来者。后来，他们也接触到了从克乌雷遗骸中流出并渗透到地下的虚空能量。

通过对这股力量的研究，流亡者开始与虚空领主交流。这些可怕的实体对兽人做出回应，用铺天盖地的灾难景象对其进行狂轰滥炸，还向他们揭示了使用暗影魔法的秘密。在虚空能量的作用下，这些兽人的皮肤渐渐变得惨白，他们因此自称为白鬼兽人。

除了白鬼兽人之外，克乌雷的黑暗能量并没有对其他兽人族群产生任何立竿见影的影响。在此后的数十年间，一部分兽人氏族开始与德莱尼人通商，但大部分还是警惕地保持着距离。经常可以看到兽人斥候——这些斥候往往都是好奇的年轻人——从远处窥视德莱尼的聚居地。

有些兽人将德莱尼人视作神圣的物种，另一些则不这么认为，但他们都没有把德莱尼人当作真正的威胁。在兽人眼中，偏好隐居的德莱尼人只是有些让人捉摸不透罢了。

然而食人魔却将德莱尼人的与世隔绝当成了软弱。

复兴高里亚

黑暗之门开启前100年

食人魔打从德莱尼人到来的第一天起就注意到了这群天外来客，那个从天而降的火球极大地引起了他们的兴趣，悬槌堡的斥候时刻都在密切监视着德莱尼人在泰罗卡森林中的扩张。

沙塔斯城初建时，引得悬槌堡上下一片震怒。德莱尼人初来乍到，跟食人魔相比又弱又小，居然如此胆大包天，竟敢在高里亚帝国伟大都城的遗迹上建造城市？这在食人魔看来真是奇耻大辱。

但当他们亲眼见到沙塔斯那设计精妙的建筑和森严有序的防御时全都大呼意外，在德拉诺星球上还从未出现过那般高超的科技。哪怕是德莱尼人当中最拙劣的学徒，都令食人魔最强大的法师望尘莫及。

当一位新领袖夺取了悬槌堡的控制权后，他宣布要征服沙塔斯。元首霍克隆本身是一位颇具天赋的奥术法师，他认定德莱尼人偷取了他们的力量。也许在此之前德莱尼人也算有点本事，可他们毕竟是把城市建造在了高里亚遗迹之上，谁知道在那座古城地下埋藏着多少知识？那里曾是高里亚帝国最伟大的核心地带，也是所有法师学徒受训的地方。

霍克隆在族人面前公然嘲笑德莱尼，将其称为“篡夺者”，并发动族人大举出击。他立下承诺，只要能消灭德莱尼人，高里亚帝国必将重振雄风，而悬槌堡也将成为这个兴旺发达帝国的中心。食人魔一族甚至无须动手再造城市，德莱尼人已经帮他们造好了。霍克隆的提议得到了悬槌堡贵族的群起响应，迫切地想要将那座非凡的新兴城市据为已有。

面对浩荡来袭的食人魔大军，沙塔斯城的德莱尼人虽然以少敌多，却毫无畏惧。城市的防御设施轻松地化解了悬槌堡的第一波攻势，也没有给敌人留下任何重整旗鼓的机会。

就在食人魔们准备整装再战时，游侠与守备官们从四面八方发起突然袭击，把食人魔打得七零八落。阿卡玛率领一支由圣光战士组成的精锐战队，其中包括他最出色的两位追随者——玛尔拉德与努波顿。他们找到并杀死了霍克隆及其麾下的几位将领，悬槌堡大军瞬间乱作一团。但德莱尼并没有将食人魔赶尽杀绝，而是见好就收，撤回到沙塔斯城内。

随后，维伦登上沙塔斯被圣光环绕的城墙，用穿破天穹的洪钟之声宣布：“回家吧，我们不会伤害你们。”

食人魔闻听此言落荒而逃。这场旨在复兴高里亚帝国的浩大战争在首次交锋后就戛然而止，伤亡人数少得出人意料。从此，悬槌堡的食人魔再也不敢对德莱尼人发动正面袭击。

微妙的平衡

黑暗之门开启前 99 年

在食人魔进犯沙塔斯之前，兽人始终没有把德莱尼人看作威胁。如今，情况发生了转变。悬槌堡大败而归的消息很快就传遍世界各地。德莱尼人掌握的奥术与神圣魔法先是令兽人大感惊诧，接着便产生了疑虑。在那年举行的克许哈格祭典上，兽人各个氏族间的气氛空前紧张。有些氏族提议避免跟德莱尼人有任何接触，另一些则决意将其视作仇敌，如果他们胆敢擅闯兽人的领地，就一定要让这些陌生人尝尽苦头。在兽人看来，德莱尼人轻纵食人魔军队的做法恰恰表明了他们的软弱，有几位兽人酋长甚至据此得出了德莱尼人胆小畏战、惧怕强敌的结论。

各个氏族在克许哈格祭典上没能达成共识，怀揣着不安返回了各自的领地。毕竟，德莱尼人从没表露过侵犯兽人的企图，大多数氏族都愿意与之保持距离。

但刃风氏族却采取了不同的策略。他们的居住地位于泰罗卡森林与纳格兰之间，因此熟知德莱尼人最重要的贸易路线与商队行程。

接连数支商队在同一天失踪，维伦和主教们察觉到了异常。很快，他们便找到了贸易商人那一具具被烧焦的遗骸。在死去的德莱尼人中间，他们还发现了几具兽人的尸体，身上带有刃风氏族的刺青纹样，显然是突然发难的袭击者。最为令人忧虑的是，有一些德莱尼贸易商人下落不明，显然是落入了兽人之手。

许多德莱尼人渴望复仇，让敌人血债血偿。维伦制止了他们。他允许游侠组织前去秘密营救俘虏，但反对向刃风氏族贸然开战。刃风氏族规模不大，相对而言不难对付，但兽人历来有着宁死不降的传统，除非将刃风氏族彻底消灭，否则战争将永无止日。可即便得胜，其他氏族是否就会惧怕退缩？兽人的天性绝非如此。

维伦不想打仗，可他也知道兽人敬畏勇猛的对手。此后出发的商队通常会有守备官保护，随身携带着闪耀着圣光之力的武器，胆敢袭击商队的兽人突袭者通常都会被打得丢盔弃甲。不过有时商队也会死伤惨重，有时还会有更多德莱尼人被兽人俘虏。

游侠只营救出了一部分德莱尼俘虏，其余的则终身沦为兽人的奴隶，有些还为主人孕育了后代。那些混血子嗣无论是在德莱尼还是兽人社会中，都会遭到辱骂与排挤。

游侠与守备官很快就赢得了刃风氏族的尊重，他们只会对防卫松散的商队下手，除非率军突袭的兽人格外勇猛（又或者说是愚蠢）。

奥格瑞姆与杜隆坦

黑暗之门开启前13年

随着时间的流逝，在德拉诺星球上的兽人和德莱尼人之间达成了新的平衡。尽管双方偶尔还是会爆发小规模的流血冲突，但在这两大种族之间也并非始终都是暴力相向，例证之一便是出现了两位与德莱尼人交好的年轻兽人，他们就是奥格瑞姆·毁灭之锤和杜隆坦。

今后，这两位年轻人都会成长为伟大的领袖，将以自己的方式改变整个兽人族群的命运。

奥格瑞姆与杜隆坦分别来自黑石与霜狼氏族，两人相识于某一年的克许哈格祭典。当各自氏族的酋长会聚在一起讨论时势和贸易协定时，他们会相互比试力量与意志。就这样，从竞争中萌发出了友谊之花，多年盛放不败。

虽然不同氏族的成员彼此交好的情况有违传统，但霜狼和黑石氏族的长者还是默许了奥格瑞姆和杜隆坦的友谊。某一年夏季，两位年轻人在霜火岭与戈尔隆德的交界处相遇，他们早就被告知不能走出兽人的领地，可奥格瑞姆和杜隆坦都不是墨守成规的兽人。

他们闯进了茂密的泰罗卡森林，遭遇了一个愤怒的悬槌堡食人魔。虽然奥格瑞姆和杜隆坦力量强大，但还是在食人魔凶猛的攻势前败下阵来。凶残的食人魔对两位年轻人穷追狠打，然而始终没能将他们杀死。

游侠斥候们一直在追踪这个深入德莱尼领地的不速之客，这时突然从树林中冲出，乱箭将其射死。德莱尼猎杀战队的首领——瑞斯塔兰钦佩奥格瑞姆与杜隆坦的英勇，同时也知道森林中还潜伏着其他对他们虎视眈眈的食人魔。于是瑞斯塔兰提出让他们到不远处的泰尔莫暂避风险。

奥格瑞姆和杜隆坦对德莱尼人心怀警惕，但权衡之下，还是接受了这个提议。他们和大多数兽人一样，从未踏足过德莱尼人的领地，不仅惊讶于对方的热情好客，更是对泰尔莫的科技与工艺啧啧称奇。

面对两位兽人的突然到访，德莱尼人也是大感意外。维伦在见过瑞斯塔兰后，提出了与这两位造访者见面的要求。近来，维伦经常会莫名其妙地梦见兽人，在梦中看见他们正在紧锣密鼓地团结备战。通过这些梦境，先知还看见有一团巨大的阴影正在缓慢地逼近德拉诺。

由于伤势未愈，维伦无法分辨这些预兆的真伪，所以决心亲自查个明白。在与奥格瑞姆和杜隆坦见面时，维伦细心观察，然而他没能在他们心中找到任何黑暗的影子。与此恰恰相反的是，两位年轻人都显得骄傲而真诚。

奉维伦之命，游侠中的斥候将奥格瑞姆和杜隆坦护送到戈尔隆德边界处。尽管在泰尔莫停留的时间并不长，他们都对德莱尼人有了不少了解，回去之后向族人转述了德莱尼人的盛情款待，以及那些令人叹为观止的景象。

这场偶遇也是兽人和德莱尼人之间最后几场和平邂逅之一。

第三章

部落的崛起

第三章

部落的崛起

第二次入侵艾泽拉斯

在德莱尼人逃离阿古斯之后的数千年间，萨格拉斯与燃烧军团还在继续着那场燃烧的远征。恶魔给无数世界带去毁灭，将所有文明烧成灰烬。

但有一个世界却抵挡住了军团的侵袭。这个世界就是艾泽拉斯。

艾泽拉斯是个非比寻常的星球，星球的核心沉睡着初生的泰坦之灵，这个沉睡的泰坦之灵一旦觉醒，将拥有比萨格拉斯更为强大的力量。军团的统治者深知，如果这个世界之魂落入虚空领主之手，那么他将成为连萨格拉斯自己都难以抗衡的利器。

萨格拉斯急于赶在虚空领主用黑暗将其笼罩之前占领艾泽拉斯。为此他发起了对艾泽拉斯的大规模入侵。形形色色的恶魔蜂拥而入，残杀着星球上的住民，用邪能魔法腐化着大片原野。上古战争由此打响。

接着，不可能的事情发生了。在一个名为暗夜精灵的高贵种族的领导下，艾泽拉斯的当地物种打败了来犯的燃烧军团，将其赶回扭曲虚空。

铩羽而归的萨格拉斯陷入了狂怒，立誓要不惜一切代价夺取艾泽拉斯，酝酿发起第二次入侵。然而，军团统治者也面临着重重困难，其中最需要解决的是如何把恶魔大军再次带回那个世界。要想打开连通扭曲虚空和物质宇宙的传送门，确保军队畅通无阻地安全通过，并不是一件容易的事，需要消耗的能量超乎想象。

在第一次入侵时，军团利用了艾泽拉斯永恒之井的力量。那股强大的奥术魔法之力让恶魔顺利打开了通往虚空的道路。可如今永恒之井已经被艾泽拉斯的守军摧毁，要想另觅他法势必会耗费大量时间与精力。更重要的是，萨格拉斯想要确认一点，即当燃烧军团再度入侵时，不会遭到强烈抵抗。他希望能在恶魔党羽踏足那个世界之前，先把艾泽拉斯变成一盘散沙。

战术在萨格拉斯的脑海中渐渐成型——他要率领燃烧军团找到新的武器来削弱艾泽拉斯守军的力量，然后再指挥恶魔主力军大举侵入。萨格拉斯命令追随者在全宇宙中搜罗合适的种族来加以腐化，进一步扩充军阵。

与此同时，这位堕落的泰坦把注意力集中在了艾泽拉斯世界上。他在那里物色到了一个强大的实体，打算使其助他一臂之力。

前页图片：围攻沙塔斯

第二口永恒之井

尽管原先的永恒之井已经被毁，井中的能量却未散尽。一位名叫伊利丹·怒风的暗夜精灵偷取了一些井水，创造出了一口全新的永恒之井。

萨格拉斯与燃烧军团最后发现了这口井的存在，但却没能像利用第一口永恒之井那样轻而易举地驾驭这股力量。第二口永恒之井上长着一棵参天的魔法大树——世界之树诺达希尔，守护着井中的能量。

漫长的追猎

黑暗之门开启前12年

就在燃烧军团全力以赴地准备再次入侵艾泽拉斯时，欺诈者基尔加丹命令一个名叫塔尔加斯的恶魔前去追击德莱尼人。塔尔加斯去过数十个那些叛徒曾经落脚的世界，却总是慢了猎物一步。在屡次失败后，塔尔加斯终于发现了他们的下落。

当吉尼达尔在德拉诺星球上坠毁时，撞击释放出一波波神圣能量，涌入了扭曲虚空。塔尔加斯感觉到了这股力量，对那诡异的现象展开调查。当他意识到这些能量来自纳鲁时，心中腾起了希望，维伦和那些叛徒之所以能顺利逃离阿古斯，正是得益于那些纳鲁的帮助。

一百多年来，塔尔加斯都在循着神圣能量的痕迹四处追寻，直到他来到了葱翠的德拉诺。塔尔加斯原本做好了再次失望的准备，料想德莱尼人会再次从他指缝间逃脱。谁知这次却和以往不同。

通过对德拉诺的观察，塔尔加斯看到了正在蓬勃发展的德莱尼文明。那些德莱尼人不仅在这个世界住了下来，就连那艘空间要塞也成了一堆废铁，他们被困住了。

塔尔加斯把这一发现报告给基尔加丹，令恶魔领主大喜过望。他与维伦从前是知交好友，当先知带着那群叛徒离开阿古斯后，基尔加丹便将他的行为视作背叛，理应受到严惩。现在，恶魔领主总算能够如愿以偿。

基尔加丹命令他的仆从躲藏起来，偷偷向他报告德拉诺的情况。塔尔加斯将与德莱尼人及其生活方式有关的一切都如数告知基尔加丹，还给他详细描述了兽人等当地族群的现状。

虽然基尔加丹恨不得立即消灭那些背信弃义的德莱尼，但他还是决定暂且忍一忍。萨格拉斯下令要他和燃烧军团的其他指挥官去寻找新的种族来壮大军团的力量，也许兽人恰好是合适的人选。

基尔加丹命令塔尔加斯继续监视德拉诺和所有住民的一举一动，希望能够深入了解兽人以及他们的风俗习惯。

传奇时代

黑暗之门开启前11年

塔尔加斯耐心地观察着兽人和他们的行事之道，发现这个种族拥有坚韧不拔的意志，而且有着明显的暴力倾向。虽然他同时监视着所有兽人氏族，但把更多的注意力集中在了最有影响力的几个强大氏族：战歌、黑石、血环、影月、雷神和霜狼身上。

在纳格兰，与悬槌堡食人魔无止无休的战斗将战歌氏族打造成了一群令人见之生畏的游牧骑兵队，氏族首领是一位名叫格罗玛什·地狱咆哮的战士。悬槌堡食人魔在人数上占尽优势，却依然没能阻止勇猛的氏族酋长屡屡率军来袭。地狱咆哮麾下的狼骑兵具有机动灵活的作战能力，利用游击战术突袭分布在纳格兰各处的食人魔聚居点，最终瓦解了悬槌堡在当地的势力，夺取了大片领地。他们将食人魔打退到要塞的高墙之内，战歌酋长因此也成了在各个氏族间名声大噪的传奇领袖。

然而悬槌堡的苦难才刚刚开始。食人魔一族有着奴役兽人的漫长历史，他们强迫奴隶在残忍的竞技对决中彼此厮杀来供其取乐。一名奴隶在悬槌堡聚众起义，他就是卡加斯。他为了挣脱锁链强行扯断了自己的一只手，并号令其他奴隶效仿他的做法。有了同伴的相助，卡加斯在城中横冲直撞，令食人魔奴隶主血溅当场。

卡加斯和那群昔日的奴隶成立了一个全新的氏族——碎手氏族，在阿兰卡峰林定居下来。长年遭受奴役的经历把这些兽人变得扭曲而愤怒，心中充满了痛苦与折磨。这在卡加斯和他的追随者之间形成了自毁容貌的血腥传统。他们在断肢上加装武器，卡加斯本人作为这项传统的发起者，赢得了“刃拳”的称谓。

碎手氏族领地的北方边界与戈尔隆德接壤，那里是黑石兽人的家园。他们的酋长——黑手在各氏族的兽人中赢得了广泛尊重。虽然他天性傲慢，渴望权欲，却也是极富魅力的领袖和伟大的斗士。强大的兽人战士在酋长的领导下，毅然决然地在德拉诺各处征伐。

黑石氏族堪称德拉诺星球上人数最多、组织最为严密、装备最为精良的兽人军事力量。族中的萨满祭司精于利用元素之火淬炼黑石矿，那是一种在戈尔隆德出产的罕见金属。黑石兽人夜以继日地在锻炉旁辛苦劳作，铸造着几乎坚不可摧的附魔武器与盔甲。

和战歌氏族一样，黑石氏族也与当地的食人魔族群交恶已久。等到塔尔加斯开始密切观察黑手和他的追随者时，黑石兽人已经击溃了凶残的敌人，把他们从戈尔隆德赶了出去。

血环氏族与其他氏族大不相同，这些高度迷信的兽人居住在塔纳安丛林中的偏远角落，终日在那里研习黑暗仪式。血环兽人面临着各种各样的威胁，被迫在木精、原祖荆兽、食人魔和鸦人中间艰难求存，甚至一度被这些敌人逼到了灭绝的边缘，直到一位新任领袖——基尔罗格·死眼的崛起。

在当上酋长之前，基尔罗格通过仪式预见到了未来。他挖出了一只眼睛，预见了自己的死亡。这个可怕的仪式并没有让基尔罗格心生惶恐，得知死期后，他反而变得无畏无惧。

基尔罗格手刃父亲，控制了濒临瓦解的血环氏族。在他的领导下，兽人血洗丛林，将宿敌

黑手大战食人魔

一一铲除。

塔尔加斯饶有兴趣地发现，原来并非所有兽人氏族都如此好战。影月兽人的性情相对平和，常年定居在影月谷，崇尚灵魂联结，许多传统都以萨满教义为核心。族中的萨满祭司会频频前往元素王座，与德拉诺世界的元素之灵交流，还对死去的先祖尊崇有加，召唤他们前来指点迷津。

睿智的耐奥祖是影月氏族的领导者，所有氏族都对他颇为敬仰，这在各据一方的兽人族群中实属罕见。耐奥祖以所有萨满祭司导师和顾问的身份，帮助各个氏族培养和维系与元素之间脆弱的联结，并将自己与元素交流的经验分享给他们。

还有霜狼氏族，塔尔加斯认为他们的生活方式就像难解的谜题。这些兽人生活在名为霜火岭的冰寒山岭之间，虽然战力出众，却没有称霸这片土地的野心，反而谋求与之和谐共处。他们的酋长加拉达向族人灌输家庭与社群的高尚理念，坚信只有互帮互助，团结一心，才能在严酷的环境中存活下来。

加拉达还把自己的想法灌输给三个儿子，但却没能得到一致认同。酋长的次子贾纳尔和三子杜隆坦认真听取了父亲的教诲，遵循着氏族古老的传统，但长子芬里斯则不然。

芬里斯背叛了族人，转而投奔了对手——雷神氏族。与霜狼氏族不同，雷神氏族把胆魄与勇气看得尤为重要。他们经常会踏上危险的杀戮之旅，击杀霜火岭的强大戈隆与玛戈隆。芬里斯赢得了渴望已久的威名，最终成为了雷神氏族的酋长。

数月以来，塔尔加斯都在继续监视着各族兽人，尤其关注居住在霜火岭的两大氏族。当地的两个氏族与刀塔食人魔之间的关系已经剑拔弩张，恶魔想要知道这些兽人到底还能把和平守住多久。

莫克纳萨的反叛

在接连遭受战歌氏族和卡加斯奴隶暴动的重创之后，悬槌堡一蹶不振，再也无法恢复元气。食人魔对纳格兰的控制彻底崩解。情势的扭转令刀塔食人魔和他们的首领——元首科尔戈洛克大为忧虑。眼看德拉诺的大片土地落入敌手，元首决意要夺取霜火岭的控制权。为了达到这一目的，科尔洛克并没有简单地加固刀塔领地的防御，而是要用握在手中的完美武器向外扩张。

自从高里亚帝国没落之后，食人魔的人口数量始终相对稀少，于是刀塔法师只好通过残忍的实验创造出新生种族来填补劳动力的缺口。最终，食人魔与兽人奴隶的选择性繁育取得了最为令人满意的效果。

这些被迫降生的孩子被称作莫克纳萨，兼具食人魔的力量与兽人的智慧。刀塔食人魔用锁链把莫克纳萨囚禁起来，让他们彼此交配，借此创造出更多的仆从。为了保证这些混血者不生异心，食人魔甚至威胁他们，若是有一人胆敢叛乱，满门都要受到诛杀。

元首科尔戈洛克解开了许多莫克纳萨的镣铐，命令他们上阵迎战兽人，于是莫克纳萨便成了刀塔军阵中的主力军。

刀塔食人魔大军席卷霜火岭，从兽人手中夺取了大片资源富庶的土地。霜狼酋长加拉达呼吁当地另外两大兽人氏族——雷神与白爪氏族与之联合起来，共同对抗这一全新的威胁。

受芬里斯的影响，雷神氏族拒绝了加拉达的提议。他们决定用自己的方式解决刀塔食人魔。雷神大军在夜深人静之时突袭了食人魔的各处据点，不分老幼格杀勿论。

白爪氏族接受了加拉达联手抗敌的请求。他们本就与霜狼氏族关系甚密，在风俗与传统方面更是有不少共同之处。

加拉达被选为霜狼与白爪联军的统帅，任命两个儿子——贾纳尔和杜隆坦为副官，亲自率领这支浩浩荡荡的大军向刀塔食人魔发起进攻。兽人联军没有取得任何决定性的胜利，但活捉了不少莫克纳萨以及他们的长者莱欧洛克斯。

当加拉达见到莱欧洛克斯时，从敌人口中得知的情报令他大吃一惊。霜狼酋长一直以为这些混血者都是心甘情愿地效忠于食人魔，没想到莱欧洛克斯却向他讲述了莫克纳萨遭遇的残忍对待，以及家族随时会遭受灭门之灾的恐惧。在商谈过后，加拉达和这位俘虏达成了协定，他们将互相帮助，共同终结刀塔食人魔的恶行。

莱欧洛克斯返回了刀塔要塞，发动莫克纳萨掀动了公然叛乱。这些混血奴隶奋起反抗压迫者，还在要塞里四处放火。趁着滚滚浓烟，加拉达率军攻破了要塞的外围防线。

兽人与莫克纳萨联军血战了整整一天，才把食人魔赶出要塞。在烈火熊熊燃烧的要塞中心，莱欧洛克斯用他戴了一辈子的锁链勒死了元首科尔戈洛克。

兽人一族的胜利来之不易，成百上千的霜狼与白爪氏族成员死于战火，其中也包括贾纳尔。他为帮助许多年轻的莫克纳萨顺利出逃而献出了自己的生命。贾纳尔的死让他的父亲心碎不已，尽管家族的血脉仍能靠杜隆坦传承，但痛失次子的打击在霜狼酋长心中留下了永难愈合的创伤。

战斗结束后，酋长加拉达想要帮助莱欧洛克斯和他的族人在霜火岭安下新家，却被那位长者拒绝了。莱欧洛克斯深知兽人永远都无法真正接受他们混杂的血统。

莱欧洛克斯将莫克纳萨集合起来，在戈尔隆德偏安一隅。那里资源稀少，但足够他们自给自足，安定地在那里生活。他们不愿继续作战，立誓只有在这片贫瘠的领地受到威胁时才会再次拿起武器。

军团先驱者

黑暗之门开启前10年

根据塔尔加斯的观察，基尔加丹得知了不少兽人的情况，认识到那是一个意志坚定、生性骄傲，同时又拥有强大力量的种族，同时他们还是一群崇尚敬奉先祖，崇拜德拉诺元素之灵的迷信生物。基尔加丹认为这些根深蒂固的传统恰好能让兽人变得易于操控。如果能让他们听从于自己的意志，就能先派他们去向德莱尼人复仇，然后再将其纳入军团。

塔尔加斯听说基尔加丹的计划后大为震怒。那些叛徒如今终于近在眼前，在苦苦追击了几千年之后，却要让那些兽人痛快地享受敌人的鲜血？他要求主人重新考虑这个决定。

在通常情况下，基尔加丹都会把抗命者直接处死，但他能够理解塔尔加斯的愤怒。即便如此，恶魔领主也不会轻易饶恕他的冒犯。他命令塔尔加斯离开德拉诺，德莱尼人的命运再也轮不到他来插手。

塔尔加斯离开后，基尔加丹便着手腐化兽人。他需要从他们的族群中挑选出一位使者代为履行他的意志。他谨慎地物色着可以策反的人选。

基尔加丹找到了许多合适的人选，可若论潜力，谁都无法与古尔丹相比。古尔丹出生在戈尔隆德边缘地带的一个小氏族，先天残疾的他从小就受尽族人的白眼。迷信的兽人将他扭曲的形体视为恶兆，最终将他流放。

只有氏族中的萨满祭司长者对他抱有同情，建议他去纳格兰寻找元素王座。在那里，在当地元素之灵的指引下找寻到生命的意义。

起初，古尔丹没有理会萨满祭司的提议。长年遭受的歧视对待已经把他变得刻薄而充满仇恨，但在荒野中独自挣扎了一段时间后，他还是来到了元素王座。等到古尔丹到达那里时，早就又累又饿，奄奄一息。他跪倒在地，哀求元素之灵出手相助，如果它们能够结束他的苦难，他必将倾尽全力为之效命。

古尔丹得到了回应，可惜事与愿违——元素感觉到他内心的黑暗与愤怒，像他的氏族一样拒绝了他。

悲伤的巨浪淹没了古尔丹，这个世界上的一切全都抛弃了他。他一无所有，卑如蝼蚁。

基尔加丹及时向他绝望的猎物伸出援手，在他脑海中轻言细语。他承诺让古尔丹变得无比强大，让他再也无须乞求怜悯，也不会再受制于人。古尔丹将成为神一般的存在，让所有苛待他的人偿还罪孽。作为回报，古尔丹必须帮助燃烧军团把兽人打造成消灭德莱尼人的武器。

古尔丹接受了这项暗影契约。他对自己的族人毫无感情，只有憎恶。正是他们的风俗与传统导致了他的不幸。如果成神意味着要操纵兽人一族，他绝对不会有半分迟疑。

基尔加丹向他的新仆从传授了邪能魔法。恶魔领主知道这些能量会让那个兽人容貌大改，甚至可能引来德莱尼人的注意，于是他让古尔丹将他赐予的新能力隐藏起来。基尔加丹教会了他如何掩盖力量，命令他只有在绝对必要的情况下才能使用邪能法术。古尔丹很快就掌握了这股不稳定的力量，速度比恶魔领主预想的还要快。他恣情享受着流淌在指尖的灭世之力。

第一位兽人术士由此诞生。

凋零的德拉诺

基尔加丹找到了助他成事的兽人，但让他指挥兽人对抗德莱尼人的时机尚未来到。他需要让整个兽人部族深陷绝望，饱受黑暗的折磨，这样才能轻松地把他们凝聚成为一股力量。

通过古尔丹，基尔加丹了解到德拉诺的过往，得知兽人们也曾经精诚团结过。在很久以前，食人魔妄图夺取元素王座，他们的干预导致元素陷入混乱，险些引发灾难。恐惧之下，兽人们联合起来，共同对抗食人魔。如果基尔加丹能再次让元素变得动荡不安，也许就能重现那段历史。

在基尔加丹的指引下，古尔丹用邪能魔法洗劫了元素王座。不出所料，腐化之力开始削弱了德拉诺世界的元素之灵，几大元素之怒——戈达乌、埃布留斯、卡拉迪奥斯和伊森拉图斯现出实体来阻止古尔丹的恶行，可它们从未和术士交过手。古尔丹利用诡异的魔法汲取了元素之怒体内的生命力，令它们的力量大为衰减。最后，元素们侥幸逃脱，才不至于遭到彻底毁灭。

这是古尔丹生平第一次凌驾于其他生物之上，他沉浸在胜利的喜悦中难以自拔。

古尔丹的邪能魔法让元素陷入了混乱不堪的状态。随着季节的更替，德拉诺不是久旱无雨便是洪灾泛滥。洪水冲垮了戈尔隆德和纳格兰大片干旱地区，塔纳安丛林和泰罗卡森林则被反常的暴风雪覆上了寒冰。河流干涸，溪水枯竭，导致许多物种——如裂蹄牛和塔布羊的惨死。

疾病扩散、水源紧缺和食物匮乏，也使兽人备受煎熬，就连萨满祭司都束手无策。元素之灵在邪能的折磨下，很少再与兽人交流。

古尔丹还利用魔法在各个氏族间散播起了兽人历史上最为惨烈的一场红色天灾。数月之后，这场致命瘟疫夺取了数百个兽人的性命。

许多兽人都是在纳格兰的克许哈格祭典上不幸染上了恶疾。当时酋长耐奥祖号召各氏族共同商讨解决当下元素乱局的对策。在克许哈格祭典结束后，一些兽人在返家途中出现了疫病的症状，就连霜狼氏族的酋长加拉达都未能幸免。

耐奥祖担心这些兽人会把天灾传染给其他族人，于是敦促加拉达等患病者留在纳格兰。他们会建造一处新的村落来供其居住，以防疫病在兽人社会中大肆泛滥。

虽然无法归家的现状令加拉达深感悲伤，但他也认同耐奥祖的做法。霜狼酋长最不愿看到的就是把这场天灾带给他的家人和氏族成员。加拉达留在了纳格兰，肩负起了管理病患的责任。

杜隆坦主动提出与父亲一同留下，但加拉达给他下达了其他的命令。这位年轻的霜狼兽人是酋长仅存的血脉，加拉达说服杜隆坦返回领地，暂时替他料理族中事务。

杜隆坦没有想到，这次与父亲的分离竟成了永别。几个星期之后，加拉达被红色天灾夺去了生命。虽然他引领病患的时间很短，却赢得了他们永恒的尊重，将这片居住地命名为加拉达尔，以示对这位酋长的纪念。

耐奥祖的阴影

黑暗之门开启前 8 年

暴力与绝望在各个氏族间蔓延得越来越广。基尔加丹感觉到团结兽人的时机已经来到，可他需要一个众望所归的领袖来号令四方。尽管古尔丹天赋超群，但他既不能激励族人，也无法令他们群起效仿，于是恶魔领主命令他的仆从去寻找一位帮手。但古尔丹首先要做的，就是把任何知道他过往的人斩草除根。

这位以兜帽遮头的术士回到了他从前的氏族，用邪能烈焰焚毁了那片聚居区，没有一个兽人能逃脱死亡的厄运。火焰寂灭处，什么都没留下，再也没人知道古尔丹真正的出身。

在抹除所有痕迹之后，古尔丹便动身前往影月氏族。那里有睿智的萨满祭司，广受各族兽人的爱戴，一定能从中寻觅到燃烧军团的完美爪牙。

古尔丹小心地隐藏着邪能力量，从不对外表露自己的术士身份。他告诉影月氏族，他的村庄被食人魔血洗，除他之外无人生还。虽然把外来者带进氏族的做法于传统不合，影月兽人还是出于对古尔丹的同情接纳了他。这位新成员小心地观察着氏族中的萨满祭司长者，找寻着最容易动摇的对象。经过慎重考虑之后，他选中了魅力过人却忧虑重重的氏族酋长——耐奥祖。

耐奥祖是一位坦荡而无私的领袖，同时也有着偏执好胜的一面。只要他打定主意，就会不计代价地孜孜以求，直至成功。

这样的性格恰恰是古尔丹和燃烧军团所需要的，耐奥祖内心的混乱与哀痛更是让他成为了不可替代的人选。多年前，这位萨满祭司挚爱的伴侣鲁尔坎不幸离世，耐奥祖接受了她的死，可是近来在德拉诺各地肆虐的元素乱局又揭起了他从前的伤疤。长久以来，他总能通过与元素之灵的交流获得平静，现在它们却再也不会回应他的呼唤。耐奥祖开始沉湎在对鲁尔坎的回忆中，再度体会着当初失去她时的锥心之痛。

耐奥祖内心徘徊不散的黑暗情绪正合古尔丹的心意。他给这位萨满祭司长者讲述了自己的遭遇，讲述了他那些亲朋挚友是如何在村庄中丧生。渐渐地，古尔丹赢得了耐奥祖的友情与信任，甚至说服耐奥祖收他为徒，向他传授萨满之道。

通过古尔丹，基尔加丹接触到了这个可以受他摆布的知名人士。当恶魔领主开始扭曲耐奥祖的灵魂时，他又给古尔丹指派了一项新的任务。兽人既然已经深陷绝望与焦虑的泥潭，是时候将德莱尼人视作仇敌了。

古尔丹必当不辱使命。

仇恨之种

为了加剧兽人与德莱尼人之间的冲突，古尔丹把目光投向了刃风氏族。刃风氏族最大的村庄位于泰罗卡森林边缘地带，紧邻德莱尼人的主城沙塔斯。多年以来，刃风氏族与他们的邻居向来相处不睦，兽人有时会洗劫德莱尼人的商队，没能逃脱的商队成员要么被格杀当场，要么沦为奴隶。

元素之灵失去稳定性，也让刃风氏族受到重大打击。不仅水源枯竭，就连猎物也日益稀少，威力难敌的红色天灾更是让将近百分之七十的族人染病而死。

刃风氏族陷入了绝望，继而变得脆弱。

古尔丹以影月氏族代表的身份造访了刃风氏族的这座村庄。经过多番长谈，他终于让刃风氏族的兽人认定德莱尼人才是这场红色天灾和元素困境的罪魁祸首。古尔丹声称，如果他们能让德莱尼人以血相祭，就一定能让元素之灵重归平静。

与其他各族一样，影月氏族的萨满祭司在刃风氏族中也享有极高的地位，他们没有理由质疑古尔丹，果断地采纳了他的建议，迫不及待地想要改变命运。

轻装上阵的刃风氏族突袭队很快便对德莱尼商队发动了新一轮劫杀，规模更胜从前。大批无辜者血染商途，还有大量德莱尼人被俘虏。其中一位俘虏名叫莱兰，她是守备官玛尔拉德的亲妹妹。

当玛尔拉德得知妹妹失踪的消息后，立即要求德莱尼领袖采取行动。许多守备官也呼吁当机立断，已经有太多商队贸易者遭到了刃风氏族的毒手，是时候彻底铲除这个祸患了。

察觉到情况有异的先知维伦恳请对方冷静应对。在吉尼达尔坠毁后的漫长岁月里，他预见未来的能力正在慢慢恢复，但还是很不稳定。他的脑海中经常会闯进各种奇怪的画面，许多都无法解释。

可其中几幅画面令他深感不安。就在刃风氏族发动袭击前后，他看见有个庞大的黑影在兽人周围若隐若现，指引他们的行动。

维伦和主教们派出游侠前去侦察，弄清楚那些兽人到底有没有受到某种幕后力量的操纵。德莱尼斥候没能找到他们受人指使的证据，却带回了耸人听闻的噩耗——刃风氏族正在可怕的仪式上屠杀俘虏，以此安抚躁动的元素。眼下只有几名俘虏尚未遇难，莱兰也身在其中。

听闻妹妹的性命危在旦夕，玛尔拉德再也等不下去，他强烈恳求维伦和主教立即派军攻打兽人，德莱尼领袖只得无奈应允。

在玛尔拉德的率领下，一小支由守备官和游侠组成的军队突袭了刃风村庄。然而等他们杀到时，莱兰和其他俘虏已经遇害。在亲眼见到妹妹残缺尸体的那一刻，玛尔拉德怒意狂发，毫不留情地血洗了整座村庄。

古尔丹在远处默默地观察着这一切。刃风兽人不顾一切地想要安抚元素之灵，几乎拼杀到全数丧命，寥寥几位幸存者向东边的影月谷亡命奔逃，却没能抵达目的地。

这些幸存者死在了古尔丹手上，只有不留活口，才能确保无人知晓泰罗卡森林惨案的真相。

玛尔拉德在刃风村庄中找到了妹妹的尸体

一切都由术士说了算。

返回影月氏族后，古尔丹转述了他的所见所闻。德莱尼人无缘无故地对刃风氏族疯狂屠杀，无论男女，不分老幼，整座村庄竟没有一人生还。有关这场惨案的消息很快就在各族兽人间传播得人尽皆知。

于是，针对德莱尼人的仇恨与怀疑之种便在兽人心中生根发芽。

亡者的轻语

就在古尔丹精心策划消灭刃风村庄的同时，基尔加丹也在折磨着耐奥祖的精神。他假扮成耐奥祖爱侣鲁尔坎的灵魂，出现在他的梦境中，谎称近来爆发的红色天灾和元素乱局都是德莱尼人在作祟。那个表面看来与世无争的种族实际上想把兽人连根斩除。

起初，耐奥祖对鲁尔坎发出的可怕警告半信半疑。虽然兽人与德莱尼人并非完全相安无事，却也很少会发生正面冲突，他眼中的那些生物绝非好战之辈。然而当古尔丹带来刃风氏族惨遭屠戮的消息后，耐奥祖改变了看法。

鲁尔坎说得没错，德莱尼人绝没有看上去那么简单。

鲁尔坎的灵魂还在对耐奥祖不断施压。她对他说，要想拯救族人，必须对德莱尼人正式宣战。可是眼下各族力量薄弱，必须像数百年前对抗高里亚帝国那样形成一支团结抗敌的联军，才有胜利的把握。鲁尔坎说服耐奥祖，让他相信他是兽人命中注定的救世主，只有他才能凭借过人的智慧统领全族。

耐奥祖向族人转达了鲁尔坎的那些话。迷信的兽人很少会反对地位尊崇的先祖之灵的提议，对鲁尔坎的警告深信不疑。影月氏族的成员纷纷表示支持耐奥祖，古尔丹自然是首当其冲。

耐奥祖紧急号令各氏族到沃舒古会面，他将在那里分享自己从先祖那里得知的消息。

在这场会面的准备过程中，基尔加丹加强了对沃舒古的控制，严防任何兽人与水晶山中真正的先祖之灵交流。此外，他还与德拉诺各处其他萨满祭司长者的精神取得联系，像对待耐奥祖那样，披上先祖之灵的伪装来骗取他们的信任，对其警告德莱尼人的凶残意图。

部落的形成

几个星期以后，各族酋长陆续抵达沃舒古。格罗玛什·地狱咆哮、基尔罗格·死眼、卡加斯·刃拳、黑手、芬里斯以及其他声名远播的领导者纷纷齐聚水晶山的峰影之下。

霜狼酋长杜隆坦也来了，还带来了他的配偶德拉卡以及族中的萨满祭司长者德雷克塔尔。对于杜隆坦而言，沃舒古集会是一次难得的机会，他总算可以跟老友奥格瑞姆·毁灭之锤叙叙旧了。自从奥格瑞姆坐上黑石氏族的第二把交椅后，两人近年来便少有碰面的机会。

正当杜隆坦与奥格瑞姆互诉近况时，萨满祭司长者耐奥祖终于现身了。他把鲁尔坎告诉他的关于未来的警示，以及其他令人担忧的消息告知其他兽人——元素混乱与红色天灾的始作俑者都是德莱尼人，刃风氏族遭遇的屠杀只是前奏，更多的悲剧还在后面。不把兽人全部杀光，德莱尼人将誓不罢休。

可他们并非只有任人宰割的下场。要是各个氏族能够暂时放下分歧，联军作战，就能消灭德莱尼人，拯救世界。

耐奥祖明白，要想让早就习惯各行其道的兽人戮力同心绝非易事，他给各位酋长一天一夜的时间来考虑他说的话。

兽人整晚都在争论着这位萨满祭司长者的提议。主战派——如格罗玛什、黑手与卡加斯全都支持联合抗敌的决定。自从得知刃风全村被屠的消息，他们早就对德莱尼人恨之入骨。

但另外几位领导者却反对流血杀戮，意见最为鲜明的反战派便是白爪氏族的酋长扎格雷尔，他不相信单凭屠杀德莱尼人就能改变眼下兽人的困境，说不定反而会让元素更为愤怒。

杜隆坦赞同他的意见。数年前，他与奥格瑞姆曾经遇到德莱尼人，还被邀请进入对方的据点避难，甚至得到了他们神秘领袖维伦的接待。

如此爱好和平的生物，怎么会无端进犯兽人？这么做是为了什么？先前的热情好客难道只是为了探知兽人的虚实？

虽然内心矛盾，杜隆坦也不可能质疑先祖之灵的智慧。既然灵魂已将德莱尼人视作威胁，那么就再无辩驳的余地。包括德雷克塔尔在内的另外几位萨满祭司也声称得到了先祖的指引，证明了耐奥祖所言非虚。

随着讨论的继续，古尔丹游走在各族领导者中间。其他兽人都以为他只是个身患残疾的弱者，他把这一点转变成了自己的优势，公开拥护耐奥祖的决定，表现出了志在必胜的信念，借此将这个选择摆上了事关荣辱的层面。如果连他这样的卑贱之躯都愿意舍命杀敌，别人若再拒绝联军，无疑会被族人视作懦夫。

毁灭之锤的预言

奥格瑞姆手中握有一把在家族中世代传承的武器——毁灭之锤。有关这把传奇武器，还流传着一则古老的预言：据说毁灭之锤家族中的最后一位传人会先用它救兽人于危难，再给他们带来毁灭。之后，它会落到黑石氏族之外的一位兽人手里，助他实现正义。

古尔丹的计谋为耐奥祖争取到了许多支持者，不过仍有一些人拒不接受。他注意到扎格雷尔等人固执己见，把他们的名字牢牢地刻在心里。

破晓时分，兽人开始投票表决，几乎每一位酋长都投出了赞成票。

从那天起，这支联军便有了新的名字——部落。

先知的困境

黑暗之门开启前7年

在部落成立后的数月间，各个氏族整兵作战，开始对德莱尼人的狩猎战队发动零星攻势。维伦和主教议会很快就听闻了族人遇袭的消息。尽管兽人的猝然发难让德莱尼领袖略感困惑，却也称不上完全出乎意料。

维伦和他的追随者认为兽人一族之所以会狂性大发，必然是受到了混乱元素的影响。毕竟在刃风氏族的那次事件中，误入歧途的兽人献祭了德莱尼俘虏，希望借此让元素归于平静。

在维伦的授意下，德莱尼使者前去联络各大氏族。结果对方要么置之不理，要么敌意相向。当游侠斥候报告兽人各族已经结成联军时，维伦和主教们这才明白，想要通过外交解决争端已无可能，唯有依靠武力才能抵抗凶残兽人的袭击。

德莱尼领袖没有下令主动出击，而是决定加强防御。至此，德莱尼人对兽人氏族已被燃烧军团操控的现实仍然一无所知。维伦和主教们认为，兽人跟德拉诺星球上的其他物种一样，也是这场自然天灾与元素乱局的受害者。

守备官的领袖——主教阿卡玛被任命为防御的组织者。他派人前往各地的德莱尼据点。与此同时，技师也在卡拉波神殿和沙塔斯等德莱尼主要聚居区修造全新的防御工事。

维伦本人则在集中精力调查究竟是什么引发了元素的混乱。他怀疑过这一切有可能都是燃烧军团的奸计，却没能找到切实的证据证明德拉诺已经遭到恶魔入侵。

纵然如此，维伦还是专注地观察着星辰，从中寻觅着燃烧军团现身的线索。等他意识到恶魔的到来，早就为时晚矣。

施恩者

耐奥祖观望着兽人联军与德莱尼人的战势，恐惧感日益加深。他听从了鲁尔坎的建议，可到目前为止却没有落得半点好处。兽人变得血腥嗜杀，元素的状态更是让他深感担忧。在与德莱尼人的战斗打响后，德拉诺的元素之灵便陷入了彻底的沉默。

基尔加丹察觉到了耐奥祖的忧虑，加强了对这位萨满祭司的控制。一天夜晚，基尔加丹再次伪装成鲁尔坎的模样闯入了耐奥祖的睡梦。鲁尔坎的灵魂告诉他，有一些强大的生物能够帮助兽人战胜德莱尼，给这个世界带来平衡。耐奥祖催促鲁尔坎尽快帮他集结那些强大的盟友。

第二天夜里，果然有如她所说的生物与耐奥祖取得了联系。站在耐奥祖面前的基尔加丹，俨然是一个光芒四射的元素实体。他告诉耐奥祖，必须赶在德莱尼人筑起防御之前，率领部落大军全歼敌人。还承诺若是成功，元素定能得到安抚。

耐奥祖起初被这位乍然现身的施恩者震慑住了，但他很快就变得更加不安。基尔加丹似乎急不可耐地想要歼灭德莱尼人，要求兽人们决不留情。而且施恩者似乎对那位名叫维伦的首领尤为憎恨。在此之前，耐奥祖还从来没有见过这般暴力的元素之灵。

而且，自从基尔加丹开始与他交流以来，鲁尔坎便消失了。此时的耐奥祖比任何时候都需要她的指引。于是，他秘密前往沃舒古，希望能够再次跟死去的伴侣建立联结，并听取其他先祖之灵的建议。

令耐奥祖意想不到的是，基尔加丹早就得知了他的计划，对这位萨满祭司长者感到大失所望。基尔加丹命令古尔丹把愿意帮助他控制影月氏族的盟友集合起来，因为他们再也无须倚仗耐奥祖的领导。

古尔丹找到了一位年纪轻轻却位高权重的影月萨满祭司，名叫塔隆戈尔。为了争取他的支持，术士给他展示了邪能的力量，声称那是更高形式的萨满之道。塔隆戈尔长久以来都在竭尽全力地呼吁元素相助，结果却屡屡失败。在初次体验到邪能魔法后，他认为自己终于找到了改变世界的方法，能够带领他的族人走出困境。

塔隆戈尔只是第一位成为术士的影月萨满祭司。渐渐地，有越来越多的萨满祭司加入了古尔丹的行列。无论这些兽人心中曾经存有多么高贵的信念，都在邪能的侵蚀下渐渐消散。腐化的魔法扭曲了他们的精神，令其内心充满黑暗。

自此，他们只忠于古尔丹一人。

耐奥祖的失势

在古尔丹开始训练术士时，耐奥祖抵达了沃舒古。他向先祖发出呼唤，凭借无比强大的意志力突破了基尔加丹在圣山周围设下的隐形屏障。缥缈的灵魂之音冲进萨满祭司的脑海，他已故的伴侣——鲁尔坎也在其中。

这个鲁尔坎不是基尔加丹假扮的冒牌货。她告诉耐奥祖，他一直在被人利用，真正的仇敌并不是德莱尼人，而是基尔加丹。那个恶魔根本无心拯救兽人，他的目标只是为了腐化他们。在古尔丹的帮助下，基尔加丹已经诱使耐奥祖集结了部落联军，对无辜的德莱尼人发动战争。

说罢，鲁尔坎与其他的先祖之灵便不再理会耐奥祖的追问，他们无声的谴责彻底击垮了这位萨满祭司长者的心神，他知道再也无法赢回先祖们的青睐。对于敬仰灵魂的兽人来说，这是比死亡还要悲惨的命运。

耐奥祖感到羞愤难当。先祖们抛弃他是对的，他真是蠢不可及，已经把兽人变成了恶魔的爪牙还浑然不觉。他怀着沉重的心情，垂头丧气地想要偷偷返回影月谷再作打算，他相信自己至少能想出办法来破坏古尔丹和基尔加丹的计划，不让他们的阴谋得逞。

然而他却再也没有机会了。在酋长返回影月谷的途中，就被古尔丹和他新纳入麾下的追随者捕获。

许多术士都要求立即处死耐奥祖，但古尔丹却没有顺应他们的心思。基尔加丹给古尔丹下达了特别的命令，要让耐奥祖亲眼看看兽人一族会变成什么模样。除此之外，现实情况也迫使基尔加丹必须暂且留他不死——耐奥祖是游说各方联合攻打德莱尼人的首领，如果他突然失踪，恐怕会引起其他氏族的疑心。

在接下来的日子里，古尔丹与他的术士们频频羞辱耐奥祖，跟对待奴隶毫无分别。这位萨满祭司长者惧怕死亡，加上身体日渐虚弱，越来越不敢违抗主人的命令。他渐渐从众人的视野中消失，将影月氏族的主导权让给了那些篡夺者。

黑石氏族的崛起

黑暗之门开启前6年

在耐奥祖遭到古尔丹背叛的同时，兽人与德莱尼人的战争还在继续。各氏族粉碎了德莱尼人在德拉诺各处的小型哨站，但在大规模的聚居地面前，他们显得无计可施。德莱尼人的据点防御森严，军队上下同仇敌忾。

兽人的情况恰恰相反，互争雄长的酋长们——比如黑手与格罗玛什·地狱咆哮经常会因战术问题争论不休，继而导致各族兽人相互敌对，部落联军只是徒有其名而已。

这些都被基尔加丹看在眼里，对战局的走向愈发感到不满。古尔丹迫切地想要取代耐奥祖的位置，将部落控制在自己手中，但恶魔领主却不给他任何机会。虽然古尔丹是一位用处甚大的术士，却不具备领导能力。他精于弄喧捣鬼、扼喉抚背——只有在黑暗中才能让他的长处得到发挥。

兽人需要一位真正的领导者，一位战争领袖。

基尔加丹的声音在古尔丹的脑海中轰响。恶魔领主命令他尽快为部落觅得首领，如果任由各自为政的局面恶化下去，联军必定会在德莱尼人的攻势面前彻底瓦解。尽管古尔丹对主人不让他接管部落的决定大为恼火，却也只能奉命行事。即便他再贪图权欲，也不敢跟基尔加丹对抗。

古尔丹知道只有一位兽人有实力和信心统御整个部落，这个人就是黑石氏族的酋长——黑手。纵观各族，只有黑石氏族对德莱尼人的进攻最有成效。如果能让黑手统领部落，他一定会把黑石氏族的严格军纪推行到所有兽人中间。况且，凭借元素淬炼技术，黑石氏族还能用精良的装备武装联军，并创造出强大的战争机器摧毁德莱尼人的防线。

主意已定，古尔丹便立即与黑手会面，催促他扛起部落酋长的大旗。古尔丹许诺赋予黑石氏族旷世超凡的力量。不仅是萨满祭司，就连他麾下的战士们都会变得比其他氏族更加强大。黑手本人更会成为旷世绝代的兽人领袖，被世人永远铭记。

古尔丹知道，要想赢得黑手的支持，光是许下这些承诺还远远不够。于是他开始向黑石氏族的萨满祭司传授邪能魔法，还教他们如何神奇地增加族中战士的数量。术士用邪能冲击着青少年兽人的身体，使他们加快成长速度，很快就变得和成年战士一样强壮。然而身体的变化也带来了负面效果，邪能扭曲那些年轻兽人的灵魂，把他们变得更加残暴而凶狠。

虽然存在弊端，但显著的效果还是让黑手备感惊奇。他命令术士们将他的两个儿子——雷德和麦姆也打造成"像样的战士"。

在见识到古尔丹的实力后，黑手同意出任部落的统领。而后，古尔丹提议创立一个秘密组织，帮助他们监管兽人。这个组织即暗影议会，黑手也是成员之一。古尔丹没有明说的是，秘密组织中的核心成员都是深受他信任的影月术士，只对他一人效忠。让黑手加入议会只是古尔丹的权宜之计，让他误以为自己才是在各个方面统领部落的至高权威。

尽管如此，古尔丹和黑手之间还是疑窦渐生。毕竟他们都把对方看作是达成目的的手段。古尔丹打算把黑手推举成傀儡统领，通过暗影议会控制部落和兽人的命运；而黑手也不是傻瓜，早就料到古尔丹不会任由大权旁落，但他满怀信心，认为自己非但不会被那术士利用，反而古尔丹会帮他名垂青史。

暗影议会

正当黑手酝酿率军攻打德莱尼人时，暗影议会也在古尔丹手中渐渐成型。包括塔隆戈尔在内的第一批影月术士成为初期的主要成员，后来还有不少其他氏族的兽人加入暗影议会。他们立誓严守秘密，决不会向任何人吐露暗影议会的存在与使命。

为了壮大组织的力量，古尔丹不仅征募兽人，还在德拉诺各地寻觅强者。其中能力最为出众的两位便是迦罗娜和古加尔。

迦罗娜来自刃风氏族，她的父亲是一位伟大的兽人战士，母亲是德莱尼囚犯。迦罗娜不是第一个诞生在氏族中的混血后代，却是得以长大成人的少数幸运儿之一。长年累月的虐待早已把迦罗娜打造成凶猛的战士。除了有着与生俱来的身体力量外，她还有着出众的智慧和语言天赋。她从其他俘虏那里学会了德莱尼语，经常为族人充当翻译。

在德莱尼人摧毁了刃风村庄后，迦罗娜逃进了泰罗卡森林。被暗影议会发现时，她正在向东奔逃。议会中的一些术士将迦罗娜视作异类，古尔丹却在她身上看到了巨大的潜力。

古尔丹对迦罗娜表露出深切的同情，以此赢得她的信任——他说自己对身为流亡者的生活感同身受。当这位混血姑娘放下戒心时，暗影议会便从暗中出击。术士在古尔丹的率领下用黑暗力量迷惑了迦罗娜，把她变成了刺客。

古加尔在议会中扮演的角色与迦罗娜不同。作为一个双头食人魔，古加尔被视作好运的象

通灵师

在基尔加丹的帮助下，古尔丹还从兽人中间征募了一群所谓的通灵师，他们专注于研习黑暗的死灵法术，在德莱尼人中间散播疫病，并复活亡者，使其为部落作战。

征，在悬槌堡享有种种特权，师从于最具天赋的食人魔法师。古加尔对奥术魔法有着天然的亲和力，在悬槌堡的食人魔民众中拥有众多追随者，但他没能赢得城中统治阶层的认可。

古加尔的傲慢和对权势的渴求使他频频与上层精英发生摩擦。那些位高权重的食人魔担心随着他在民间影响力的日渐扩大，总有一天会妄图夺取悬槌堡的统治权。为了防止那样的局面出现，贵族阶层决定对古加尔暗下杀手，结果这位食人魔法师侥幸生还，然后就逃出了悬槌堡。

古加尔渴望复仇，可他也知道除非自己获得更加强大的力量，否则一切皆是空谈。就在他满世界寻找知识与武器时，遇见了暗影议会和邪能魔法。

古加尔的坚定信心和对权欲的无限渴求令古尔丹兴趣骤起，果断决定收他为徒，对他青睐有加，不仅向他传授了邪能魔法的奥秘，甚至还向他吐露燃烧军团的存在。

虽然古加尔表面上对古尔丹忠心不二，却随时准备着脱离他的掌控。这位食人魔法师倾心向往的只有力量，对古尔丹那套恶魔和军团的理论毫无兴趣。等到古尔丹和暗影议会失去利用价值，他就会弃之而去。

暗影议会之刃

尽管古尔丹争取到了黑手的支持，但他明白其他氏族眼下肯定不甘心接受黑手作为部落酋长一统大局。于是他派出暗影议会的密探前往各处的兽人领地，传扬黑手的丰功伟绩。他们声称黑石氏族的萨满祭司发现了一种全新的力量，甚至比元素的影响力还要大得多。不少兽人都被这些神秘的传说深深吸引，对黑手充满敬畏。

在散播这些消息的过程中，暗影议会的密探也暗中监视各个氏族。他们会记下有哪些兽人对部落怀有异心，然后向古尔丹回报。其中有一位兽人令古尔丹尤其憎恨，他就是白爪氏族的酋长扎格雷尔。扎格雷尔号召各族停止与德莱尼人的无谓战争，集中精神钻研萨满仪式。他认为只有通过虔诚的信仰和对古老传统的坚持，才能重建兽人与元素之灵的联结。

假以时日，恐怕那些原本就对部落心存质疑的兽人——例如杜隆坦和他的霜狼氏族——都会成为扎格雷尔的拥护者。因此，古尔丹必须迅速果断地铲除这位爱惹麻烦的白爪领袖，而他

暗影议会凌辱耐奥祖

手中恰好握有完美的武器。

古尔丹指使迦罗娜去暗杀扎格雷尔，被黑暗力量迷惑的混血兽人无力抵抗主人的命令。她像暗影一般悄无声息地潜入了白爪氏族的营地，避开了所有兽人的耳目，一刀刺穿了扎格雷尔的心脏。等到白爪氏族发现首领惨遭横祸时，扎格雷尔的兄弟子嗣便陷入了夺权的内乱。终有一日白爪氏族会重新走上正轨，但再也不复往日的强大。

霜狼酋长杜隆坦早就对攻打德莱尼人的战争颇有疑虑，扎格雷尔的死更是加深了他内心的不安。扎格雷尔是最敢跟部落唱反调的人，他在这个时候遇害绝对不是巧合。可杜隆坦却无法证明谁才是杀死白爪酋长的凶手，到底是他身边那群争权夺势的亲族，还是某种无形的力量在作祟？

第一位部落大酋长

黑暗之门开启前5年

在除掉扎格雷尔之后，黑石氏族的声势也在不断壮大，于是古尔丹便召集各族酋长和萨满祭司前来沃舒古参加集会。如今，推举黑手出任领袖的时机已经来到，但古尔丹还需要再使一计，确保部落酋长的头衔能落得实至名归。

古尔丹决定把萨满祭司心中的恐惧作为突破口。他们苦苦哀求了元素多年，终究是徒劳无果，现在他们需要直面残酷的现实——德拉诺星球上那些软弱的灵魂已经抛弃了兽人。可古尔丹声称一切都还来得及——黑石兽人能用一种非凡的全新力量帮助他们找回希望。

这种力量名叫邪能魔法，只有依靠它，兽人才能在这场对抗德莱尼人的战争中自救。

古尔丹说已经有仁慈的生灵教会了黑石兽人如何使用这种魔法，并愿意积极帮助兽人赢得胜利。但古尔丹从没有提起过基尔加丹这个名字，对恶魔更是缄口不谈，就连黑手也不知道燃烧军团的存在。只有最忠于古尔丹的暗影议会密探才知晓全部真相。

黑石术士在德莱尼俘虏身上展示了他们的魔法，吸取对方的生命精华，让他们被体内腾起的烈焰灼烧。面对此情此景，失去力量已久的萨满祭司恳请黑石兽人与之分享邪能的秘密。

就连霜狼氏族中的德雷克塔尔都希望杜隆坦能够允许他去学习那种法术。杜隆坦对邪能魔法及其腐化之力深感担忧，却还是给了德雷克塔尔祝福。倘若禁止族中的萨满祭司接触那股力量，只会将氏族置于软弱的境地。身为酋长，他不能容许那样的事情发生。

德雷克塔尔只是众多渴求投入邪能魔法怀抱的萨满祭司之一，来自各个氏族的兽人都跟随黑石术士认真地学习起来。古尔丹的计划取得了成功，黑石兽人与他们的酋长一起，被视作精通邪能魔法的大师，广受各族成员敬重。

正当萨满祭司在邪能魔法中越陷越深时，古尔丹再次向兽人发出警告——德莱尼人正在转守为攻，如果各氏族仍然各自为战，即使有邪能之力助阵，还是会以惨败收场。兽人如今最需要的是一位统御万军的首领——一位凌驾于各族酋长之上的战争领袖。

若论人选，还有谁能比率领部众屡战屡胜的黑手更能胜任？

虽然有些氏族的酋长将黑手视为劲敌，却没人能否认他的力量。黑手握有邪能魔法的秘密，还把族中的战士打造成势不可挡的战争机器。如果酋长们愿意服从黑手的指挥，那么他们的氏族说不定也能重现辉煌。

最后，这项提议获得全票通过，就连杜隆坦也将他的选票投给了向来被他视作暴君的黑手。霜狼酋长担心，如果只有他出言反对的话，他跟霜狼氏族的下场将会不堪设想。

于是，部落第一位凶悍勇猛、意志顽强的领导者——大酋长黑手诞生了。在他的领导下，兽人众志成城，势要将德莱尼人碾作尘埃，将他们的余党彻底逐出这个世界。

为了先祖。为了氏族。为了部落。

战争之鼓

黑手大酋长甫一上任，便立即着手统一各族，誓要将部落凝聚成一股强大的战斗力量。他命令黑石氏族的砖瓦工在塔纳安丛林西边建造一座新的主城，这座雄伟的据点后来被称作堡垒（译者注：地狱火堡垒的前身），是各氏族之间的中立地带，供酋长们商谈要事，制定战略。

堡垒同时也是部落术士的大本营，他们会在这里强化技能、训练学徒。古尔丹和暗影议会也将堡垒当成了新的指挥中心，但这件事情鲜有人知，就连尚未加入议会的术士也被蒙在鼓里。暗影议会的成员与据点中的其他住民杂居混住，对他们的举动严加监视，将所见所闻事无巨细地报告给古尔丹。

在砖瓦工全力建造堡垒的同时，黑手也在颁行新规来整肃部落。在此之前，各氏族对德莱尼人的攻击全是凭着一时狂热，黑手决不容许他的军阵如此混乱。他对各族兽人的优劣短长都掌握得一清二楚，逐一为他们确立在部落联军中的位置。

人数最少、机动性最强的氏族作为斥候、骑兵和辅助战队，在德拉诺各地快速移动作战。这些氏族包括血环、龙喉、碎手、雷神、影月与噬骨。

黑手还创立了一个新的氏族——黑齿狞笑氏族，其成员都是由大酋长亲自挑选出来的精兵，作为黑石氏族的先锋侦察力量。

其余各氏族共同构成了部落的战斗主力，他们会对各地的德莱尼人聚居区发动正面袭击，充当着兽人大军的中流砥柱。其中占有重要地位的是强大的黑石氏族、战歌氏族与霜狼氏族。

起初，并非所有氏族都心甘情愿地接受黑手的号令，许多兽人对外来者统军作战的局面感到不满，甚至不把大酋长的头衔放在眼里。黑手通过授予力量赢得了一部分兽人的支持，更多时候则是直接用暴力来镇压那些反对者。新上任的大酋长是位暴君，无论是他的族人，还是部落联军中的其他成员，任谁都不得违抗他的命令。

黑手公开处决了那些胆敢与他作对的蠢货，并且放出狠话，如果谁再敢再生叛逆之心，全族人都要跟他陪葬。有黑石氏族作为他的坚实后盾，大酋长既有力量也有手段把这些威胁变成现实。甘愿也好，违心也罢，总之各个氏族都渐渐地接受了黑手的统治，在部落的军阵中各司其职。

为了维持秩序与军纪，黑手还任命了几位强大的副官来辅助自己管理联军，其中最为出色的是伊崔格、奥格瑞姆·毁灭之锤和瓦洛克·萨鲁法尔，每一位都是能在各自的氏族中堪比酋长的重要成员。

奥格瑞姆和其他副官负责督管黑石战争机器的制造，监管铁匠在戈尔隆德的锻炉旁日夜不休地劳作，遮天蔽日的浓烟喷吐而出。在这里，黑石氏族为各氏族成员打造出了成千上万件新式武器、盔甲与攻城战车。

邪能魔法的代价

在黑手大酋长看来，军备只是他强化部落计划的一部分。为了扩充兵力，大酋长决定将食人魔和莫克纳萨也招入军中。他同时派出最为强大的术士前往其他兽人氏族，利用邪能魔法强化青少年的身体，让他们具备成年人的力量与狂怒。

几乎所有氏族的酋长都接受了这样的强化手段，他们将其视为壮大氏族的必由之路。只有杜隆坦对此持不同意见。想到要让年轻的霜狼兽人遭受术士诡异魔法的扭曲，杜隆坦心如刀绞，却又别无选择。黑手已经清楚表明，任何抗命者都要付出代价，还要连累整个氏族，而杜隆坦把霜狼氏族的安全看得高于一切。于是，他只好眼睁睁地看着绿色魔法从黑石术士的指尖流入一个个青少年的身体，把他们变成体态庞大、凶残嗜杀的战士。

让杜隆坦感到忧虑的还不仅仅是这种残忍的强化手段。邪能魔法的泛滥，正在对兽人产生影响。他们棕色的皮肤渐渐变成了斑驳的绿色。

虽然不清楚确切的原因，但杜隆坦怀疑那是术士的魔法造成的结果。肤色的变化是一种可怕的征兆，证明了他的猜测——兽人驾驭的这股力量必定有着邪恶的根源。

其余兽人对这种改变毫不介意。如果失去原有肤色是为驾驭邪能魔法所付出的必然代价，那就来吧。

暮光之锤

正当部落崛起之时，白鬼兽人也在纳格兰地下兴旺繁荣。数个世代以前，这群流亡者汲取了从克乌雷——即沃舒古那位消亡纳鲁的遗骸上散发出的虚空能量，掌握了足以跟邪能魔法匹敌的黑暗之力。

有关白鬼兽人及其异世力量的消息最终还是传到了古尔丹耳中。尽管他并未留意，基尔加丹却很感兴趣。恶魔领主命令古尔丹无论如何也要击败德莱尼人，因此他必须要对白鬼兽人展开调查，弄清楚他们的魔法是否有助于增强部落的战力。

古尔丹派学徒古加尔前去查探白鬼兽人。倘若那些流亡者真像传闻中说的那么强大，就把他们征入部落。

谁知古加尔却把谨慎抛到了九霄云外，风风火火地闯进了白鬼兽人居住的地下洞穴。食人魔法师本以为会遭遇一场恶战，然而白鬼兽人根本没有抵抗他的入侵，他们迫不及待地想要跟古加尔分享被称作暮光审判的灭世预言。白鬼兽人认为整个宇宙都会被暗影吞噬，万物皆会化为乌有。

古加尔对暮光审判全无半点兴趣，他关心的只是白鬼兽人的暗影魔法。暗影魔法不仅让古加尔大开眼界，更让他认定这会成为部落克敌制胜的强大武器。

为了征召这些流亡者，古加尔利用了他们的信仰。他声称部落正是末日降临的先驱者，是降下暮光审判的利刃神兵。于是白鬼兽人纷纷加入部落，充当天启之灾的使者，形成了一个名为暮光之锤的全新兽人氏族。

在掌握暗影魔法后，古加尔便开始调查白鬼兽人预言的真相。尽管这将耗费他多年之久，食人魔法师对此始终追求不懈。

垂死的世界

黑暗之门开启前4年

在黑手大酋长的统领下，部落对分散在世界各处的小型德莱尼人聚居区和哨站发动了协同进攻。配备强大攻城战车和新式武器的兽人大军摧枯拉朽地攻破了敌人的防线，摧毁了一处又一处据点。

随着战势的推进，德莱尼人的士气也跌入低谷。击垮德莱尼人斗志的不只是战场上的屡屡落败，而是他们震惊地发现，影响兽人的是燃烧军团。

这些迹象如今变得随处可见——有些兽人成了术士，由于他们滥用邪能法术，已经让德拉诺全境深受其害。森林大片死亡，河流不是正在干涸，就是在遭受着邪恶能量的污染。

最为惊讶的当数维伦。他预见未来的能力已经恢复如初，但现在，能否看清未来已不再重要，德莱尼人怎么也没有想到，兽人竟然会沦为燃烧军团的工具。

为了商讨应对之策，维伦与主教们争论了很久——想要逃离德拉诺是不可能的，眼下唯一能做的就是拖延部落的攻势，希望燃烧军团不会发动全面入侵。

德莱尼领袖深知再也无力守住那些偏远的聚居点，于是命令军队撤回到沙塔斯和卡拉波神殿。当务之急是要加强这两座主要城市防御。

在德拉诺上，不仅只有德莱尼人注意到了邪能魔法的影响。多年以来，邪能一直在抑制着元素的力量，致使其深陷混乱。然而就在术士们开始用邪能魔法血洗德拉诺时，这个世界的元素之灵却发生了变化——它们团结起来，立誓要消灭兽人，终结他们亵渎这片土地的行径。元素们将日渐衰减的力量聚合到一起，形成了一个强大的实体。

它的名字叫作火焰之王森卢肯，誓要彻底粉碎部落联军。

森卢肯与元素的崩解

在德拉诺的大片区域落入兽人之手后，黑手指挥各族联军集结在德莱尼人的灵魂核心——卡拉波神殿附近，预备发起自部落成立以来最大规模的入侵。黑手坚信，只要能够摧毁这座神殿，就能彻底瓦解德莱尼人的斗志，想要夺取他们那座严防死守的主城沙塔斯就会如同探囊取物一般容易。

部落大军在逼近卡拉波神殿时几乎没有遇到反抗。直到兽人们在神殿外扎营时，附近的火山骤然喷发，刹那间红光满天，岩浆滚滚。

森卢肯在火山的正中央形成实体，向敌人喷吐着元素怒火，烈焰风暴呼啸而至，撕扯着部落的阵线。森卢肯的出现令兽人感到万分惊惧，昔日的萨满祭司更是吓得不知所措。大多数人都认为这场灾难的发生是邪能魔法惹恼了元素的缘故。

古尔丹忙不迭地想要扭转局势。如果术士弃部落而去，兽人就再也没有战胜德莱尼人的可能。在森卢肯的身上，古尔丹看到了一个绝佳的好机会——元素把所有力量都集中在了一处，导致自身变得脆弱，一定要让它们为此付出代价。古尔丹决定把森卢肯的力量偷过来，供他与部落使用，一劳永逸地摧毁兽人和德拉诺元素之间的联结。

古尔丹召集所有暗影议会的追随者到山坡上，当他说出这个决定时，就连从前的萨满祭司都没有表现出任何犹疑，暗影议会的术士已经把自己完完全全地献给了邪能魔法。于是，他们共同施放了一道强大的法术，用邪能力量席卷了森卢肯，粉碎了这个强大元素生灵的实体。一时间，高山咆哮，大地轰裂，混杂着邪能与元素之力的能量激流奔涌而出。古尔丹和术士们利用这股能量把其他兽人变得更加强大。

古尔丹成功了，部落士兵获得了无穷的战力，兽人与元素之灵的最后一丝联结也被彻底斩断。影月谷的邪能火山后来被人们称作古尔丹之手。

古尔丹摧毁德拉诺的元素之力

卡拉波的阴影

接连几个星期以来，先知维伦和主教们都在观察着部落大军在影月谷恣意厮杀、横行无忌。德莱尼人已经做好了应对即将打响的攻城战的准备。技师不断加强神殿的防御工事，沙塔斯城中的守备官和游侠也纷纷赶到卡拉波港口，渴望与敌人血战到底。

当影月谷的火山喷发出邪恶能量时，恐惧完全占据了神殿防御者的心灵。虽然有不少德莱尼人听说过兽人已经和燃烧军团联手，但毕竟眼见才能为实。如今，证据确凿无疑地摆在了他们眼前。

维伦游走在卡拉波神殿的德莱尼人中间，给族人灌注光明之力，激发他们内心的勇气。甚至当部落派出攻城战车杀到门口，他也始终拼杀在最前线。

部落大军悍勇无情，攻势有增无减。攻城战车投出一块块带有邪能的巨石，击穿了神殿的围墙。成千上万的兽人怒吼着蜂拥而入，与游侠和重甲在身的守备官杀作一团。卡拉波防御者表现出了令兽人意想不到的顽强斗志，维伦和德莱尼人在敌众我寡的情况下竟打得部落节节败退。

对于德莱尼人来说，胜利仿佛近在咫尺，却还是让它溜走了。

在部落阵线后方，古尔丹和暗影议会找到了扭转颓势的办法。他们将注意力集中到飘浮在影月谷上空的黑暗之星上。兽人没有想到，这个古怪的天体居然会是正在腐化的纳鲁——卡拉。卡拉已被暗影所控、身体散发着强大的虚空之能。

影月兽人早就知道黑暗之星中蕴藏着非凡的力量，对其颇为崇敬。世代以来，影月氏族都严禁任何人汲取它的能量，然而古尔丹和他的术士们才不会被这些古老的律令绊住手脚。

暗影议会的成员们齐心协力启动仪式抽取黑暗之星的力量，引导它射向卡拉波神殿。一道虚空之能的光柱在空中赫然乍现，击中了神殿中的德莱尼人，大批守军当场死亡，侥幸生还者也在暗影魔法的影响下陷入了疯狂。

凭借着全部的意志力，维伦勉强阻挡住了虚空之能的攻势。他尽己所能地集合幸存者，率领他们从卡拉波神殿港口亡命出逃。当部落大军再次杀来时，维伦已经带族人跑出了他们的攻击范围。

虽然维伦活了下来，但卡拉波神殿彻底沦陷了。曾经辉煌的殿堂被虚空能量冲击得永堕黑暗，变成了后人口中的黑暗神殿。

大获全胜的部落在卡拉波神殿各处以亵渎德莱尼人圣物的方式庆贺胜利。未能逃脱的守军落在了兽人手中，求生不得，求死不能，许多都成了部落的俘虏。

古尔丹立即宣布占领黑暗神殿。表面上他声称这里将作为关押德莱尼囚犯的要塞，让术士对他们严加逼问，实则是将神殿作为暗影议会的全新行动基地。古尔丹劝说黑手把这一秘密组织从堡垒中分离出来，使其避开部落其他成员的视线。事实上，古尔丹还想跟大酋长保持一定距离，以免被警惕的黑手看出破绽。

于是，德莱尼囚犯都落在了古尔丹和暗影议会手中，受尽酷刑的折磨，被迫吐露着有关沙塔斯城防御的情报。随着时间的推移，沙塔斯的轮廓在敌人眼中渐渐清晰。古尔丹知道，沙塔斯城是比卡拉波神殿更加庞大的据点，想要攻占沙塔斯的难度非比寻常，那将会是部落成立以来所面临的最为艰巨的挑战。

毁灭者玛诺洛斯

黑暗之门开启前3年

基尔加丹对部落的大捷很是满意，美中不足就是维伦逃脱。他希望看到先知惨死。如果能将维伦活捉，任他羞辱和折磨，更是大快人心。

维伦的末日指日可待，对基尔加丹来说，眼下最重要的是攻下沙塔斯城。尽管部落夺取了卡拉波神殿，可功劳却要归功于黑暗之星的力量，若想故伎重施绝无可能。此外，术士通过用邪能魔法强化年轻兽人身体的办法也并不像表面上那么行之有效。基尔加丹知道，要想让古尔丹和他的追随者顺利占领沙塔斯，他们还需要一样更加强大的东西。

古尔丹和术士从前用邪能强化族人，但是这只能让他们获得有限的力量。只有饮下恶魔之血，才能让兽人获得战无不胜的异世之力，同时还能把他们腐化得更为彻底，使其永远听命于燃烧军团的意志。基尔加丹向古尔丹道出了他的计划，并提醒古尔丹，他承诺过如果他愿意继续忠心耿耿地效忠于恶魔领主，力量一定会强大到无可匹敌。古尔丹当然没有忘记这些承诺，若能成神，腐化全族又能算得了什么。

古尔丹说服黑手把各族召集到堡垒附近的一座高山上来，他将在那里完成对兽人的强化。他从来没有告诉过黑手这股力量源自何处，只说发现了一种使用邪能魔法的新手段。

就在黑手号令各氏族的同时，基尔加丹利用自己的强大力量开启了一道通往黑暗神殿的临时传送门。一位名叫毁灭者玛诺洛斯的深渊领主通过这道传送门来到德拉诺。这个长着犄角的巨型恶魔是燃烧军团最强大的将领之一，曾经无数次率军力挫强敌。玛诺洛斯全身散发着古尔丹前所未见的力量与邪恶气息，就连这位见惯风浪的术士都被吓住了。

古尔丹竭尽全力地保守玛诺洛斯的秘密，只有暗影议会之中最受他信任的术士才知道恶魔已然降临，以及他出现在德拉诺的原因。

得知真相的人也包括耐奥祖。气焰嚣张的古尔丹和他麾下的暗影议会经常把这位萨满祭司长者带在身边，好让他时时刻刻都能见证族人的腐化。他们认定耐奥祖早已怯懦到对他们的恶行视若无睹，绝不反抗了。然而，他们错了。

耐奥祖这些年来确实迷失在自我厌恶与悔恨的泥潭中，但当他发现古尔丹要让兽人喝下恶魔之血的企图时，他意识到不能再沉沦下去。他深知倘若再不采取行动，兽人全族都将在劫难逃。于是，耐奥祖打起精神，决定要向族人发出警告。他知道大部分氏族的酋长都不会相信他说的话，他们对黑手与部落死心塌地，对邪恶力量太过痴迷。

但有一个例外——霜狼氏族的酋长杜隆坦。耐奥祖早就听说杜隆坦一直在抗拒攻打德莱尼人，如果还有谁还能听得进他的警告，必定非霜狼氏族的领袖莫属。

正当古尔丹和他的术士为兽人集会做着准备时，耐奥祖偷偷写了一封匿名信函，夹在送往霜狼氏族的命令文书中。耐奥祖在信中告诫杜隆坦，千万不要在即将到来的集会上听从古尔丹的命令，否则他与族人定然会遭受比死亡还要悲惨的厄运。

对于耐奥祖的行动，暗影议会一无所知。

奴役的枷锁

在堡垒附近的高山顶上，古尔丹向齐聚于此的酋长们展示了玛诺洛斯之血，却没有说明它真正的出处。古尔丹只是轻描淡写地告诉众人，这池绿色的液体是高尚之灵的馈赠，与兽人学会的邪能魔法一本同源。现在，这些施恩者愿意赐予各族更多祝福，只要喝下这水，兽人就能得到堪比神灵的力量。

古尔丹要求诸位酋长走上前来，接受这份恩赐。格罗玛什·地狱咆哮第一个迈步上前，向来无所畏惧的战歌酋长大口喝下了玛诺洛斯之血。接下来的一幕让全体兽人陷入死寂。格罗玛什变得更加高大，随着力量在他血液中奔涌，他全身的肌肉鼓得如同一块块坚硬的石头，双目射出地狱般的赤红光芒。战歌酋长发出一声振聋发聩的战吼，咆哮着要让德莱尼人血溅四野。

其他到场的兽人无力抵挡这样的诱惑，争先恐后地想要效仿格罗玛什以获得这股力量，只有少数几人踌躇不前。其中就包括奥格瑞姆·毁灭之锤和杜隆坦。

杜隆坦收到了耐奥祖的匿名密函，已将那警告牢记在心。他知道这时出言反抗部落只有死路一条，于是保持了沉默。但无论在何种情况下，他都绝不会让族人享用古尔丹口中的那份“馈赠”。杜隆坦拒绝了古尔丹的提议，他声称这是自己的选择。

杜隆坦表现出的轻蔑态度激怒了古尔丹，他早就对这位霜狼酋长起了疑心，现在更怀疑杜隆坦已经听说了燃烧军团和他们奴役兽人的计划。古尔丹对杜隆坦的耐心正在耗尽，可沙塔斯攻城战即将打响，他也不能在这个时候将他铲除，那只会让霜狼氏族陷入混乱。

奥格瑞姆同样拒绝了古尔丹的提议，他和杜隆坦一样，都对部落嗜杀成性和滥用邪能的现状颇为忧虑。眼见那种邪恶的魔法让德拉诺各地河水枯竭，生灵涂炭，这位黑石战士愈发感到恐惧。奥格瑞姆隐约感到古尔丹的这份馈赠一定有哪里不妥。

为了避免引起疑心，奥格瑞姆声称自己身为大酋长的一介仆从，不配与黑手同杯共饮。奥格瑞姆的计划奏效了，古尔丹与黑手都认为他之所以拒绝饮血，只是迫于被奴役的身份。

那些喝下玛诺洛斯之血的兽人，身体立即变得扭曲，爆发出了强大的力量，一切犹豫、恐惧与不确定的感觉都从他们的脑海中消失得一干二净。渐渐地，整个部落都受到了同样的影响。虽然并非所有兽人都喝下了玛诺洛斯之血，但饮血者身上会散发出无形的邪能，慢慢侵入附近

地狱咆哮喝下恶魔之血

兽人的躯骨之中。最后，就连杜隆坦、奥格瑞姆以及其他没有喝过恶魔之血的部落成员，也发现自己的皮肤彻底变成了绿色。

在集会上，凡是喝下玛诺洛斯之血的兽人都捶胸摩拳、声嘶力竭地要索取德莱尼人的项上人头。

黑手大酋长定然会满足他们的欲望。就在那天夜里，他便指挥部落大军杀向了沙塔斯城。

在兽人军团出发后，古尔丹又用邪能亵渎了他们身后的高山，大地发出痛苦的呻吟，烈火从地下喷薄而出。古尔丹声称这是他们胜利在望的喜兆，就像攻占卡拉波神殿之前的那场火山爆发。连山峰都能颤抖的强大力量，激发了兽人无限的勇气。后来，这座破裂的高山被世人称为基尔加丹王座。

玛格汉

有一群兽人由于染上红色天灾，被隔离在了加拉达尔，因此并未受到邪能的影响，其中就有格罗玛什·地狱咆哮的儿子——加尔鲁什。

由于被隔绝在族人之外，这些染病者的肤色没有变绿，最终变成了玛格汉，意为“未腐化者”。

围攻沙塔斯

维伦已经预料到，横祸即将降临沙塔斯城。

在卡拉波神殿陷落后，这位先知便不断看到各种天灾的画面。他看见沙塔斯城上方的天空殷红如血，剧毒从天而降，将他的族人扭曲成形骸可怖的怪物。他看见成千上万勇敢的德莱尼勇士被恶魔残忍屠杀，孩子被兽人撕成碎片；还看见德莱尼人挚爱的庇护所——沙塔斯城陷入了邪能烈焰的火海。

尽管维伦对自己预见未来的能力仍有怀疑，却不敢用全族的安危冒险。德莱尼人不可能永远守住沙塔斯城，这毋庸置疑。

最初，维伦号召族人从沙塔斯城全面撤离，但这只能暂时甩掉部落。兽人一定会对德莱尼人穷追不舍，直到把他们彻底消灭。于是，维伦与追随者商定了另一个计划——让大部分德莱尼平民逃去安全地点，主力部队死守沙塔斯城。他们决定牺牲自己，让部落放弃对族人的追杀。这项任务非同小可，但勇敢无畏的德莱尼战士绝对不会临阵退缩。

维伦发誓要与守军共存亡，他已经将卡拉波神殿拱手让给了部落，不能让同样的悲剧在沙塔斯重演。他宁死也要守护这座城市。主教们对维伦的决定提出异议：沙塔斯注定会被攻陷，如果德莱尼人还有任何希望延续血脉，那一定少不了维伦的英明领导。在激烈争论了一整天后，主教们终于说服先知离开了沙塔斯城。

正当部落联军从基尔加丹王座出发时，维伦与主教们也在做着准备。先知维伦把大部分平民带到了泰雷多尔，建造在一个偏僻的赞加海岛屿之上的神殿。与此同时，游侠斥候负责牵制部落的行进速度，守备官在沙塔斯城中加强防御。

当兽人各氏族终于兵临沙塔斯城下时，基尔加丹赫然现身。既然燃烧军团已经奴役了这些兽人的灵魂，他就再也没有隐藏的必要。

基尔加丹坦承自己就是向兽人授予邪能魔法和其他力量的施恩者之一。为了粉碎德莱尼人，捣毁对方的据点，他愿意再次慷慨相助。他向术士传授了全新的毁灭法术，能够让恐惧直击敌人的内心。

随后，古尔丹也向他们展示了暗影议会为这场攻城战专门打造的邪恶武器。术士将魔法与红色天灾融为一体，创造出了一种能够散播瘟疫的剧毒药剂。暗影议会把这种药剂添加进炮弹中，用攻城战车投向沙塔斯城。

炮弹一接触到沙塔斯的城墙便爆炸开来，释放出的毒雾灼烧着德莱尼人的皮肤，被他们吸进五脏六腑。整座沙塔斯城都被红色的浓雾笼罩，里面的守军根本看不清敌人的踪影。

兽人大军趁机从被炸开的城墙裂缝上大举杀入。他们还利用从基尔加丹那里学到的魔法，从天空中召唤炽热的绿色流星，对沙塔斯城的壁垒狂轰滥炸。这些从天而降的巨石在落地后即重组成名为地狱火的庞大恶魔。

玛尔拉德、阿卡玛、努波顿与无数沙塔斯防御者死守阵地，顽强地抵挡着部落的攻势。他们知道这只是垂死挣扎。他们只希望能让更多的兽人陪葬。

在这场惨烈的战斗中，幸存的德莱尼难民纷纷逃离这个濒临毁灭的城市，其中一部分由玛尔拉德和麾下守备官亲自引领。虽然这些神圣的战士不愿弃城而逃，但他们深知留存血脉的重要性。许多守备官战死沙场，鲜血染红了沙塔斯城的神殿、庭院和大街小巷。穷凶极恶的部落大军连一个活口都没留下。

沙塔斯城很快就被攻陷。城内尸横遍野，不少部落士兵也倒在了被他们杀死的德莱尼人身边。这是兽人一族迄今为止代价最为高昂的一场战斗，但他们最终取得了胜利。

虽然大获全胜，但在得知维伦再次逃跑后，古尔丹陷入了深深的不安。他生怕基尔加丹会为此迁怒于他。直到目前，恶魔领主还没有与他联系，他希望能赶在基尔加丹发现之前找到维伦。于是，古尔丹立即派出迦罗娜去执行这项任务。然而，尽管暗影议会的女刺客在德拉诺各处苦苦搜寻先知的踪影，但历经多年她始终没能完成使命。

奥金顿的毁灭

在沙塔斯攻城战中，德莱尼人死伤枕藉，却也为大批平民争取到宝贵的出逃时机。还有一些守备官、祭司和游侠也逃出生天。他们撤退到墓穴城市奥金顿，希望能保护这里免受部落的侵扰。奥金顿是德拉诺星球至高无上的德莱尼圣地，守军绝不容许兽人亵渎长眠此地的先祖与纳鲁。

主教玛拉达尔将守卫奥金顿的军事力量集结起来，加强了地下墓穴的防御，准备迎战即将到来的部落大军。

古尔丹知道这些德莱尼人逃进了奥金顿，担心他们会借助先祖之灵的力量与部落顽抗到底。所以，他派出塔隆戈尔和暗影议会最强大的成员来避免局势朝这个方向发展。

塔隆戈尔与其他术士向奥金顿发起进攻。他们遭到了墓穴守卫者的凶猛抵抗。术士的力量固然强大，但德莱尼人的圣光之力也丝毫不落下风。玛拉达尔与他的追随者得到了奥金顿先祖之灵的帮助。德莱尼人与先祖联手，杀死了不少暗影议会的爪牙。

局面变得对暗影议会愈发不利。眼看就要被玛拉达尔率领的军队剿灭，塔隆戈尔呼唤其他同伴施以援手。术士利用从基尔加丹那里学来的新魔法，集中全部力量，试图突破现实的界限，召唤一位强大的恶魔进入这个世界，扭转败局。

谁也没有想到，孤注一掷的术士们召唤来的却是完全不同的力量。

一个名叫摩摩尔的异世元素生物从宇宙的偏远角落降临德拉诺，在奥金顿中化成实体。它的降临撕裂了大地，许多德莱尼人当即丧命，把那座墓穴城市也轰得四分五裂。摩摩尔的毁灭能量冲出了奥金顿，将附近的森林夷为平地。

玛拉达尔与一些德莱尼人及时开启魔法护盾，抵挡住了能量的轰击。尽管他们活了下来，但人数上的劣势让他们也再无与暗影议会抗衡的实力。最终，塔隆戈尔和术士大获全胜，俘虏了幸存的德莱尼人。接着，暗影议会将摩摩尔控制在了奥金顿深处，几位术士负责留在此地对

刀塔要塞
元素王座
悬槌堡
沙塔斯城
沃舒古
奥金顿
泰尔莫
通天峰
部落的崛起

基尔加丹王座
尚未形成的
黑暗之门
堡垒
古尔丹之手
卡拉波神殿

其严加看管，以防它给部落造成灾难。

在此后的岁月中，奥金顿周围那片荒芜的土地变成了世人口中的白骨荒野，时刻提醒着德莱尼人的惨痛过往。

破碎者

黑暗之门开启前 2 年

奥金顿的毁灭为德拉诺世界中的所有德莱尼人鸣响了丧钟。虽然维伦和一些族人得以幸存，但他们的文化却已毁灭殆尽。德莱尼人再次沦为逃亡者，陷入了举步维艰的困境——他们在这个垂死的星球上出逃无门，身后又有燃烧军团步步紧逼。

维伦命令技师加强泰雷多尔的防御，族中的能工巧匠造出一层阿肯尼特水晶网，将神殿包围起来，使其避开部落的视线。

之后的几个月，守备官玛尔拉德和其他德莱尼幸存者也纷纷抵达泰雷多尔。他们对沙塔斯城的惨景只字未提，默默承受着那些记忆的折磨，心神备受煎熬。

一些幸存者不仅在精神上遭受到了严重创伤。守备官阿卡玛、努波顿等人不幸染上了部落散播的红色天灾。邪恶的混合物扭曲了他们的身体，把他们变得矮小皱缩。这些受诅咒的德莱尼人甚至失去了与圣光的联结，他们当中有些人被称作克罗库，意为“破碎者”，在族中受到排斥。泰雷多尔的住民担心这些变异的病患会使健康的德莱尼人受到感染。尽管维伦和玛尔拉德呼吁族人接纳破碎者，但他们最终还是遭到放逐。

阿卡玛、努波顿与其他破碎者逃进荒野自谋生路，红色毒雾对他们的影响各不相同，最为不幸的破碎者退化成了一种叫作失落者的生物，身体被严重扭曲，还慢慢丧失了理智。事实上，所有破碎者最终都难逃这样的命运，只能期盼找到治愈疫病或是减缓退化的方法。

其余德莱尼幸存者也都在德拉诺各地定居下来。维伦后来往返于各处庇护所之间，既为了防止自己被部落抓住，也想尽其所能地去帮助族人。可无论他多么努力，德莱尼人始终惶惶不可终日。他们不知道自己是否还能见到明天的太阳。泰雷多尔是其中最大也是最为重要的一处庇护所。但随着时间的流逝，邪能继续在德拉诺各地肆虐，泰雷多尔四周的海洋渐渐干涸，赞加海因为水源的枯竭，渐渐形成了今天的那片泥沼之地，也就是我们熟知的赞加沼泽。

前页图片：部落与德莱尼人战争期间的德拉诺地图

荡平德拉诺

在兽人大军血洗德莱尼人的同时，大酋长黑手还派遣斥候调查德拉诺其他文明的动向。虽然当下的重中之重是要毁灭德莱尼人，但他总有一天会将这些文明逐一征服。于是在沙塔斯城陷落之后，黑手便立即把目光投向了这个星球上的其余住民。

血环氏族的酋长基尔罗格率领血环兽人攻打法兰伦，那片葱郁的岛屿是原兽最后的据点，远离四方的地理位置使其成为了德拉诺星球上少数未受邪能魔法影响的地区之一。这里的森林繁茂密集，然而基尔罗格与他的追随者却对这样的地形颇为适应。

抵达岛屿的过程很是艰难。兽人不擅长航海，只好依靠食人魔造船工来打造船只，供其远航征伐。抵达法兰伦后，兽人术士就立即开始汲取当地原兽的生命力，用偷来的力量引燃整个森林。在冲天的火光中，基尔罗格率领大军杀光他们找到的所有木精和原祖荆兽。

与此同时，战歌和暮光之锤两大氏族前去攻打悬槌堡。战歌氏族的酋长格罗玛什和古加尔亲自率军围攻，对食人魔大肆屠戮。

对于古加尔来说，围攻悬槌堡终于能让他夙愿得偿，狠狠地报复那些当初把他赶出城市的族人。在那里，他亲手杀死了悬槌堡的领袖——元首马尔高克。马尔高克也是一位极具天赋的双头食人魔法师，但却没有同时掌握邪能魔法与虚空的力量。古加尔凭借着那些力量把对手束缚在了宝座上，将他活活烧死。

另外，黑手还派霜狼、雷神与白爪氏族到各地屠杀戈隆、独眼魔与玛戈隆，以及食人魔。

除了悬槌堡之外，大多数食人魔已经加入了部落，可却也有少数冥顽不灵的叛逆者。黑手没兴趣赢得他们的忠心，既然那些畜生不珍惜加入他的机会，等待他们的便只有死亡。

霜狼与白爪氏族觉得追击戈隆、独眼魔、玛戈隆和食人魔的行动毫无荣耀可言，决定按兵不动。只有芬里斯和他的雷神氏族尽心尽责地四处猎杀着那些古老的敌人。

雷克萨与莫克纳萨

黑手仍然想要消灭莫克纳萨，但却没有马上动手。一位名叫雷克萨的莫克纳萨人加入了部落，请求大酋长能够放过他的族人。

雷克萨是莫克纳萨领袖莱欧洛克斯的儿子。他原本就不认同他父亲那套孤立独存的理论。雷克萨渴望在战斗中扬威立名，也坚信部落能帮助莫克纳萨找到新的水源与食物。虽然雷克萨对部落怀有满腔忠诚，他很快就会发现军团也并非善类。

格鲁尔是为数不多的戈隆幸存者之一。他在戈尔隆德统治着一个由食人魔和戈隆构成的小型群落。格鲁尔力大无穷，奸狡诡谲。他躲在遥远的山中巢穴里，屡次击退来犯的雷神大军。由于伤亡太过惨重，芬里斯最终只得作罢。

通天峰的沦陷

阿兰卡峰林中的高阶鸦人是部落面临的重大威胁之一。这个智慧种族重新掌握了古老的埃匹希斯技术，并借此在那座高耸入云的主城——通天峰上架起了一座巨型火炮，能够引导炎阳之力，守护着自己的领地。

大酋长黑手命令卡加斯·刃拳去解决这群鸦人。凶残的刃拳集结了碎手、火刃与龙喉氏族中的精兵强将，组成了一支侵略战队。这支装甲轻薄、机动性极强的军队很快便包围了通天峰周围的森林，然而却没有做好应对高阶鸦人武器的准备。眼见兽人逼近，通天峰的守军点燃了火炮。灼人的烈焰光柱从通天峰顶直劈而下，数十个兽人躲避不及，葬身火海。

遭遇挫折后，卡加斯没有急于率军再战，而是开始在泰罗卡森林里笼络新的盟友——鸦人流亡者。那些失去翅膀的生物恨透了通天峰和那里的住民，更重要的是，他们深知高阶鸦人的秘密。卡加斯提出与流亡者做个交易：流亡者渗透进通天峰，摧毁敌人的武器，事成之后，兽人会杀上峰顶，解决掉其余的高阶鸦人，通天峰将归流亡者所有。

诱惑当前，流亡者即刻动身赶往通天峰。尽管他们在人数上不是高阶鸦人的对手，但他们无意与敌人缠斗。利用暗影之力，流亡者突破通天峰的防线，成功摧毁峰顶的那座火炮。伴随着震耳欲聋的爆炸声，火光直冲云霄，天穹燃起烈焰。

最后，卡加斯率军赶到，将剩下的高阶鸦人赶尽杀绝，并把他们的尸体从通天峰上扔了下去。可他们并未就此收手，杀红了眼的兽人继续向“盟友”宣泄怒火。卡加斯知道这些失去翅膀的鸦人心机狡诈且富于智慧，如果不下杀手，必会后患无穷，总有一天他们也会具备高阶鸦人的力量。更何况，背叛这些卑贱的流亡者本身就是一大乐事。

卡加斯的追随者没有把高阶鸦人全部杀光，他们还抓了一些俘虏。根据流亡者先前讲述的塞泰克山谷的故事，卡加斯命人把这些俘虏丢进那里的诅咒之池中，畅快地看着那些自诩高贵的鸦人遭受暗影能量的扭曲，变成流亡者。

部落对阿兰卡峰林的这场入侵彻底摧毁了高阶鸦人的文明，几乎消灭了所有流亡者。只有少数流亡者得以幸免，包括那些刚刚被扔进塞泰克山谷的新成员。从此以后，他们只好潜藏在暗影之中，在泰罗卡森林最深的角落里躲避着部落的追击。

通天峰卫兵——格瑞兹克将被扭曲为流亡者的高阶鸦人团结起来，带领他们前往兽人不敢接近的那片闹鬼废墟——奥金顿。在那里隐忍对部落的切肤之仇，等待着报仇雪耻的那一天，让他们的敌人血债血偿。

长久的沉寂

在沙塔斯攻城战期间，基尔加丹见到了萨格拉斯，向他报告了腐化兽人的进展，令燃烧军团首领感到很是满意。经过恶魔之血的强化，这群忠于军团的兽人必当成为一股无可抵挡的力量。此外，兽人还不仅仅是另一个被征入军团的种族那么简单，萨格拉斯一直在寻找能削弱艾泽拉斯防御的武器，准备发动全面入侵，部落正好能作为助他实现计划的完美工具。

萨格拉斯命令基尔加丹切断与古尔丹和其他兽人的所有联系。近来，他们被胜利冲昏了头脑，变得傲慢妄为。萨格拉斯想让兽人一族沦落到濒临毁灭的境地，绝望之下才能奋发自救——才会愿意远赴另一个世界。

兽人对于燃烧军团的计划浑然不知，还在德拉诺星球上苦苦挣扎。虽然他们夺取了大片领地，却也正在毁灭这个星球。邪能正在把德拉诺的大部分地区扭曲成贫瘠的荒原，其中塔纳安丛林的变化最明显。昔日的茂密林地早就遍地裂缝，覆满了红尘与白骨。后来，人们将它称为地狱火半岛。兽人在西部边缘地带建造的那座“堡垒”，后来也改名为地狱火堡垒。

大酋长黑手知道部落的水源与食物迟早会耗尽，于是去找古尔丹追问答案。伟大的施恩者基尔加丹一定早就预料到这些变故的出现，会帮他们想出解决办法。

黑手怎么也没有想到真相竟会如此可怕，恶魔领主已经中断了与古尔丹的交流，毫无征兆地陷入了沉默。此时，恐惧与妄想正勒得古尔丹喘不过气来。基尔加丹曾经信誓旦旦地承诺要在消灭德莱尼人之后助他成神，而今他已经完成了使命，对方却突然音信全无。痛苦与愤怒吞噬着古尔丹。他怀疑恶魔领主只是把他和兽人当成了铲除德莱尼人的爪牙。

古尔丹没有对黑手坦承这一切。他今时今日的影响力都是拜基尔加丹所赐，倘若黑手得知古尔丹已经失去了靠山，他肯定会认为古尔丹已经丧失价值而对自己痛下杀手。

眼下，失去了基尔加丹的指引，古尔丹只能哄骗黑手耐心等待。

在接下来的一年当中，兽人一族惨遭饥荒的折磨。他们为了果腹，已经将德拉诺的大多数物种都猎杀到濒临灭绝的地步。龙喉氏族甚至把自己训练的双头巨龙当作食物，而战歌氏族的战狼也落得同样下场。

饥饿的威胁把兽人变得更暴力、更具有侵略性。杀戮欲仍在冲击着他们的血脉，由于再也找不到泄恨的敌人，不少兽人选择自相残杀，成百上千的部落成员在短兵相接的战斗中死于族人之手。雷刃、白爪、红步等氏族在这些冲突中伤亡最重。

一些氏族，比如战歌、噬骨、嘲颅、碎手和雷神等氏族彻底堕入了疯狂的深渊。为了保护部落的其他成员免受伤害，黑手将他们从地狱火堡垒中驱逐出去，让这些好战的兽人到地狱火半岛的偏远区域定居，任其自相残杀、自生自灭。这样一来，黑手至少能让部落得以保全些许力量。

黑手和古尔丹都明白这只不过是权宜之计，除非局势出现重大转折，否则部落必将难逃自我毁灭的命运。

萨格拉斯远远地观望兽人氏族逐渐深陷困局。过不了多久，救赎之力便会降临。他已经腐化了艾泽拉斯世界上的某个实体，准备利用他来帮助部落入侵艾泽拉斯。

这个实体是一位名叫麦迪文的人类，也是有史以来最强大的法师之一。

第二部分

部落与联盟

PETER LEE 16

第四章

第一次大战

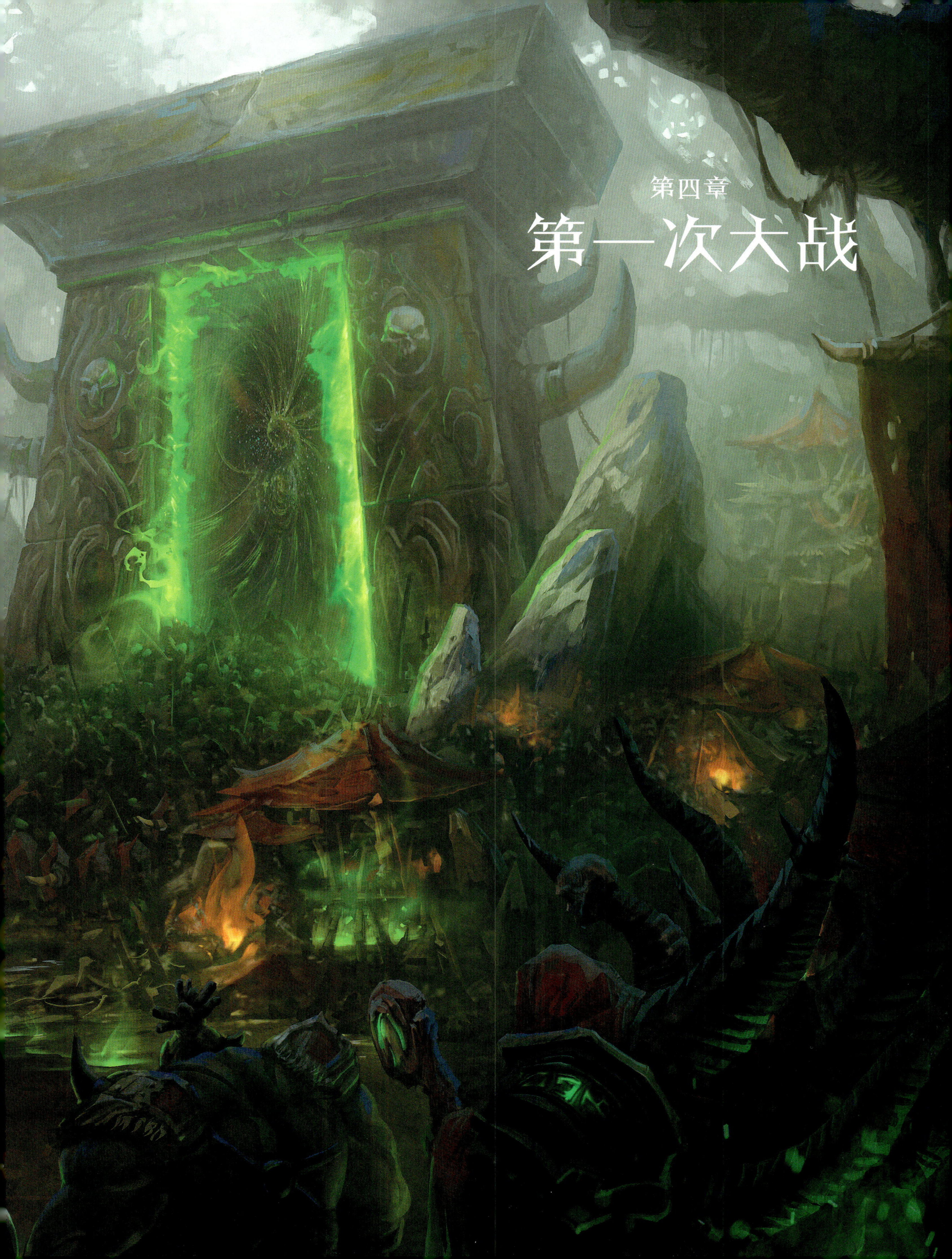

第四章

第一次大战

麦迪文的起源

对麦迪文的腐化，早在他尚未出世时便开始了。

很久以前，有个名叫提瑞斯法议会的秘密组织开始暗中观察艾泽拉斯，保护它抵御燃烧军团的入侵。议会中的法师将他们的力量灌注进其中一位成员体内，这个强大的实体又被称作守护者。他凭借一己之力净化着任何恶魔活动的迹象。

当萨格拉斯在艾泽拉斯物色能够帮助燃烧军团再度入侵的帮手时，时任守护者引起了他的注意。这位守护者名字叫作艾格文，是迄今为止最伟大的法师。她天性骄傲而又大胆，被萨格拉斯选定为接受腐化的理想人选。

萨格拉斯施放出了少许力量，形成了一个物质化身，然后打开了一道临时传送门，将化身送抵艾泽拉斯。在诺森德的冰寒之地，堕落的泰坦与艾格文正面交锋。正如萨格拉斯所料，守护者拼尽全力与他的化身作战，也使自己的弱点暴露在外。军团之主趁此机会使自己的一部分灵魂进入了法师的脑海。

艾格文没有想到，萨格拉斯正在使她的心智变得黑暗。尽管无法彻底腐化意志强大的艾格文，萨格拉斯还是设法使她与提瑞斯法议会的关系日益恶化。议会成员向来认为自己行使着监管守护者的权力，艾格文理应遵从他们的命令与指引。

可艾格文不这么想。随着时间的推移，她越发看透了议会的做法及其背后的动机。近来，议会竟开始干预人类王国的政治，这引起了守护者的怀疑。等艾格文的守护者任期结束，需要找人继承守护者的力量时，她拒绝卸任。

议会起初想要重新任命一位守护者，又担心同时出现两位力量极强的法师，会给这个秘密组织招来不必要的关注。于是，他们转而采取其他应对方式，成立了一个名为提瑞斯秘法会的法师猎手组织，命其抓捕艾格文，其中一位法师猎手是名叫聂拉斯·埃兰的人类。事实上，聂拉斯对议会的政治图谋也早就心怀不满，不但没有与艾格文战斗，反而成了她的亲密伴侣。

艾格文决定与聂拉斯共育一子，将她的守护者之力传给他们的孩子，以摆脱议会的控制。艾泽拉斯的守护者将史无前例地不再受制于任何人。当艾格文生下麦迪文时，还不知道他已经继承了她身上的黑暗之力。早在麦迪文刚在母亲体内成形时，就已受到萨格拉斯的影响。多年

前页图片：位于黑色沼泽的黑暗之门

萨格拉斯之墓

在击败萨格拉斯的化身后，守护者艾格文想要妥善埋葬敌人的尸体，以免散发出来的黑暗魔法干扰这个世界。最终，她找到了一处沉入海底的古老的暗夜精灵神殿遗迹——相传这里有着更为古老的神秘起源。这里强大的封印足以抵挡邪能的侵袭。接着，艾格文又用自己的魔法对遗迹进行强化，还创造出新的防御措施来阻隔闯入者。后来，这里便被世人称作萨格拉斯之墓。

来，军团之主都将隐藏在麦迪文灵魂的阴影之中。

麦迪文一天天长大成人，成为了一位前途光明的法师。他从小生长在暴风王国的首都——暴风城，与莱恩 · 乌瑞恩王子和受训骑士安度因 · 洛萨交往甚密。他的父亲聂拉斯成了暴风城皇家宫廷的御用法师，平日里向他传授奥术之道。但艾格文没能陪在他身边。守护者的沉重职责多年来压得她不堪重负。在把力量传给麦迪文后，她已累得精疲力竭。于是，艾格文离开了人们的视野，潜心休养，默默地在远方守护着自己的爱子。

在麦迪文十四岁生日前夕，沉睡在他体内的守护者之力猛然爆发，他失手杀死了聂拉斯。意外发生后，男孩陷入长达数年的昏迷。

麦迪文的苏醒

黑暗之门开启前21年

在麦迪文昏迷期间，艾泽拉斯进入了一段相对和平的时期，然而那并不代表这个世界就是安全的——冲突日日爆发，部族兵戈相向，村庄冲突不断，王国互遣密探。

但就总体而言，艾泽拉斯的住民算是迎来了繁荣兴旺。在东部王国，人类与矮人、侏儒、高等精灵互通有无，贸易频繁。有些王国——如洛丹伦，扮演着地区领导者与调停者的角色，帮助其他小国解决争端，利用自身强大的军事力量来维持当地秩序。另一些王国——如达拉然，在奥术魔法与相关领域取得了非凡的成就。当然也有王国仍在疲于应付宿敌的进犯，奎尔萨拉斯的精灵为了抵御阿曼尼巨魔的入侵，耗费了大量时间。

在卡利姆多，暗夜精灵的古老传统还在继续。德鲁伊探索着翡翠梦境，那是一个充满奇迹与力量的神秘界域，引导着物质世界中的芸芸众生。不仅如此，暗夜精灵也在留意着宇宙的动向，对燃烧军团的警惕性丝毫不敢松懈。

暗夜精灵对那场上古战争记忆犹新，在那段史上最黑暗时刻，恶魔举军来犯，险些毁掉整个世界。许多暗夜精灵都认为燃烧军团一定会卷土重来，届时必定会天降烈火，飞沙走石，给艾泽拉斯带来弥天大祸。谁也没有料到，来自某个垂死星球上的凡间种族很快便会来攻打艾泽拉斯。

更加令人意外的是，生来便肩负着守护艾泽拉斯职责的麦迪文，竟会是促成这一切发生的关键人物。在昏迷了将近十年后，麦迪文终于醒了。

随后几天，麦迪文见到了少年时期的至交好友。莱恩·乌瑞恩即将接任暴风城的国王，安度因·洛萨也在军中迅速崛起，成为备受敬重的骑士与军事统帅。在得知麦迪文从昏迷中苏醒的消息后，两位同伴都喜形于色，可眼下南边有新的麻烦亟待他们应对。

这些年来，暴风城的农夫与居民不断南下，将荆棘谷附近的大片区域划为自己的领地。这自然会时常与定居荆棘谷的古拉巴什巨魔爆发领地纷争。冲突的规模渐渐由小变大，如今巨魔的战队更是频频来犯。

莱恩的父亲——暴风城老国王拜拉瑟恩派出军队捍卫疆土，阻截巨魔的突袭。但老国王明令禁止他们对古拉巴什巨魔实行报复性打击。他不愿对巨魔全面宣战。他儿子的立场却更为坚决：莱恩想要好好教训一下那些不知好歹的巨魔，甚至打算侵入古拉巴什的领地。国王与王子在这个问题上的矛盾日渐加剧。

数月来，麦迪文没有理会暴风城的政治动向。自从苏醒的那一刻开始，他就为失手害死父亲而深感内疚，至今仍对那件祸事感到大惑不解。同时他还受到了可怕梦境的折磨，有时会梦到一个女人催促他前往一个名叫卡拉赞的地方，有时则会在梦中看见黑暗之力席卷着他的心神，扭曲着他的思绪。

他决定无视这些梦境。每当与好友共处时，麦迪文都会感到格外宁静，于是他便想方设法地帮助他们，共同解决古拉巴什巨魔的麻烦。

秘密行动

黑暗之门开启前19年

拜拉瑟恩国王阻击巨魔的战略虽然能取得一时成效，却无法化解每次入侵。有一支巨魔突袭队悄悄绕过了暴风城的巡逻军，在王国的产粮区——西部荒野大开杀戒，烧毁了三座城镇。暴风城的士兵最终抓住并消灭了这些闯入者，可还是有数十名人类被巨魔残忍地折磨致死。

巨魔的恶行很快就传遍了全国，拜拉瑟恩国王当即召集暴风城的领主与贵族共商对策。拜拉瑟恩仍想避免事态扩大，宣布将会加强暴风城军队的巡查频率，却不愿主动出击，前去征讨古拉巴什。

莱恩公然质疑父亲的决定，认为不能让暴风城的公民平白枉死，必须要让敌人血债血偿。拜拉瑟恩被迫当着诸位皇室长者的面对其大加呵斥，才让他有所收敛。

莱恩对此感到出离愤怒，不仅是因为遭到当众羞辱，更是厌恨父亲的懦弱。除他以外，洛萨等人也持同样的看法。暴风城的将士更是恨不得立即去找敌人报仇。然而王命如山，任何忠诚的战士都不得违抗……洛萨认为，如果他和莱恩私自出征，国王也许会网开一面，不至于将他们处死。倘若他们能一举铲除巨魔的威胁，应该能够得到原谅。

莱恩喜欢这个主意，一支小型的秘密部队必定可以神不知鬼不觉地深入古拉巴什部族的核心地带。但他也明白，光凭这样还不足以消灭古拉巴什这个祸患，要想成事，还需要其他人的帮助——麦迪文。

大多数暴风城的民众都把麦迪文看作一位强大的法师，只有莱恩和洛萨知道真相。麦迪文与他们分享过守护者、提瑞斯法议会与他自身命运的秘密，于是莱恩和洛萨便用这些事情向麦迪文施压——既然他是命中注定的守护者，邪恶当前，他又岂能袖手旁观？

麦迪文最初表现得非常抗拒，他不知道自己究竟有多大力量，有关父亲死因的朦胧记忆亦萦绕在他心头。不过经过再三考虑，他还是答应了莱恩与洛萨的请求。

他这么做，并不纯粹是为了让朋友们开心，实则还有另一个动机。他从来没有上过战场，也没有杀敌建功。他想要看看守护者的魔法真正的实力有多强大。在内心深处，他甚至有些渴望。

战略已定，三位好友便秘密踏上了征程，偷偷离开了暴风王国的领地。在麦迪文魔法的作用下，他们顺利地潜进荆棘谷，盯上一位名叫约克农的古拉巴什督军。约克农就在荆棘谷中央的那座通灵塔里，他们计划将他杀死后尽快撤退，让失去首领的巨魔无力再战。

这个计划简直愚蠢透顶。约克农与他的追随者早就在练习某种禁忌鲜血魔法，那种魔法来自于一位强大的古神——夺灵者哈卡。战斗打响后，巨魔蜂拥而来，三人立刻成为众矢之的。他们立即发现唯有血拼到底才能占得一线生机。麦迪文与约克农本人展开决斗，直面他从未见过的魔法力量。

东部王国
领地分布图
奎尔萨拉斯
阿曼尼帝国
洛丹伦
奥特兰克
蛮锤氏族
达拉然
阿曼尼帝国
激流堡
吉尔尼斯
托尔巴拉德
库尔提拉斯
蛮锤氏族
诺莫瑞根
铁炉堡
黑铁氏族
暴风城
古拉巴什部族
地精热砂集团

约克农的黑暗力量几乎要将麦迪文吞没，守护者只得不计后果地使出全力，用法术杀死了通灵塔中的所有巨魔。即便是荆棘谷最为黑暗的角落里，都能听到敌人痛苦的哀号声久久回荡。

莱恩与洛萨都见过死亡，即便如此，他们仍然被麦迪文的力量吓坏了。

三人仓皇返回暴风城，全然没有感受到任何胜利的喜悦。莱恩和洛萨见到了麦迪文黑暗的一面，发现原来这位故友竟然如此让人捉摸不透。

就连麦迪文也不明白自己怎么会爆发出那股力量。他从来没有学过那样的魔法，更是连那骤然爆发的魔法是否属于奥术之力都说不清。这个谜团令他深感困扰。

古拉巴什之战

黑暗之门开启前 18 年

所有亲眼见到督军约克农横死的古拉巴什族人全都横尸当场，可是巨魔自然能想到谁是凶手。古拉巴什全族集结在督军之子赞恩农的旗帜之下，声势浩大地向暴风城进发。

古拉巴什部族已经数百年没有大举出战了，人类对这场战斗更是全无准备。兵多将广的巨魔军队在几天之内就攻破了暴风城南侧的防线，没能及时出逃的民众全都遭到了血腥的残杀，牙齿、尸骨与耳朵都成为了巨魔手中的战利品。

古拉巴什的目标只有一个——毁灭整座暴风城。拜拉瑟恩国王紧急调遣举国兵力死守城门，王国的存亡系于旦夕之间。

古拉巴什大军压境，莱恩终于向父亲坦陈了自己与朋友在荆棘谷的行径。拜拉瑟恩对儿子的所作所为感到失望透顶，但却没有惩罚那三个年轻人。已经不需要了，因为他们很快就会死在巨魔手上。

当古拉巴什巨魔终于兵临城下时，暴风城的守军全都震慑于敌人数倍于己的数量。赞恩农从父亲那里学到了一些禁忌魔法，将一部分古拉巴什巨魔变成了魁梧凶狠的狂战士，有着举世罕见的强大力量。这些变异的巨人爬上了暴风城的城墙，三两下便将守城士兵撕成碎片。

双方的死亡人数迅速增加。拜拉瑟恩国王深知除非奇迹出现，否则休想化解古拉巴什的围攻。为了挽救王国，这位老迈的领袖亲率私人护卫团发起绝地反击，杀向地狱般的前线，直取赞恩农。就在他眼看就要得手时，情势突然急转直下，拜拉瑟恩国王战死沙场。

父亲的死令莱恩哀恸不已，为擅自攻入荆棘谷的愚蠢行动而深深自责。可他知道，当下不是沉湎于悲痛的时候，必须率领族人冲破重围。此时暴风城的部队已经乱成一片，任人宰割。莱恩恳请麦迪文像上次那样释放魔法之力，他相信这是挽救这座城市的唯一方法。

麦迪文同意了。被迫使出全力的念头让他有些害怕……却又莫名地觉得兴奋。

麦迪文站在暴风城的城墙上，对古拉巴什大军投下如雨般的烈焰与寒冰。他先将敌人冻在原地，再用由内腾起的烈火烧灼他们的脏腑，再用纯粹的奥术力量将其轰成碎片。顷刻间，痛苦的呼号声响彻战场。

前页图片：第一次大战期间的东部王国领地分布图

麦迪文消灭古拉巴什攻城大军

孤立无援的暴风城

拜拉瑟恩没有试图求助北方的人类王国帮忙抗击古拉巴什，巨魔大军一路长驱直入，援军根本无法及时赶到。纵然时间允许，国王也不愿向外求助。多年前，暴风城曾请求其他人类王国帮助，共同抵御豺狼人的进犯，根本无人伸出援手。从那时起，暴风城便变得更加孤立，笃信自己有能力应对任何威胁。

麦迪文很快就意识到敌人会在痛苦中慢慢死去，但他更惊骇地发现，自己竟然很享受这样的过程。

当麦迪文停止施放奥术弹幕时，暴风城的城墙依然屹立未倒。古拉巴什与他们的首领全部葬身城下，只有少数巨魔逃过了毁灭魔法的轰击。

战斗结束后，暴风城的人民在哀悼亡者的同时，也对英雄倍加称颂。麦迪文在这场守城战中更是居功至伟；莱恩·乌瑞恩依然受到人民拥戴，继任为新国王；安度因·洛萨也当之无愧地升任军队的最高统帅。

公众并不知道正是那场秘密行动挑起了这场战事，可麦迪文和他的两位朋友却无法原谅自己。由于他们的鲁莽，才导致大批无辜者惨死。

麦迪文深知他缺乏控制守护者之力的坚强意志和决心。梦境中的那个女人还在不断催促他前往卡拉赞，帮助他更好地驾驭这股力量。他现在只得照做，唯恐酿成更大的悲剧。

守护者的重担

当麦迪文抵达卡拉赞之塔时，那个在梦中见到的女人早已等在那里。原来她就是艾格文——麦迪文未曾熟识的母亲。

见麦迪文迟迟赶来，艾格文大为愤怒，责怪他耽搁了太久，险些让整个王国都葬送在他的手上。麦迪文无力辩驳，默默接受着母亲的斥责。

在随后一年多的时间里，这对母子一直在弥补久未谋面的遗憾。艾格文趁机教导麦迪文如何做一位真正的守护者。首先，她要让他意识到隐秘行事的重要性。她告诉麦迪文，绝不能相信任何人，尤其是提瑞斯法议会。那个秘密组织创立的初衷是为了帮助艾泽拉斯抵御燃烧军团的入侵，并赋予守护者力量正面抗击进犯的恶魔。几百年来，议会的目标已经发生了变化——

与艾泽拉斯的存亡相比，他们如今更加关心如何实现自我永存。

此外，议会对艾格文也是怀恨在心。他们向她赋予了守护者之力，结果她却拒绝交出力量，反而将其传给自己的儿子。艾格文知道议会迟早会听说麦迪文继承了她的力量，肯定不会轻信这样一位未经准许擅自上位的守护者。

艾格文的密友——莫罗斯同意留在麦迪文身边，帮忙照看卡拉赞之塔。艾格文再三叮嘱儿子，除了莫罗斯之外，千万要与外面的世界保持距离，其他法师不会理解他肩上的重担。在她看来，就连达拉然的肯瑞托也无法带给他任何有用的知识。

麦迪文告诉母亲，有一团诡异的阴影总在心中萦绕不散，已经出现了好多次，令他感到很是害怕。艾格文劝他不必太过担心，在她担任守护者时，也有过同样的感觉，那不过是力量和责任给自己带来的压力所致。事实上，艾格文并不知道萨格拉斯的黑暗之力已经影响了她的心神，现在正在扭曲麦迪文的思想。

既已交代妥当，艾格文便忍痛与儿子分别，继续过上了流亡的日子。若是她留在麦迪文身边，提瑞斯法议会绝不会善罢甘休。

母亲走后，麦迪文便一头钻进卡拉赞的图书馆里潜心钻研。守护者的责任甚重，要掌握的知识更是浩瀚无边，他要竭力弥补之前浪费的时间。

正如艾格文所料，提瑞斯法议会很快便发现麦迪文成为了新任的守护者。议会早就听说这位年轻的法师在暴风城立下奇功，经过一番调查，他们顺利地追踪到了卡拉赞。这时，议会已经放弃了另选守护者的念头。艾格文的反叛让他们认清了现实，无论再怎样费尽心机，终究还是控制不了这样的个体。如果要强行夺取麦迪文的力量，只会激怒他和他的母亲。

议会给卡拉赞寄去了密函，礼貌地提出要与麦迪文见个面，却没有得到回应。于是，议会转而尝试其他策略：他们说服各方的法师组织与学派，把年轻的法师送到麦迪文身边学习法术，这些志向远大的学徒完全不知道自己的新导师竟然会是守护者。

但是这位导师并不友善，第一批到来的学生跟麦迪文相处了不到一天就全都匆匆离去。麦迪文感到心中黑暗的力量正在扩散，认定这是因为他的与世隔绝。莫罗斯理解他的感受，他一向都不认同艾格文将自己和世界隔离开来的做法。莫罗斯提议，如果麦迪文不信任肯瑞托或是提瑞斯法议会，那么不妨把附近地区的人们邀请到他这里赴宴，那样既能满足他们的好奇心，也能让他有人相陪。麦迪文认为这个主意不错，当即在卡拉赞举行了一场盛大的宴会。到场的宾客都对这座宏伟的魔法高塔赞叹不已，一群人把酒言欢，谈笑风生，快乐的气氛也让守护者深受感染。

在接下来的若干年里，卡拉赞频繁举办这样的盛宴，暴风城周围的贵族都把麦迪文的派对视作上流社会的专属活动。提瑞斯法议会也派出了几位密探，结果却被他们带回来的消息搞得一头雾水。他们最后认定麦迪文利用他的力量与影响力过起了醉生梦死的生活——没想到艾格文的儿子竟会如此不成气候。

学徒还在络绎不绝地从四方赶来，麦迪文不再刻意驱赶，但却要求甚严。只要他们稍有失误，就会被麦迪文逐出塔外，很少有人能在卡拉赞待满一个星期。

麦迪文不再孤单，纵使如此，内心黑暗还是吞噬了他灵魂的每一个角落。在无以排解的烦闷面前，任何短暂的快乐都会稍纵即逝。

麦迪文的歧途

黑暗之门开启前10年

每当派对与宴会结束后，麦迪文都会继续苦学钻研。艾格文的那些话对他造成了极大的影响，他完全接受了自己作为守护者的命运，下定决心要竭尽所能地保护艾泽拉斯。

他的图书馆中书盈四壁，内容涵盖恶魔学识、战略与力量等方方面面。他先是飞快地消化了这些知识，然后便刻苦研读艾泽拉斯丰富的历史。

当麦迪文读到燃烧军团上一次入侵艾泽拉斯的记述时，上古战争的激烈场面令他热血沸腾。大敌当前，各个种族与强大的生物联起手来，共同抗击势不可挡的强敌——燃烧军团。他不禁认为那场战争正是这个世界的巅峰时刻，现在的艾泽拉斯再也无力重现那时的辉煌。长久以来，各地族群之间渐生隔阂，纷争不断，战火频燃，早就不复当年的万众一心。

他的亲身经历就是明证——巨魔与人类屡屡为了琐碎的小事相互厮杀。艾泽拉斯众多部族、王国和氏族之间的敌意日渐加深，引发流血冲突的往往只是一些莫须有的理由。今时今日，仿佛没人记得他们只是在上古战争中暂时击败了燃烧军团，根本没有将其彻底消灭。

若是恶魔大军再度杀来，艾泽拉斯根本毫无还手之力。而麦迪文坚信，敌人的入侵只是时间问题，必须要提前做好应对的准备。

如果麦迪文能够认清这股引领他走向绝望的黑暗力量——如果他知道萨格拉斯曾经也遇到过类似的信念危机——他或许会奋力抵抗。相反，他得出了一个与萨格拉斯类似的结论：艾泽拉斯已在根本上出现缺陷，永远无法依靠自身的力量做出改变。永远！

必须有人挺身而出，消灭造成分歧的一切根源——国家、文化、政府乃至国王。艾泽拉斯正在饱受混乱的折磨，需要一只强有力的大手来拨乱反正。身为守护者的麦迪文对此自然是责无旁贷。

为了完成这项使命，麦迪文决定要联合盟友。他需要一支军队。

麦迪文利用守护者之力冲出了艾泽拉斯的物质边界，在陌生的星球和扭曲虚空看不见的角落里寻觅起来。起初，他本以为会发现燃烧军团即将入侵的迹象，幸而没有找到，看来艾泽拉斯至少能有一些时间做准备。

萨格拉斯暗地里诱导麦迪文注意到了一个特别的星球——德拉诺。根据观察，守护者在那里发现了强大而好战的兽人，他们听命于燃烧军团的统领，残暴凶猛，令人望而生畏。

麦迪文默默地观察了兽人好几年，他化作一只乌鸦，在德拉诺各地往来飞行。少数兽人留意到了这只体型小巧的怪鸟，却没有过多在意。麦迪文亲眼目睹兽人打败强敌德莱尼，接着又毫无防备地被燃烧军团抛弃。他看见德拉诺在邪能力量的影响下挣扎在死亡的边缘，也看见兽人一族是如何堕入绝望的深渊。

既然燃烧军团能够如此轻易地操纵部落，麦迪文认为自己也能做到，利用兽人大军来改变艾泽拉斯的现状简直是再完美不过了。

想到他能调动燃烧军团一手栽培的傀儡来对付那些恶魔，麦迪文更加觉得喜不自胜。

在麦迪文努力实现这一计划的过程中，他把最为伟大的发现和魔法心得都详细记录了下来，写成了那本大名鼎鼎的麦迪文之书。

世外来客

黑暗之门开启前1年

正当麦迪文远远地观察着德拉诺星球时，部落正处在自我毁灭的边缘。黑手继续向古尔丹施压，要他设法挽救他的族人。古尔丹没有回应，他知道黑手很快就会丧失耐心，动手了结他的性命。

然而那一天却始终没有到来。麦迪文准备将计划付诸实施，他把自己伪装成一个头戴兜帽的不明人士，出现在古尔丹和暗影议会面前。

面对这位不请自来的陌生人，古尔丹大发雷霆。他集中全身的邪能之力轰向对方，可对方非但没有倒下，反而把力量尽数反弹回来。麦迪文特意让他吃尽苦头——麦迪文早就知道是古尔丹把全族出卖给了燃烧军团，没有理由对这样一个不知廉耻的败类手软。

这一天，古尔丹尊严尽丧。当着暗影议会的面，他跪倒在这位神秘的陌生来客面前。古尔丹将这份耻辱暗暗铭刻在心。

麦迪文不在乎。他告诉兽人，只要他们能够建造出一道庞大的魔法传送门，他就能助其逃离德拉诺。这道传送门将把他们带往一个全新的世界，那里有着丰饶的物产，可以任凭部落随意享用。这席话让古尔丹和暗影议会成员都怦然心动，新世界的风光浮现在他们脑海，那里幅员辽阔、猎物广布、草场青翠、流水潺潺。

麦迪文告诉他们，那个世界叫作艾泽拉斯，如今万事俱备，只等他们前去征服。

古尔丹察觉到了麦迪文身上的邪恶气息，认为这位访客其实是萨格拉斯派来的恶魔。古尔丹突然意识到，基尔加丹的突然消失，正是因为燃烧军团派了另一位使者来为他指明方向。

单就结局来看，古尔丹猜得没错。麦迪文自以为是在帮助艾泽拉斯彻底消灭燃烧军团，殊不知反而是在给他的世界带去毁灭。

尽管古尔丹猜想这位陌生人是在履行燃烧军团的意志，尽管兽人一族已经处在灭亡的边缘，他却仍然开口追问回报——帮忙建造传送门，让兽人征服艾泽拉斯，他个人又能得到什么好处呢？

既然古尔丹渴望力量，麦迪文自会欣然奉上。一番全新的景象出现在古尔丹脑海，那是一片古老的水下遗迹，名叫萨格拉斯之墓。麦迪文毫不介意向古尔丹泄露这处遗迹的位置，墓穴位于海底，还被艾格文以守护者之力的强化，古尔丹没可能找得到它，更别提擅自闯入了。麦迪文告诉古尔丹，若是部落能够征服艾泽拉斯，他会将这处墓穴的确切地点说给他听，让他获得超群绝伦的无边力量。

古尔丹别无选择，只能相信这位陌生人说的话。他向黑手宣称自己发现了一个新世界，既能确保全族衣食无忧，又能满足他们的征杀欲望。不过要想抵达那里，首先要造起一道巨大的传送门。

正式动工前，古尔丹先在德拉诺星球各地寻找魔法能量线的交汇点，最终在地狱火半岛东部边缘地带停了下来。他与黑手命令兽人们在那里搭建起石门框架，并对其施以魔法。黑暗之门由此诞生，成为了连通艾泽拉斯与德拉诺的空间通道。

议会的疑虑

黑暗之门开启当年

麦迪文时常会前往德拉诺了解兽人们建造黑暗之门的进度，渐渐引起了一些人的关注。最先表露出不满的是那些前来卡拉赞参加宴会的贵族与表演者，主人不在家，欢宴的气氛必定会大打折扣。

麦迪文屡屡外出的消息辗转传到了提瑞斯法议会的成员耳中。时至今日，麦迪文在他们眼里仍然是个难解之谜。多年以前，他们曾担心他会像艾格文那样，成为议会的敌人，没想到他居然过起了隐姓埋名的生活，终日纵情狂欢，饮酒作乐。像他这种贪图奢靡、放纵不羁的年轻人，当然配不上守护者的身份，但也不至于对议会造成太大威胁。于是议会命令肯瑞托那些经验丰富的法师代为监管这个世界，直到出现一位正式的守护者为止。

可如果麦迪文的兴趣并不在丰裕的物质生活上，他的真实意图又会是什么呢？这位守护者把他的时间和精力都花到哪里去了？议会不愿再被动等待，决定要把麦迪文的用意查个清楚。

奉议会之命，肯瑞托的法师秘密潜入卡拉赞寻找答案。有的法师乔装成宴会宾客，有的设法开启传送门，直接进入麦迪文的图书馆。最后，法师的尝试全都宣告失败，悻悻然地无功而返。

表面看来，这些闯入者来自肯瑞托，麦迪文知道其实是提瑞斯法议会在幕后搞鬼。议会永远都不会认同他“拯救”艾泽拉斯的计划，既然如此，他就必须抢先下手，制止他们的干预。

在短短一个星期的时间里，有四名提瑞斯法议会的成员相继死去。议会没能找到麦迪文下手的证据，甚至连奥术力量的痕迹都捕捉不到。过去一周时间里，守护者每晚都现身在卡拉赞的派对，似乎也没有行凶的时间。

议会的其他成员心有疑虑，却也无法排除是别人所为。事实上，他们无法想象麦迪文已经堕落到谋杀法师的地步。于是议会暂时中止对卡拉赞的监视，集中全力追查凶手。

这也让麦迪文有了再次行动的机会。

黑暗之门

随着黑暗之门在德拉诺渐渐成形，古尔丹敦促黑手强化各族实力，大酋长在兽人间发起模拟战斗与比武对决，让他们宣泄杀戮的欲望。部落今时今日的实力已经大不如前，必须把每一位斗士调动起来，为入侵艾泽拉斯的行动做好准备。

许多兽人都深陷在战斗的狂热中，杜隆坦却将这样的行为视作对传统的亵渎。霜狼酋长不愿再对族人的命运保持沉默，他的世界眼看就要消亡，兽人一族正在变得嗜血而野蛮。杜隆坦开始对古尔丹的指示提出异议，反对无休止地滥用邪能魔法，要求族人想办法治愈这个世界。然而，大多数氏族把他的举动看成是背叛和懦弱，霜狼氏族也因此备受非议。

古尔丹警惕地留意着杜隆坦的举动，但眼下的局势令他无暇分心。他与黑手不断地提醒各个氏族，只有征服艾泽拉斯才是他们唯一的出路。大部分兽人——尤其是饮下玛诺洛斯之血的部落成员，早就急不可耐地想要大开杀戒。谁都无法否认德拉诺正在垂死的事实，如果部落不趁此机会建立新的家园，所有人都将为它陪葬。

一旦黑暗之门建成，古尔丹便会与麦迪文合力开启它。古尔丹将与他在艾泽拉斯世界的合作者共同引导一场仪式，在现实界域中撕开一道裂口。若想成功，需要耗费惊人的原始力量，就算古尔丹和麦迪文倾尽全力……恐怕也还是不够。

几乎所有活着的德莱尼囚犯都被带到了黑暗之门旁边。在仪式开始的一瞬间，古尔丹立即汲取了他们全部的生命精华，那股骤然爆发的强能释放出了巨大的能量火花，穿越到遥远的空间。

与此同时，麦迪文也在艾泽拉斯施展法术。在位于卡拉赞东边的黑色沼泽里，他使出全部的守护者之力，打开了一道传送门。在麦迪文与古尔丹的共同努力下，黑暗之门终于成功打开，构成连通两个世界的桥梁。

通过这道传送门，古尔丹与兽人军团第一次看清了艾泽拉斯，那位陌生来客承诺的一切都是真的。

黑手派出了他最为信任的斥候——血环与黑齿狞笑氏族的成员——穿越黑暗之门，去查看艾泽拉斯的情况。他们来到黑色沼泽，很快就建起了一处营地。随同前来的还有几名术士，帮助族人在艾泽拉斯也建造起了一道魔法石门，用以稳定传送通道，使其能够长久开启。

在传送门建造的同时，兽人斥候继续对这片土地展开侦察。

守护者之战

开启黑暗之门必须消耗极强的魔法力量，要想做到掩人耳目绝无可能。尽管麦迪文始终都在低调行事，但在传送门轰然启动的一刹那，艾泽拉斯世界上所有与魔法息息相关的生物全都感觉到了魔法的波动。

大多数生物分辨不出波动从何而来，有一个人却可以。艾格文一眼将它识破，立即动身前去调查。

当她找到黑暗之门，看见在黑色沼泽中安营扎寨的那群绿皮怪物后，简直不敢相信自己的眼睛。那些怪物带着明显的敌意，身上还流淌着燃烧军团的邪能。艾格文从未见过兽人，也没有听说过德拉诺，可她能够感应到连接两个世界的那道桥梁。

接着，她惊恐万分地发现，帮助实现这一切的正是守护者的魔法力量。绝对错不了！艾泽拉斯上能以这种方式使用这股力量的只有一个人，她的儿子——麦迪文。

不仅如此，艾格文还感觉到了邪能魔法已经侵入了麦迪文的身体。她一时间弄不清楚到底发生了什么事，只能得出这样的结论：麦迪文已经成为燃烧军团的帮凶。

怀着沉痛的心情，艾格文启程阻止麦迪文。

艾格文在长年流亡期间结识的好友——蓝龙阿坎纳苟斯的陪同下，动身前往卡拉赞，打算找麦迪文问个明白。卡拉赞之塔里此时人头攒动，贵族正在期待着另一场激动人心的盛大宴会。

艾格文先让蓝龙等在塔外，独自进入卡拉赞，希望能心平气和地劝说麦迪文放弃力量。可惜她难偿所愿，迎接她的不是麦迪文，而是萨格拉斯。燃烧军团之主已经彻底控制了守护者的心智，抑制了他的思想与记忆，操纵着他的每一步行动。

萨格拉斯对艾格文坦言，藏在她儿子体内的那股黑暗与她担任守护者时所感受到的黑暗同出一源，不是来自于她的力量，更不是重责所致，而是萨格拉斯的一部分灵魂——趁着多年前与她在诺森德交手之机，萨格拉斯藏进她的脑海，从此与她共生共存，直到麦迪文的降生。

真相给了艾格文当头一棒，原来她当年自以为战胜了萨格拉斯，实际上输得一败涂地。令她时常感到不安的黑暗竟然不是源于肩上的重担，而是源自她最大的敌人灵魂的影响。难道她的孩子注定要沦为燃烧军团的奴隶？难道她兢兢业业履行的守护者之职都毫无意义？普通人或许会被这样的打击压垮，但艾格文绝不会向绝望妥协。她感觉到的只有愤怒。她要在此时此地击败萨格拉斯，就算要搭上自己爱子的性命也在所不惜。

决心既定，艾格文与萨格拉斯再次展开对决，撼天动地的往来招式震得高塔摇摇欲坠，宾客们吓得抱头逃窜。两人激战正酣时，萨格拉斯施放出一道法术，使艾格文暂时丧失了行动力，幸而阿坎纳苟斯及时介入战局。

阿坎纳苟斯身为巨龙，却根本不是恶魔领主的对手。萨格拉斯将他击倒，瞬间用从体内腾起的烈焰将巨龙烧得只剩下一具骸骨。

痛失挚友的艾格文怒意更盛，挣脱了萨格拉斯法术的控制。军团之主即便夺取了守护者的全部力量，可她却有着长达数百年的战斗经验。激烈的对决愈战愈烈，艾格文渐渐占了上风。

绝望之际，萨格拉斯决定奋力一搏。与古尔丹汲取德莱尼囚犯的生命精华激活黑暗之门的做法如出一辙，数以百计的人类宾客全都成了恶魔领主壮大力量的牺牲品，只有莫罗斯幸免于难。

萨格拉斯要求麦迪文彻底消灭艾格文，好在守护者仍对这一命令怀着本能的抗拒，他汇聚众多人类的生命之力，将艾格文逐出卡拉赞，抛向了别处。麦迪文也不知她究竟被丢到了哪里，在艾泽拉斯到处都感应不到她的下落。

战斗结束后，麦迪文感到心乱如麻。萨格拉斯在击败艾格文之后，便又藏进守护者的灵魂深处躲了起来。麦迪文甚至不记得自己曾经被恶魔领主控制，但他知道跟母亲发生了激烈的冲突，担心又会像多年前一样无法控制自己的力量而陷入昏迷。上次他害得父亲惨死，这次更是连累了暴风城中的众多贵族丧命。

唯一的幸存者莫罗斯在目睹那些惨状后似乎变得疯疯癫癫。麦迪文消除了他的记忆，试图缓解他的痛苦。即便如此，可怜的莫罗斯还是无法变回从前的样子。

同样受到重创的还有卡拉赞。这座高塔变得阴森黑暗，时常闹鬼。此后多年，仍有许多人类亡魂在殿堂间徘徊不去。

迦罗娜与守护者

就在艾格文与萨格拉斯激战的同时，又有更多部落大军从黑暗之门涌入。迦罗娜跟着第一批斥候穿过了这道传送门，随后回去向古尔丹汇报：那位头戴兜帽的陌生人已然不知所踪。

闻听此言，古尔丹气得暴跳如雷。他一直希望能够查清麦迪文的真实身份，坚信那个神秘来客是身披伪装的恶魔。

兽人在黑色沼泽各地活动时，偶尔会遭遇一些人类猎手与商人，他们几乎没能对部落构成任何阻碍。大多数人类被就地屠杀，少数被俘虏。

起初，部落没有拷问这些俘虏的必要，因为兽人根本听不懂人类的语言。但是迦罗娜在语言学习方面有着过人的天赋，她花费了大把时间去跟这些俘虏说话。她没有开口询问有关暴风城巡防路线或是其他的军事秘密——人类或许会抗拒回答这类问题。不过大多数俘虏都很乐意跟她随便闲聊几句，以换取水和食物。

但从他们的言谈中还是能够梳理出一些颇有价值的情报。其中一名俘虏总是对兽人破口大骂，说他们全都要曝尸横死。他说暴风城有一位伟大的法师，单凭一己之力就消灭了来犯的巨魔大军，他很快就能除掉这群霸占黑色沼泽的绿皮“畜生”。

迦罗娜从他的狂妄之言中听出了玄机——他口中的这位英雄就是住在卡拉赞之塔中的麦迪文。迦罗娜只身一人匆匆赶往高塔，希望能秘密潜入塔中一探究竟。谁知她却偏偏挑了个最不合适的时机。

那场殊死大战刚刚结束，麦迪文终日郁郁寡欢，对入侵者格外警惕，迦罗娜刚一进塔就被麦迪文抓了个正着。

迦罗娜料定自己必将难逃一死，尤其是在见到麦迪文之后——她不知道眼前这位法师就是在德拉诺与部落缔结约定的那个陌生人，但她感觉到在对方身体里涌动着巨大的黑暗之力。

然而麦迪文并没有杀死她。迦罗娜身上没有他需要的情报，而且她的出现勾起了麦迪文的好奇心。在麦迪文前几次造访德拉诺时从来没有见过迦罗娜，也无意提起曾经去过她的星球。从血统上看，迦罗娜既不是真正的兽人，也不是真正的德莱尼。迦罗娜流亡者的身份让麦迪文颇感同情。更为重要的是，她聪慧过人，已经能说出一口流利的人类语言。麦迪文教她学说新的语句，她也能很快学以致用。

很明显，迦罗娜不会对麦迪文造成威胁，古尔丹的凶残本性也让她对部落缺乏真正的忠心。麦迪文认为安插一位帮手——甚至是朋友在兽人中间，总比让塔中多个冤魂要来得有价值。他放了迦罗娜，还向她发出了邀请：卡拉赞的大门将永远对她敞开。

回到黑色沼泽后，迦罗娜立即通过黑暗之门向古尔丹报告了自己的发现。令她意想不到的是，那位术士早就得知了一切。古尔丹牢牢控制着迦罗娜的心神，通过她的双眼看见了麦迪文。古尔丹还有一些迦罗娜不知道的发现：他认出麦迪文正是前来德拉诺与他商谈的那位神秘来客。他居然是个人类？仅此而已？这让古尔丹失望透顶……他应该是一位乔装打扮的燃烧军团指挥官才合乎情理。

古尔丹很快做出一个决定，一旦麦迪文再无利用价值，他要亲自动手杀死那位法师。

但他必须先弄清楚萨格拉斯之墓的具体位置。他告诉迦罗娜，麦迪文也许在老巢里藏着什么有用的情报，命令她再去卡拉赞之塔仔细探查。

第一次接触

随着越来越多的兽人闯进艾泽拉斯，暴风城也收到有关神秘生物出现在黑色沼泽附近的消息。消息传得甚嚣尘上，街头巷尾人尽皆知。那些生物到底是复仇的亡魂，还是具备了全新力量的巨魔？又或者是来自无尽之海彼岸的陌生族群，要向人类宣战？种种猜想似乎都缺乏实证。

莱恩国王派出指挥官洛萨前去调查真相。洛萨率领一小支骑士军队，赶去黑色沼泽侦察敌情，不久便遇到了部落。兽人第一次与暴风城的骑士遭遇，双方爆发了一连串的流血冲突。

洛萨的士兵起先尝到了胜利的甜头，没想到兽人却是前赴后继，斩杀不绝，渐渐在人数上占据上风，致使洛萨被迫撤军。指挥官感到百思不得其解，敌人的兵力怎么会如此迅速地赶来增援？

重挫之下，骑士军队没能深入黑色沼泽，发现重兵把守的黑暗之门。洛萨给莱恩国王送去战报，说入侵者正在从别处调集援军，王国必须做好迎接全面战争的准备。

与此同时，兽人也向黑手大酋长报告称，当地的人类如今已经注意到了他们的到来，备战与侦察阶段到此结束。

第一次大战一触即发。

守护者的学徒

令守护者麦迪文没有想到的是，他与艾格文的那场战斗并没有引起过多关注。战斗的亲历者全都发了疯，大量贵族的死亡也没有造成太大轰动。此时，整个暴风城王国都已听说了野蛮“兽人”闯进黑色沼泽的消息。卡拉赞距离沼泽不远，那些贵族神秘消失，很可能是遭到了兽人的毒手。

提瑞斯法议会和肯瑞托都被部落对人类领地的突然入侵搞得焦头烂额，那些横空降临的异世怪物已被恶魔能量腐化，他们的威胁远在一个少不更事的纨绔子弟之上。

话虽如此，议会也没有将守护者彻底遗忘。他们迫切想要与他结盟，于是再次让肯瑞托派出一位法师学徒，希望能够借此拉拢麦迪文。

这位年轻的学徒名叫卡德加，他在肯瑞托的这段时间里已经显示出了无量的前途，然而接下来的任务是要让他师从一位喜怒无常、离群索居，以赶走了所有学徒而臭名昭著的法师。虽然百般不愿，但去与不去都由不得他选，肯瑞托一声令下，卡德加只好奉命行事。

抵达之后，卡德加的担忧立即得到了证实。整座卡拉赞之塔中似乎都弥漫着一种病态的黑暗，导师麦迪文更是喜怒无常。更糟的是，那座塔本身似乎也受到了某种诅咒，卡德加经常能够看到游荡的鬼影，眼前浮现出过去、现在和未来的各种不安景象。

没有人能通过麦迪文的考验，除了卡德加。不管面临着多么危险的任务，年轻的法师都表现得聪敏睿智，临危不惧。

麦迪文决定把这位新学徒留在身边。这样做固然很有风险，可此时的麦迪文比从前更加孤单，况且卡德加又是那样的才智双全，求学若渴。

麦迪文向卡德加表明了身份，承认他就是守护者。提瑞斯法议会对他颇有忌惮，所以才指使肯瑞托派来了卡德加来做眼线。

卡德加闻言吃了一惊。他非但没有被吓退，反而更有兴趣。守护者是这个世界上最为强大的法师，能跟在他身边学习魔法，正是求之不得的绝佳良机。

鬼灵与暗影

抵达卡拉赞不久，卡德加就看见了一幅奇怪的不祥之景。他看见自己变成了一位白发苍苍的老者，领导军队对抗一群绿皮怪物。此前他也听说过兽人来犯的消息，跟众人一样对那样的传闻感到真伪难辨。可出现在他脑海里的那些怪物，和人们对兽人的描述惊人的一致。

卡德加把这件事情告诉了麦迪文。守护者装作毫不知情，谎称对兽人一无所知。他说自己已经在卡拉赞这座高塔里幽闭了太久，对南边的战事少有耳闻。是时候弄个明白了。两位法师骑乘狮鹫在黑色沼泽上空巡查，大批兽人聚集的场面吓坏了卡德加，而且军队的规模每时每刻都在不断扩大。

有位兽人术士发现了从空中飞过的两位人类法师，对他们释放出了邪能之力。麦迪文命令徒弟立即消灭这个敌人。卡德加拼尽全力，在守护者的帮助下才侥幸得胜。

麦迪文和卡德加还偶遇洛萨。那位骑士正率军在当地执行侦察任务，攻击沿途遭遇的兽人。洛萨知道麦迪文一直都对他多年前席卷古拉巴什的那股力量感到不安，但还是力劝他与他们并肩抗敌，暴风城需要他来帮忙抵御兽人的入侵。麦迪文借故推辞老友的请求，说自己对那难以驾驭的魔法之力怀有颇多顾虑，其实他的真实用意只是为了给部落争取时间以壮大实力。

洛萨跟卡德加谈起了麦迪文的过往，他希望这位年轻人不仅能跟随导师学习，还能从旁开导。

卡德加尽了全力，但他很快就变得无比沮丧。见过洛萨之后，麦迪文的性情变得更加古怪，有时会接连数小时乃至数日不见人影。每当他回来时，都是一副筋疲力尽的模样。

更加让卡德加感到担心的是造访卡拉赞的那位诡异宾客——迦罗娜。初次见面，年轻的法师就把她视作仇敌，可麦迪文却对她表示了热情的欢迎，还坚持让卡德加以礼相待。

在接下来的日子里，卡德加和迦罗娜频频争吵，然而没过多久他们就成了朋友。卡德加认同导师的想法，也觉得这位半兽人是真心实意地不愿再为部落效力。

最后，卡德加还是察觉到导师对他有所隐瞒。在前往黑色沼泽前，守护者声称自己对兽人的入侵行动所知甚少，可是……他显然在卡德加前来求学前就与迦罗娜相交匪浅。

麦迪文在撒谎。

在此后的日子里，怀疑的狭隙将会变成一道巨壑。

卡拉赞的扭曲现实

霜狼氏族的流放

兽人军团开始大举穿过黑暗之门，然而并非所有氏族都来到了艾泽拉斯。在部落征服德莱尼人之后的年月里，几个氏族沉沦在疯狂与杀戮的欲海中，强大的战歌、碎手与噬骨氏族也赫然在列。大酋长黑手将过于激进的氏族流放到了地狱火半岛的其他地区，以免令其他各族受到伤害。

黑手认为让这些氏族加入到入侵艾泽拉斯的行动中，势必会影响全盘大计。部落要面对的是一个陌生的新世界，绝对不能被自相残杀的闹剧拖住后腿。

于是，大酋长命令那些爱惹麻烦的氏族留守德拉诺。他知道无所事事，眼巴巴地等着别人带回新世界的各种消息，只能分到微乎其微的战利品的日子会让他们备受煎熬。只要等上几个月，这群不服管教的家伙就会变得循规蹈矩。要是这些氏族仍旧我行我素的话，就任由他们留在德拉诺腐烂好了。

其余的氏族——黑石、黑齿狞笑、血环、火刃、龙喉与暮光之锤几乎都无一例外地穿过了黑暗之门。

霜狼氏族也在其中。在过去一年里，杜隆坦还在不断质疑古尔丹的动机，反对他领导族人滥用邪能。尽管对部落领袖颇有不满，杜隆坦还是带领霜狼一族来到了艾泽拉斯。德拉诺星球已是满眼荒芜，只有在艾泽拉斯，或许还能让族人再撑上一代。

霜狼兽人起初跟其他氏族一起攻打人类，但他们却无法再与部落同呼吸共命运。古尔丹私下找到了杜隆坦，告诉他霜狼氏族从此再也不是部落的一部分，要求他们立即离开黑色沼泽。倘若再敢回来，再敢跟部落的任何成员联络，霜狼氏族不分男女老幼全部都会没命。

杜隆坦不愿离去，可他不久前刚刚听说他的伴侣德拉卡怀了身孕，他无法用她或是他们尚未降生的孩子去试探古尔丹的怒火。他也清楚古尔丹为什么会愿意放他一条生路——如果遇害，杜隆坦就会成为先烈，他的警告在部落的其余成员心中也会更有分量。

经过权衡，杜隆坦率领氏族向北逃去，踏上了危险的征途。兽人不熟悉艾泽拉斯的地形，暴风城的人类又将所有兽人都视作死敌。但霜狼氏族也有优势在手——久居艾泽拉斯的强大元素之灵。

在发现艾泽拉斯当地的元素之灵后，氏族从前的萨满祭司德雷克塔尔大受震撼，想起了被他们抛在脑后的古老传统。德雷克塔尔宣布不再使用邪能魔法，转而寻求元素的指引，并从元素之灵那里得到一份馈赠。元素之灵给他指明了一条小路，通往北方那片遥远的冰寒山岭，那里的气候与霜火岭极为相似。去向已决，氏族立即向那片高山进发。

部落入侵

部落的侵略战争正式打响。大酋长黑手命令突袭军向西北方向发起进攻，深入暴风城领地，光明正大地挑起人类的怒火，认定那些弱小的生物在他们的攻势面前根本不堪一击。

最初几场战斗只是为了引发人类的恐慌，阳光树林、西部荒野以及赤脊山南部地带全都落入部落之手，民众死伤无数，流离失所。每当暴风城的巡逻军赶到时，入侵者早已跑得踪迹难觅。这些兽人跟人类此前面对过的任何敌人都不一样。

暴风城的领导者明白，这场战争已经进入了新的阶段。莱恩国王很快就摒弃了父亲拜拉瑟恩当年的做法。兽人来犯的目的就是为了征服，不管再怎么息事宁人也无法平息这场战祸。

莱恩国王封洛萨为“国王的勇士”，对其授予王国最高军衔，命令他率军迎战强敌。洛萨决定在敌人的机动性上做文章。根据斥候的回报，他摸清了部落出击的战略模式，在兽人的撤退路线上屡屡伏下重兵。洛萨派出忠诚的骑士——严厉的格文拉德指挥大军全力阻击，有时区区几名人类骑士就能在毫无伤亡的情况下消灭整支兽人突袭战队。

兽人也很快意识到同样的问题：人类不同于以往遇到过的任何劲敌。暴风城的牧师会召唤圣光之力来为伤者治疗，法师利用奥术魔法让部落连遭重创。尽管部落在与德莱尼人交战时也遇到过这种力量，但人类的方式却显得大为不同。

除此之外，还有那些马背上的骑士——他们个个身披重甲、矫捷如飞，进能一追到底，退能甩掉伏兵。面对这群不屈不挠、神出鬼没的敌人，部落只好勉力适应。

暴风城里，莱恩国王也发出警报。他派出信使赶赴其他人类王国，要他们警惕这些不知道从哪儿冒出来的可怕的绿皮入侵者，还请求各国派兵支援，可依然无人出手相帮。

各国领导者都把莱恩送来的情报当成笑谈。最有可能伸出援手的洛丹伦收到了截然相反的情报——一位来自暴风城的贵族的言论引起洛丹伦王室的注意，他公然取笑莱恩国王，声称那所谓的战争不过是一次王国内乱。洛丹伦礼貌地做出回应，希望他能顺利击败那些“给他造成麻烦的闹事者”。到头来，暴风城连一个援兵都没等到。

暴风城几十年来一直以奉行孤立主义而著称，表现得极为傲慢，总是标榜能靠自己的力量应对危机。

如今只能自食苦果。

古拉巴什的抗争

部落的大部分火力都针对北面的暴风城，但也有少数几支突袭队杀向了荆棘谷的西部丛林。这些兽人以基尔罗格·死眼率领的血环氏族为首，一心想要占领那片酷似故乡的土地。

兽人不知道的是，荆棘谷是古拉巴什的领土。面对突然降临的威胁，巨魔又像当年对抗人类那样，集中全力奋勇反击。在茂密的丛林中，战斗的险恶程度无法言说。巨魔擅长将恐惧深植入敌人的内心……可血环氏族也不会任其宰割。族中的兽人世代与永茂林地的余孽拼杀，早已练就了一身杀戮的本能。

尽管如此，血环氏族的劣势也极为明显。他们空有强兵在手，人数上远胜古拉巴什巨魔，但敌人对这片土地太过熟悉，不惜放弃大片丛林诱敌深入，再从四面八方发动血腥的伏击，打得血环兽人死伤惨重。

若不是因为古拉巴什遭受了暴风城——尤其是麦迪文——的重创，他们或许有实力跟部落正面对抗。巨魔如今缺兵少将，只能依靠游击战术跟敌人在丛林里周旋。

纵使这样，部落也已无力应对。当大酋长黑手发现有大批兽人白白死在荆棘谷丛林时，果断下达了撤军的命令，要血环赶去与其他氏族会合，等消灭人类之后再来解决这些难缠的巨魔。

古拉巴什部族适时收兵，没有追出丛林。他们继续坚守着自己的领地，随时警惕敌人的再度进犯。

北郡牧师圣教会

黑暗之门开启后 1 年

暴风城抵挡部落入侵的战斗打得无比惨烈，兽人的威猛武器吹发可断、削铁如泥，人类一旦被砍伤，往往不消几分钟就会失血而死。

在这种情况下，那些不顾个人安危在战斗中救死扶伤的牧师就成为了人类最为宝贵的希望之源。北郡牧师圣教会的成员像过去一样，跟在暴风城的巡逻军与大部队身边，与战士同赴沙场。

这些牧师来自洛丹伦的圣光教会。很久以前，他们在暴风城创立了北郡修道院，变成了王国不可分割的重要组织。牧师参与过的重大战斗不胜枚举，包括豺狼人战争和对抗古拉巴什巨魔的入侵。在某些情况下，牧师的身份就是他们在战场上的免死金牌，就连豺狼人和巨魔也会找充满同情心的牧师帮忙疗伤。

但这样的事情在与部落的战斗中绝不会发生。兽人无情地屠杀他们找到的每一位牧师，他们深知正是这些治疗者帮助受伤的人类重返战场。手无寸铁的牧师大量死亡，完全抵挡不住部落的怒火。

即使伤亡惨重，牧师还是毫不迟疑地加入战斗，在暴风城的军队中谱写着勇敢的传奇之歌。

暮光的颂歌

与暴风城的战斗还在如火如荼地进行中，暮光之锤却成了黑手的心腹大患。氏族中的战士常常抗命不从，擅自离去，再也见不到踪影。

黑手考虑杀一儆百，将暮光之锤彻底消灭，食人魔法师古加尔却提出了不同意见。一直以来，他都充当着该氏族实质上的领导者，此时，他表示愿意出任他们正式的酋长，保证族中成

人类与圣光

牺牲与勇气是圣光教会的立会之本。教会的历史可以追溯到两千多年前那场混乱的巨魔战争。一位名叫洛丹恩的人类将军为了阻击阿曼尼巨魔，无私地献出了自己的生命，确保人类联军免于覆灭。其中一个被他救下的人是他的姐姐——知名的战士米雷达尔。

战争结束后，米雷达尔便倾尽心力照料受伤的人类兵将，也正是她最早向其他族人描述了光明之景。米雷达尔在梦境中看见了五个陌生的身影，他们不是人类，浑身散发着圣洁的力量。这五个身影分别向她传授了神圣、防护、正义、惩戒与怜悯的智慧。当她把他们无言的教诲付诸实践时，也能感觉到有一股力量在体内流淌。经过她治疗的伤病员，身上的伤口会神奇地消失，变得健康如初。

另一些人类也声称看到了同样的景象，米雷达尔把他们召集起来，将这种代表着更高力量的灿烂智慧编纂成书典，继而围绕着这些书典形成了一场宗教运动。这场运动弘扬无私的奉献精神，认为光明存于万物之中，激发了族人对于圣光的普遍信仰，使其成为了人类社会中的主流宗教。

数百年后，洛丹伦的领导者进一步完善了以光明为基础的各种传统与信仰体系，圣光教会应运而生。教会的所在地位于洛丹伦。朝圣者从各地纷至沓来，寻求愈疗、智慧与内心的平静。

人类不是艾泽拉斯世界上第一个使用圣光之力的种族，却与圣光的关系极为密切，这很可能是血统传承的缘故。人类起源于神秘的泰坦造物——维库人。那些非凡的守护者塑造了艾泽拉斯的面貌，其中一些驾驭着圣光的力量。

教会在人类领地上广建神殿与祭坛，还选出了宗教领导者对追随者加以引导。最为重要的朝圣之地位于葱翠的东威尔德。其他历史悠久、广受尊崇的教众聚集地包括圣光之愿礼拜堂、斯坦索姆、安多哈尔和提尔之手。

员不会再倨傲无礼。黑手答应让他一试，结果惊喜地发现古加尔几乎在一夜之间就调教好了这群叛逆之徒，把暮光之锤的战士变得唯命是从、骁勇善战。既然如此，黑手原谅了他们犯下的种种错误。

古加尔的成功得益于他对暮光之锤及其信仰的深刻理解。他知道氏族成员依附于虚空之能，崇拜虚空的力量。自从他们抵达艾泽拉斯的那一刻开始，就听见了虚空更为洪亮而清晰的召唤。他们发现这里有一些混乱可怕的暗影生物被囚禁在不同的地点，殷切地期盼着有朝一日能够腐化这个世界。

暮光之锤听到的是上古之神的低语。上古之神是邪恶的实体，被关押在地下深处的魔法牢笼之中。在得知这些生物的存在后，氏族成员欣喜若狂。

暮光之锤将其看作命运的指引，认为终于找到了自己的归属之地，将在这里发起暮光审判。

上古之神的存在对古加尔造成了极大的冲击。尽管他本就相信虚空有着强大的力量，却从没把暮光之锤那些关于黑暗之神的疯言疯语放在心上。现在，他得到了确凿的证据。

古加尔答应帮助这个疯狂的氏族实现他们的灭世预言，把整个氏族成员团结起来，他只用了一套简单的说辞：暮光审判并不遥远，部落成功之日，便是他们达成宏愿之时。

在那之前，他们要在表面上听从黑手的指挥，暗地里服从真正主人的命令。暮光之锤同意了。部落的战争与毁灭欲望似乎让上古之神很是满意，因此他们理当继续配合其他氏族征服这个世界。

在接下来的几个星期里，古加尔都在强化与上古之神的感应，把暮光之锤的预言烙印在白

上古之神

很久之前，虚空领主将自身的力量在全宇宙汇聚成一个个物质实体。这些庞大的畸形生物被称作上古之神，肩负着寻找并腐化初生泰坦的使命。虚空领主的爪牙大多遭遇了失败，但也有少数距离成功只有一步之遥。

几位上古之神来到了古老的艾泽拉斯，开始用暗影笼罩沉睡泰坦的灵魂。他们奴役当地的元素，侵占大片原始地带。就在上古之神眼看就要完成对泰坦之灵的腐化时，阿格拉玛等一众泰坦发现了艾泽拉斯。

一场毁天灭地的战争猝然打响，双方都在努力争夺艾泽拉斯控制权。泰坦与仆从们侥幸得胜，把上古之神关进了地下墓穴。然而这些邪恶实体不可能永远老老实实地待在里面，其影响力渐渐渗透到这个世界的各个角落，许多生物都屈从于他们的掌控，其中力量最强的，就是黑色的守护巨龙——死亡之翼。

鬼兽人的身体上，然后将他们的皮肉制成书页，装订成为一部融汇虚空之道的典籍。这部典籍名叫《暮光的颂歌》，被世代忠于上古之神的追随者奉为力量与动力的源泉。

霜狼氏族的抗争

在部落大军发动战争的同时，遭到流放的霜狼氏族一路北上。在元素的帮助下，他们沿途几乎没有遭遇任何人类，很快抵达了全新的家园——奥特兰克山脉。此后不久，德拉卡便生下了一个男孩，给他起名叫作古伊尔。

麟儿降生，本该是德拉卡与杜隆坦一生之中最为幸福的时刻，可他们却陷入了深深的恐惧。古伊尔的皮肤是绿色的，他生来就感染了兽人的鲜血诅咒。见此情景，杜隆坦再也忍无可忍，古尔丹与他主人的阴暗勾当，竟然要遗祸他们的后代子孙。

杜隆坦当下决定，无论结果如何，都不能再对控制部落的黑暗力量坐视不理。德拉卡也是一样。

杜隆坦与德拉卡让霜狼成员继续留在山中开拓新的生活，自己返回部落，揭露真相。随后，酋长便带着伴侣和刚刚降生的儿子古伊尔朝南而去，踏上了孤单而危险的旅途。

德雷克塔尔利用萨满之力给奥格瑞姆·毁灭之锤送去消息，元素之灵在梦中向那位黑石战士呓语，告诉他杜隆坦正在赶来，希望能在洛克莫丹的边境与他见上一面。

奥格瑞姆对黑手隐瞒了与杜隆坦密会的约定。他与杜隆坦一样，也对邪能魔法、古尔丹和黑手大酋长渐渐生疑。在得知霜狼氏族遭到流放后，他更加笃信部落的领袖已被腐化。奥格瑞姆也听说了暗影议会的存在，认为那个秘密组织正是躲在幕后操纵他们的可耻之手。

奥格瑞姆假借外出侦察之名，带上几位可靠的近身卫兵，赶赴洛克莫丹。霜狼酋长把古伊尔抱给他看，将自己知晓的一切和盘托出：当初兽人集结在基尔加丹王座之前，他曾经收到过一封神秘的匿名信函，他推测古尔丹已经跟某种操纵部落的黑暗力量联手了。

这些消息让奥格瑞姆很是吃惊，但他其实也早有预感。他也给杜隆坦讲述了这段时间的发现：来自德拉诺的邪恶能量正在通过黑暗之门流进黑色沼泽，这个世界很快就会变得和他们的故乡一样荒凉。

杜隆坦、德拉卡和奥格瑞姆一致认为必须不惜任何代价消灭古尔丹与黑手大酋长。奥格瑞姆将只身返回部落，暂时对领袖的计划虚与委蛇，他要求杜隆坦与德拉卡暂且留在北地，等待他的进一步消息。接着，奥格瑞姆命令卫兵护送霜狼酋长与伴侣回家，确保他们一路平安。

这个错误让奥格瑞姆毕生追悔莫及——他的卫兵并非效忠于他，而是听命于暗影议会。

三人之间的对话都被这些卫兵听得一字不落，他们决定先斩后奏，果断除掉霜狼氏族的首领，料想古尔丹一定不会让杜隆坦、德拉卡和他们的孩子活命。在向北行进了数天之后，卫兵袭击了杜隆坦与德拉卡。两人顽强反击，杀死了一名敌人，但其余卫兵还是杀死了两位霜狼勇士，把古伊尔丢在冰天雪地里等死。

没想到这个孩子竟奇迹般地活了下来。在父母双双遇害的第二天，一小队来自敦霍尔德城堡，由人类贵族——埃德拉斯·布莱克摩尔率领的狩猎小队路过可怕的谋杀现场。原来暴风城送来的战报都是真的，死去的那些怪物看起来跟他们对“兽人”的描述完全相符。

婴孩的啼哭声引起了布莱克摩尔的注意，他发现了挨饿受冻的古伊尔，虽然浑身冰冷，却仍有一息尚存。他决定将这个孩子带回敦霍尔德城堡仔细查看，或许能从敌人的孩子身上探知重大秘密。从此，古伊尔将在布莱克摩尔的严密监视下度过整个少年时期。

数日之后，奥格瑞姆发现卫兵们迟迟未归，这才觉察到情况有异。他派出斥候向北寻找，然而斥候有了惊人的发现——奥格瑞姆的两位挚友和他身边一位“备受信任”的卫兵惨死当场。

斥候当即前去追查其他杀手的下落，赶在暗影议会的仆从返回部落的南部战线之前找到了他们。双方爆发了激烈的战斗，最后奥格瑞姆的战士赢得了胜利，偷偷把消息报告给了指挥官。

这一切都是多亏了幸运的眷顾。倘若古尔丹得知杜隆坦和奥格瑞姆的反叛图谋，必定会在当夜就割断这位黑石兽人的喉咙。奥格瑞姆暗下决心要为朋友与族人报仇，但他眼下务必要收敛锋芒，静待时机。

攻占赤脊山

黑暗之门开启后 3 年

战火蔓延数月，兽人一路烧杀抢掠，夷平了无数农场、城镇、村庄、锻炉与交易所，致使暴风城的经济全面陷入瘫痪。更为严重的是，许多食物来源地也都已被部落捣毁或是占领，暴风城的补给过不了多久就会耗尽。

见此战况，大酋长黑手立即发动了第二阶段的战争，决意带领部落朝北方进军，先行攻占赤脊山，然后从那里直取暴风城。

部落几乎不费一兵一卒就占领了赤脊山的山脚地带。胜利得来得如此容易，让兽人以为人类已经吓破了胆，定会乖乖地将暴风城拱手相让。

殊不知这恰恰中了指挥官洛萨的圈套。

黑手亲率一小支兽人突袭队深入山岭，希望能够夺取湖畔镇，作为部落的前沿据点。不料洛萨率领骑兵从山坡上奔腾而下，转瞬间就将敌人团团包围。部落的骑兵苦苦抵抗，还是几乎全数战死，就连黑手也险些性命不保。多亏有两位暗影议会术士及时用邪能烈焰扭转了战局，迫使洛萨不得不撤退，这才保黑手一命。

黑手和其他幸存者狼狈地逃回营地。几个星期之后，一支规模更大的军队再度袭来，将湖畔镇及其周边地区全数占领。黑手对救他的救命恩人没有半分感激，与死亡擦肩而过的遭遇让他倍感羞耻。他责怪暗影议会无能，竟没有预见到敌人的伏击，自作主张地处死了那两名术士。

第一次
大战
湿地
洛克莫丹
黑石山
燃烧平原
暴风城
艾尔文森林
赤脊山
西部荒野
阳光树林
黑色沼泽
卡拉赞
黑暗之门
荆棘谷

事态的演变令古尔丹颇为恼火。术士的生杀大权只该由他说了算，更何况暗影议会的人手本就极为宝贵。

黑手完全没有理会古尔丹的愤怒。他才是部落的大酋长，他才有主宰一切的权力。

黑石山

赤脊山那场伏击战给古尔丹敲响了警钟。他早就看出人类即使在敌众我寡的情况下也会拼死抵抗，暴风城围攻战的难度可想而知。虽然兽人当初摧毁了沙塔斯城，然而今时不同往日，部落的力量并不集中——战斗力最强的几个氏族仍然滞留在德拉诺。长年累月的征战和饥荒也让军队的实力严重受损。

不仅如此，古尔丹还听说麦迪文曾经在多年以前大败来犯的古拉巴什巨魔，还得知不少有关守护者和提瑞斯法议会的历史的线索。所有这些都进一步加深了麦迪文身上的谜团。那法师是真心想让部落占领艾泽拉斯吗？他会不会只是燃烧军团的傀儡？还是别有用心，暗藏着什么见不得人的阴谋？倘若果真如此，麦迪文或许会找个理由，像当初消灭古拉巴什巨魔那样消灭兽人。

古尔丹回想起自己在攻占卡拉波神殿之前是怎样帮助部落壮大力量——他粉碎了德拉诺星球上的元素，将它们的能量灌注到兽人体内。艾泽拉斯到处都是元素之灵，这些灵魂的力量远比德拉诺强大。

据暗影议会的密探回报，他们在赤脊山西北边感应到了大规模元素活动的迹象。那里有一座灼热的火山，名叫黑石山。古加尔证实了那些情报的真实性，却也有所保留——双头食人魔不仅在那座山中感应到了元素的力量，还发现当地的元素之灵与上古之神联系甚密。

于是暗影议会秘密赶赴黑石山，打算征服那里的住民，没想到全都是自寻死路。兽人在德拉诺从没接触过这种级别的原始元素之力，最先抵达的几位术士在试图控制元素时都遭遇了悲惨的命运，他们体内腾起熊熊烈火，当即惨死山中。

在黑石山地下住着强大的火元素领主——拉格纳罗斯，统领着不计其数的次级元素和凡人奴隶。几百年来，黑铁矮人始终对拉格纳罗斯忠心耿耿。每当有术士深入黑石山，就会遭到黑铁矮人的袭击，狂暴的火元素更是令其如虎添翼。

在暗影议会向拉格纳罗斯与他的仆从们全面宣战以前，古加尔决定先采取和平手段化解纷争。他利用与上古之神的联结进入了黑石山深处，与黑铁矮人和拉格纳罗斯的元素仆从们进行了多番长谈，终于双方达成了协定。上古之神对部落的战事进展很是满意，他们想帮忙，却不愿把力量分给兽人这群燃烧军团的傀儡。毕竟，萨格拉斯和他的军队与虚空的力量势同水火。不过他们答应给暗影议会提供一处小小的栖身之所——位于黑石山上的黑石塔。如果术士能够留在那里，就不会受到拉格纳罗斯及其追随者的打扰。

没能将整座黑石山的力量占为己有，这让古尔丹大感失望，但也不禁对古加尔的外交才能刮

前页图片：第一次战争期间暴风城和部落领地分布图

目相看。要是他知道这位食人魔法师的真正意图和他对上古之神新生的崇拜之情，恐怕就不会这么高兴了。眼下，黑手与古尔丹之间的关系正在日趋恶化，暗影议会迫切需要觅得一处隐秘的避风港。

至于这座山中的力量，今后再夺不迟。

第一次围攻暴风城

部落如今占领了阳光树林、西部荒野和赤脊山，全面攻打暴风城的时机已经来到。大酋长黑手对古尔丹没能拿下黑石山的无能之举深感不满，但他本就没对这位术士抱有多大希望，不管有没有元素帮忙，暴风城都将成为他的囊中之物。

成千上万的部落士兵杀出艾尔文森林，在暴风城外拉开阵线。除水路以外，将敌人的大本营围得密不透风。黑手命令基尔罗格和古加尔率领血环与暮光之锤两大氏族朝暴风城发起猛攻。

为了削弱城池的防御力，部落调动攻城战车，连夜轰击城墙。天刚破晓，基尔罗格与古加尔就立即率军突袭。兽人士兵狂攻猛打，术士用邪能烈焰让守军身陷火海，打得暴风城血流成河，伤亡难计。

看起来，黑手在中午时分就能攻陷整座主城，这时却意外地听到部落的后方战线遭到了攻击的消息。

洛萨率领大量暴风城精锐骑兵从海上杀出，冲过艾尔文森林，将兽人军队的后方战线打得措手不及。骑兵硬生生地将敌阵撕开了一道巨大的裂口。

部落的战局急转直下，血环与暮光之锤赶忙回撤，抗击骑兵的突袭。这时暴风城突然城门大开，城中守军蜂拥而出，与洛萨合力牵制住敌人的首尾两端。

兽人无法两线作战，只得落荒而逃。部落遭遇了前所未有重创。

这场败仗令黑手颜面尽扫，他恨不得当即处死基尔罗格和古加尔这两个无能的废物，却又生怕激起他们族中成员的反抗。

最后，黑手指挥部落撤回赤脊山，再作打算。

诅咒之塔

暴风城的胜利并非运气使然，洛萨与莱恩国王根据卡德加从迦罗娜那里获得的情报，精确地部署了这场守城大战。

古尔丹知道迦罗娜正在向她的人类朋友透露有关兽人文化和部落行动的消息，却没有命令她远离卡拉赞。从迦罗娜口中，古尔丹获知了不少关于麦迪文和那座神秘高塔的宝贵线索，就算会因此连累兽人输掉战争，他也不愿罢手。

迦罗娜与卡德加经常在卡拉赞交谈，两人对麦迪文的状态愈发担忧。近几个月以来，卡拉赞较以往变得更加黑暗和扭曲，大厅里游荡的饱受折磨的怨灵数量远胜从前。有时，在卡德加和迦罗娜眼前还会出现过去、现在与未来的各种场面，逼真而又恐怖。

卡德加怀疑这一切都与麦迪文脱不了干系。守护者的情绪不再起伏不定，这令他松了口气，可很快就产生了更深的担忧——麦迪文的确不再愤怒，那是因为他整个人仿佛都被掏空，再也不会对任何东西产生感觉。在他人性丧失的同时，卡拉赞的现实界域似乎也随之变得动荡不安。

卡德加把自己关进了塔内的图书馆，埋首苦寻能够解释这些变故的线索。他在一本晦涩难懂的书卷里似乎找到了答案。书中写到了一种古老的法术，能让技能出众的法师唤起某段特定的记忆。可惜那法术并不稳定。卡德加很少能召唤出自己想看的瞬间，有关麦迪文的各种提问更是毫无下文。

在屡遭失败后，卡德加决定换一种方式来使用那种法术，说不定可以追溯出连通艾泽拉斯与兽人故乡那道时空裂隙的源头。

卡德加最后的努力取得了成功，但答案却让他感到难以置信。

卡德加与迦罗娜看着一幅可怕的场景在眼前展开——有位神秘的陌生人降临德拉诺，出现在古尔丹面前。那位头戴兜帽的世外来客给暗影议会展示了艾泽拉斯的丰富物产，并说服他们建造黑暗之门，大举入侵这个世界。

接着，他们凑近细看，发现那个陌生人不是别人，正是麦迪文。引领部落军团给艾泽拉斯降下横祸的那个人，正是提瑞斯法议会的守护者。

守护者的陨落

还没等卡德加和迦罗娜回过神来，麦迪文就发现了他们干的好事。半兽人与人类侥幸逃过守护者的怒火，逃向暴风城，想要去向莱恩国王和洛萨报告麦迪文的背叛行径。

卡德加坚持要让迦罗娜与自己一同进城面见国王，却不知古尔丹正在通过她的眼睛注视着这一切。当古尔丹意识到迦罗娜面前站的是暴风城的统治者时，他便设法迫使她杀死莱恩。迦罗娜把骤然腾起的杀欲强压了下去，丝毫没有意识到那是古尔丹的伎俩。

莱恩无法相信麦迪文竟然会做出这样的事来，可洛萨却认为卡德加说的都是实情。他知道麦迪文是艾泽拉斯面临的重大威胁，甚至比部落还要危险得多。

洛萨命令骑士格文拉德加强对暴风城的防御，然后在卡德加和迦罗娜的陪同下，亲率战队前往卡拉赞。怀着沉重的心情，洛萨决意要活捉或是手刃儿时的这位好友。

借助迦罗娜的眼睛看清这些之后，古尔丹顿时陷入了慌乱。他还没有找到萨格拉斯之墓，不能让麦迪文死在他们手上。就在洛萨等人抵达卡拉赞，开始攻打高塔时，古尔丹企图进入守护者的脑海。

起初，麦迪文的精神防御力太过强大，古尔丹毫无机会进入。战斗开始后，古尔丹趁守护者分心之机，在他的记忆中疯狂搜寻着任何有用的信息。

正如对抗艾格文时一样，萨格拉斯控制了守护者的心神与行动，使出全力对抗这群入侵者。在卡拉赞的战场上，烈焰升腾，刃声铿锵，魔法漫天，迦罗娜的神魂遭到了守护者魔法的重创——萨格拉斯想要夺取对迦罗娜的精神控制，让她与盟友反目相杀，却没能取得预期的效果，反而致使半兽人头脑大乱，很快就变得敌我不分。

卡德加在战斗中险些遇害，萨格拉斯试图将他的灵魂从身体中剥离，尽管没能得手，却还是汲取了他的一部分生命力。这位年轻的学徒瞬间变得容颜苍老，如堕风烛残年。

最后，卡德加亲手用利刃刺穿了导师的胸膛，逐出了萨格拉斯的灵魂，将军团之主赶回扭曲虚空深处。

在麦迪文的弥留之际，他生平第一次变得如此清醒。他意识到自己犯下的过错，致使无数人死于非命。他辜负了守护者的职责，但卡德加和他的同伴们却完成了麦迪文未竟的事业，击败了萨格拉斯，粉碎了他的阴险图谋。麦迪文临终之前向卡德加、洛萨以及其他人类英雄表示了衷心的谢意。

迦罗娜没有留下亲眼看到麦迪文咽气，她早已逃离了卡拉赞，没人知道她去了哪里，眼下也不是追寻她下落的时候。

近几百年来，从没有守护者在战斗中死去，更未出现过守护者被恶魔控制的先例。麦迪文之死引发了灾难性的后果，邪恶能量从卡拉赞之塔中迸发而出，将周围地区变得危险而荒芜，位于高塔西边的阳光树林受此影响，变成了暮色森林。

同样深受影响的还有部落。古尔丹成功找到了他想要寻找的东西——萨格拉斯之墓的位置。但是当麦迪文被打败时，他仍在守护者的记忆中胡乱翻找。在守护者死去的一瞬间，他受到了巨大的冲击，陷入了深度昏迷。

力量圣物

当古尔丹潜入麦迪文的脑海时，他不仅找到了萨格拉斯之墓的位置，还发现了艾泽拉斯的珍贵历史，以及散落在世界各地的魔法圣物。

第二任大酋长

在远离卡拉赞的地方，古尔丹的突然昏迷在暗影议会中引起大乱，术士根本不明白到底发生了什么事。大酋长黑手虽也感到极为困惑，却乐得静观其变。暗影议会近来的表现屡屡让他感到失望，他更是深知古尔丹早就想把部落牢牢控制在自己手中。

奥格瑞姆·毁灭之锤认为时机已到。暗影议会乱成一团，黑手还没能够从暴风城的败仗中振作起来，眼下正是从族人身上清除腐化之力的绝佳良机。

他提出与黑手进行一场不死无归的一对一决斗——玛克戈拉，斥责大酋长是将族人出卖给黑暗势力的叛徒。

任何兽人都不能拒绝这样的挑战，否则必将失去族人的尊敬，黑手也是。他甚至连暗杀奥格瑞姆都做不到——平日里都是暗影议会为他执行铲除异己的任务。

两位身上绘着氏族徽记，涂满油膏的兽人苦战了数个小时，最后奥格瑞姆用家族武器——毁灭之锤，击碎了黑手的头颅。

围观的兽人们纷纷跪倒在胜利者面前，宣布大酋长毁灭之锤为他们新任的首领。奥格瑞姆向族人揭穿了古尔丹和术士们的真面目，德拉诺正是毁于他们的邪能之力。奥格瑞姆宣布，他将净化荼毒部落的黑暗力量，第一步就是要禁用邪能法术，对使用者以死罪论处，决不能让艾泽拉斯重蹈德拉诺的覆辙。

然而奥格瑞姆的复仇之火却无处燃烧。黑手死后，暗影议会立即作鸟兽散，没人知道那群术士逃去了何方。

当下，奥格瑞姆必须全力应对与暴风城的战斗。他不愿与人类继续厮杀，却也别无选择。返回德拉诺，意味着在那里慢慢等死。唯一的出路就是攻下暴风城，在这里安下新家。部落必须打败敌人，才不至于在这个陌生的世界上无处容身。

大酋长毁灭之锤命令各族做好决战的准备，赶在太阳落山前踏上了征途。

再攻暴风城

部落大军再度兵临暴风城下，毁灭之锤调遣全军全力猛攻，绝对不容有失。他本想召集仍然留在德拉诺的战歌、碎手等氏族赶来增援，然而时间紧迫，不能给暴风城留以一丝喘息之机。

战斗打响后，双方都知道这一天将会决定暴风城的命运，决意与敌人厮杀到底，再无退路。部落的大军攻破了城墙，冲上街道，但暴风城的守军还是暂时抵挡住了他们的攻势。

当莱恩国王得知迦罗娜从卡拉赞返回的消息时，他正在要塞中与军队指挥官们商讨军务。但国王更担心的是仍未归来的洛萨与卡德加。

为了弄清楚情形究竟如何，莱恩允许迦罗娜前来入廷觐见。她要向国王报告与麦迪文的战况，结果还没等她开口，就被人控制了心智。

迦罗娜曾经抗拒过古尔丹要求她杀害莱恩国王的命令，可是在与守护者大战过后，她的精神遭到了严重干扰，难以分清敌友。迦罗娜的意志发生了动摇，古尔丹的命令再次在她的脑海中变得格外清晰。在她的内心深处，她不愿意杀死莱恩，这位陌生的国王对她礼遇有加，短短几个月的相处已经对她表示出了莫大的尊重，远胜于她的兽人同族。

这一次，她却再也无力与古尔丹抗衡。

迦罗娜泪流满面地将匕首插进了莱恩的胸口。年少的王子瓦里安亲眼目睹了父亲的惨死。从此，瓦里安的父亲被兽人刺客杀死的景象永远刻在王子的记忆中，永远改变了他对兽人的看法——他从此将兽人视作口蜜腹剑、不共戴天的死敌。

困惑之下，迦罗娜逃出了要塞，消失在乱军之中。国王遇害的消息很快流传开来，严重地打击了守军的士气。暴风城硝烟四起，部落的狂轰滥炸让整座城池陷入火海。

此时，洛萨和卡德加正好从卡拉赞归来。听闻国王惨死，暴风城群龙无首，洛萨立刻肩负起领导暴风城残余部队的重任。现在，整个暴风城已经沦陷，他能做到的，就是尽可能多地拯救幸存的人民。

洛萨命令全员撤离，与卡德加、格文拉德与其余士兵一道护送瓦里安王子、塔里娅王后与其余民众出城。他们一路杀向暴风城港口，途中死难无数，塔里娅也不幸丧命。当洛萨带领幸存者们抵达码头后，先将剩余船只尽数摧毁，以防部落乘船追赶，然后立即扬帆起航。

暴风城随后被烧得片瓦不存，第一次大战宣告结束。

部落军团旗开得胜，可是大酋长却没有感到任何喜悦。

洛萨与其他难民逃离暴风城

铲除暗影议会

黑暗之门开启后 4 年

部落的大酋长眼下既没有能力，也没有意图去追杀暴风城的难民。部落在这场战斗中同样伤亡甚重，必须稳扎稳打，以防新的敌人来袭。

他派信使回到德拉诺召集其余氏族。战歌、碎手、嘲颅、雷神和噬骨氏族需要一段时间才能抵达部落这片全新的领土。

奥格瑞姆正好可以利用这段时间巩固对部落的统治，首先要除掉部落的腐化根源——暗影议会。奥格瑞姆认为，暗影议会与控制兽人的黑暗力量暗中勾结，正是因为术士沉迷于邪能魔法，才导致了德拉诺的衰亡。站在个人立场上，奥格瑞姆也渴望复仇。暗影议会的成员杀害了杜隆坦、德拉卡还有他们尚在襁褓之中的婴儿（他不知那男孩竟然活了下来）。

如今暗影议会行踪莫测，幸好有人知道他们在哪儿。古尔丹仍然昏迷不醒，但部落却抓住了他的傀儡——迦罗娜，她正试图逃离暴风城。奥格瑞姆对她用尽酷刑，直到逼她说出了暗影议会那处全新的避难所——黑石塔。

兽人军队大举杀进那座灼热的火山，一路上如入无人之境，没有遇到任何火元素或是黑铁矮人的阻截。拉格纳罗斯与上古之神躲了起来，暗中观察着这场暴力冲突会演变到何种程度。

暗影议会的术士无力自救，他们的邪能之力根本抵挡不住奥格瑞姆的怒火，被大酋长麾下的忠诚追随者杀得尸横遍野。

在为数不多的幸存者当中就有古加尔，这位食人魔法师用无可辩驳的理由让大酋长放了自己一马——要是古加尔死了，暮光之锤就会再次陷入疯狂，奥格瑞姆难道真愿意在这个时候自损兵力？古加尔声称自己之前是受了古尔丹的摆布，今后一定会为大酋长肝脑涂地。

奥格瑞姆无奈地接受了。虽说他不确定这位双头食人魔说的话是真是假，但也无须追究。他必须凝聚所有战斗力来保护部落的全新领土。为了证明自己的价值，古加尔还给奥格瑞姆引荐了住在山中深处的黑铁矮人，他们双方看似相交甚好，带给了大酋长意外的收获。在拉格纳罗斯的秘密授意之下，矮人同意让部落将黑石塔作为新的指挥中心。此后多年，上古之神欣喜地看着兽人将在艾泽拉斯各处制造混乱。

大酋长也留了迦罗娜一命。古尔丹对她的残暴对待早已不是什么秘密，她刺杀莱恩国王又帮了部落一个大忙。迦罗娜也发誓对部落效忠，奥格瑞姆指派他最为信任的副官伊崔格担任她的看管者。

随后，奥格瑞姆派出的信使从德拉诺带来了可怕的消息——留在德拉诺的兽人氏族已经变得更加嗜血，竟开始相互残杀。只有少数遵纪守规的兽人精兵和寥寥无几的食人魔能赶来艾泽拉斯助阵。

这个消息让奥格瑞姆感到非常失望，可眼下也没有别的办法。

不久之后，他将能控制超出他想象的力量之源，那是一种从艾泽拉斯古老历史中焕发新生的强大武器……

恶魔之魂

纵观第一次大战，艾泽拉斯的强大巨龙几乎全都置身事外。世代以来，这些庄严的生物始终在五大守护巨龙——阿莱克丝塔萨、奈萨里奥、诺兹多姆、伊瑟拉和玛里苟斯的指引下守护着这个世界。然而他们却不再有能力确保艾泽拉斯的安全，深陷背叛的阴影中无力自拔。

早在一万年前，守护巨龙在上古战争中加入了对抗燃烧军团的战斗。阿莱克丝塔萨、诺兹多姆、伊瑟拉与玛里苟斯自愿献出一部分生命精华，同时将他们的怒火融入一个白金圆盘，创造出名为巨龙之魂的强大武器，来消灭侵入艾泽拉斯的恶魔大军。

只有奈萨里奥没有往这件神器中灌注自己的力量。他制造出了那件武器，然后拿给同伴。从表面看来，他的意图似乎很是纯粹，然而事实却并非如此。其他几条巨龙没有想到的是，奈萨里奥竟已受到上古之神的影响。

奈萨里奥拿着经过巨龙强化过的武器上了战场，用它杀死了无数恶魔，可他却不满足于仅对燃烧军团宣泄怒火，也把巨龙之魂对准了他的朋友们。

令人震惊的背叛彻底分裂了守护巨龙，也为奈萨里奥赢得了一个新名字——*死亡之翼*。

其余的守护巨龙最终夺回了这件神器，却不安地发现既没有办法将它摧毁，也不能取出各自的力量。他们只得把它藏在一个没人能够想得到的偏远之地：现在的赤脊山。巨龙对神器施以魔法，确保无论是死亡之翼还是任何其他龙类都无法再染指。

在此后的漫长岁月中，力量大为削弱的巨龙军团陆续离世隐居。死亡之翼的背叛彻底改变了他们。青铜龙诺兹多姆全心全意地守护起了过去、现在与未来，很少离开时空的旋流。绿色巨龙伊瑟拉大部分时间都在翡翠梦境中监视着艾泽拉斯物种的生存状况。蓝色巨龙玛里苟斯因死亡之翼的背叛行为而陷入了疯狂，长年住在魔枢之中。

只有红色巨龙阿莱克丝塔萨偶尔还会出手干预凡间种族的活动，同时留意着死亡之翼的一举一动。

上古战争结束，死亡之翼也避世并陷入沉睡。巨龙之魂的力量太过强大，就连这位受到腐化的守护巨龙也难以驾驭，险些被神器的力量毁灭。他被迫穿上了金属铠甲，防止身躯开裂。死亡之翼需要时间来恢复伤势，重振力量。在他长眠的同时，其他巨龙将他那群被腐化的孩子追杀至濒临灭绝的地步。

开启黑暗之门所耗费的惊人魔法力量终于将死亡之翼从沉睡中唤醒，他兴味盎然地注视着暴风城人类与部落生死相搏，认为或许能够利用兽人来帮助黑龙军团找回往日的荣耀。死亡之翼深知，如果他再次现身，不仅会遭到守护巨龙们的合力攻打，就连许多凡间种族也不会轻易放过他。如果部落能击垮艾泽拉斯的各大王国，除掉那些实力最强的文明，死亡之翼就能集中精力对抗昔日的巨龙同伴。

在第一次大战期间，上古之神曾经命令死亡之翼切勿过分激进地向兽人提供帮助，以免引起其他巨龙的注意，但仍希望能死亡之翼能够制造混乱，毁灭这个世界。

死亡之翼所做的第一件事就是假扮成来自暴风城的人类贵族造访洛丹伦，混入当地的贵族阶层，散播各种流言蜚语。当部落入侵的消息终于传到洛丹伦时，死亡之翼当众出言嘲笑，说暴风城只不过是在寻找镇压内乱的借口。在洛丹伦的上层社会看来，死亡之翼编造的谎言远比暴风城绝望的呼唤要可信得多。

为了说服那些顽固地相信暴风城情报的贵族，死亡之翼做了点手脚。他用法术微妙地影响了洛丹伦贵族的思想，阻止其对部落采取任何行动。

在确信洛丹伦不会派出任何援兵的情况下，死亡之翼踏上了南行之旅。他把自己伪装成黑石兽人，潜藏其中观察兽人社会数月之久。很快死亡之翼就发现了影响部落的那股神秘力量，同时博得了诸位领导者的青睐。古尔丹将他视作忠诚的追随者，黑手认为他是骄傲的黑石兽人，就连奥格瑞姆·毁灭之锤都把他当成了坚定的盟友。

最后，黑手死在了奥格瑞姆的重锤之下，可这并不会有任何影响。暗影议会效忠于燃烧军团，死亡之翼则是听命于上古之神。粉碎燃烧军团对兽人的控制，只会让他们更易受到上古之神的影响。

问题只有一个——第一次大战削弱了部落的实力，如果其余的人类王国联合起来，兽人将很难消灭这些强敌。即便最终得胜，也只会招来更多敌人。若是其他的守护巨龙意识到部落的威胁，绝不会对其放任不理。

然而巨龙之魂仍然存在于世。由于神器中蕴藏着除死亡之翼以外所有守护巨龙的力量，大可以用它来毁灭或是控制那些巨龙。龙类固然无法使用那件神器……但兽人可以，不如索性引他们出手。

死亡之翼向其中一位酋长展示了极具诱惑力的画面。他早已对部落了如指掌，认定龙喉氏族的首领祖鲁希德是最佳人选。

在栩栩如生的梦境中，祖鲁希德看见他的族人驯化并骑乘着一群陌生而又强大的有翼生物，那便是人类口中的*巨龙*。这番场景看得祖鲁希德如醉如痴——龙喉氏族在德拉诺星球上就有驯服双头巨龙的传统，将它们打造成为*奈尔戈*，意为“忠诚的野兽”。想到可以再次遨游天际，龙喉酋长哪里抵挡得了这般诱惑。如果调教得当，这些巨龙绝对有成为奈尔戈的潜力。

眼见鱼已上钩，死亡之翼便将祖鲁希德诱骗到了赤脊山。在大山深处，藏着一块貌不惊人的金色圆盘，四周有结界保护，还有一条名叫奥拉斯特拉兹的红色巨龙在旁看守。这块圆盘就是巨龙之魂，千万年来始终被尘封于此。

在祖鲁希德的率领下，龙喉氏族对奥拉斯特拉兹骤然发难。兽人从未在战斗中与红色巨龙交过手，虽然也小有伤亡，最终还是成功杀死了这位守护者。

接着，祖鲁希德命令族中最伟大的术士——碎颅者耐克鲁斯动手夺取神器。耐克鲁斯粉碎

蓝龙军团

在上古战争期间，死亡之翼的背叛行径几乎杀死了所有蓝色巨龙。多亏阿莱克丝塔萨率领巨龙果断行动，才让蓝龙军团逃脱了灭亡的厄运。他们将其余的蓝色龙蛋收集到一起，竭力孵化并抚育新生的雏龙。有一段时间，阿莱克丝塔萨的追随者还扛起了守护艾泽拉斯的魔法神器与力量之地的重任。这通常是蓝色巨龙最为神圣的使命，可在自身难保的情况下，他们已经无力履行古老的职责。

了防御结界，察觉到经历过上古战争的神器散发着微弱的邪能力量，于是将它命名为恶魔之魂。

在距离赤脊山甚远的地方，阿莱克丝塔萨也感应到神器的结界被打破了，于是急忙联络守护者，却没有收到任何回应。情急之下，阿莱克丝塔萨带上几条红色巨龙，匆匆赶赴南方。巨龙料想一定是某些愚蠢的凡人偷走了那件神器，奥拉斯特拉兹此时正在设法将它追回，想要重新将它封入山中应该不难。

事实上，她们正在飞向死亡之翼布下的陷阱。

七国议会

在洛萨带领难民逃向北方的同时，其他人类王国陆续听说了暴风城毁灭的消息。洛丹伦的统治者——泰瑞纳斯·米奈希尔二世听闻这一噩耗深感震惊。起初，国王甚至无法相信真有兽人大举侵入，现在他总算看清了近在眼前的重大威胁。

当暴风城的幸存者终于抵达洛丹伦时，洛萨向泰瑞纳斯讲述了部落的真正实力，敦促国王立即联合各国共同御敌。倘若不能团结一心，所有王国都会一个接一个地毁在部落的兵刃之下。

随后，各国领导者齐聚洛丹伦都城，多年来第一次召开了如此大规模的集会。吉尔尼斯的国王吉恩·格雷迈恩、库尔提拉斯的海军上将戴林·普罗德摩尔、达拉然的大法师安东尼达斯、激流堡的索拉斯·托尔贝恩以及奥特兰克的国王奥里登·匹瑞诺德悉数到场。

这场集会被称为七国议会。一开始，联军作战似乎是不切实际的空想。泰瑞纳斯呼吁各国首领同心协力，构建一支无可抵挡的人类王国联盟大军，铲除部落的威胁，帮助暴风城的幸存者夺回家园。

一部分与会者对此表示赞同。大法师安东尼达斯代表的达拉然的肯瑞托组织，早就从卡德加那里获得了有关部落的第一手情报。普罗德摩尔是安度因·洛萨的朋友，认为理当为惨遭灭国的同族报仇雪耻。托尔贝恩与洛丹伦交往甚密，也愿意派军参战。

但是吉尔尼斯和奥特兰克却没那么容易被说服。这两个王国的领导者当众提出了质疑，认为根本没有什么所谓的异世生物大举入侵，他们也听说了死亡之翼散播的谣言，相信一定有其他原因导致了暴风城的覆灭。

正当各国在七国议会上争得不可开交时，部落却在积极备战。

第五章

第二次大战

第五章

第二次大战

武装部落

黑暗之门开启后 4 年

第一次大战的硝烟渐渐散尽，奥格瑞姆 · 毁灭之锤也开始思考族人的未来。他梦想着能够引领兽人回归昔日的传统与行事之道，不再受邪能魔法的荼毒，彻底摆脱古尔丹和黑手造成的影响。

如此宏大的梦想绝非一朝一夕就能实现。首先，奥格瑞姆必须先帮助部落在艾泽拉斯站稳脚跟。光是攻下暴风城远远不够，在那场惨烈的夺城大战结束后，其他的人类王国永远也不会跟部落和平共处。根据斥候的回报，人类诸国的领导者此时此刻正在北方那片名叫洛丹伦的土地上商讨对策。

奥格瑞姆知道部落无论如何都不能被动等待。如果他们满足于固守已经攻占的领土，人类很快就会集结大军杀向南方，最终一定会收复失地。唯一的办法就是先发制人，抢在敌人做好准备前出击。经过对暴风城俘虏的审问，兽人得知在北方有不少强大的人类王国，但哪个王国都无法跟作为人类文明中心的洛丹伦相提并论。若是能够占领洛丹伦的都城，其余的王国迟早都要落入部落之手。

只要攻下洛丹伦，所有难题就会迎刃而解。可是经过与暴风城的那场大战，部落军队实力大损，从德拉诺赶来的援军也少得可怜，大酋长必须另想办法来壮大部落的力量。于是，奥格瑞姆派出追随者到各地去寻觅新的武器。

黑石兽人征用了暴风城的锻炉，可惜大多数都被席卷全城的那场大火烧成了灰烬。

龙喉兽人发现了一种看似暗藏着强大力量的诡异神器，名为恶魔之魂。可惜到目前为止，他们对神器到底该如何使用还是百思莫解。氏族领导者祖鲁希德把神器交给了他的副手耐克鲁斯，命他查明其中的秘密。

部落还与艾泽拉斯当地的阿曼尼巨魔结成了朋友。这些巨魔和人类长年厮杀，冲突不断，为暴风城的毁灭欣喜若狂。阿曼尼巨魔将兽人视作潜在的盟友，一些成员甚至表示愿意加入部落，以换取毁灭之锤的援助。阿曼尼统治者——督军祖尔金被人类俘虏，关押在希尔斯布莱德附近。要是兽人能够帮忙救出祖尔金，这些巨魔就答应为部落作战。

前页图片：第二次战争中的一场海战

除此之外，还有古尔丹。就在暴风城被攻占后不久，这位彻底失势的术士便从昏迷中醒了过来。大酋长原本一直密切监视着古尔丹的动静，打算等他苏醒就立即将他处死。但当时机真正来到时，奥格瑞姆却犹豫了。古尔丹刚刚转醒，就声称自己能帮助这位新主人确保部落大胜人类。

术士的策略

苏醒之后的古尔丹发现整个世界都发生了翻天覆地的巨变。此前，他在部落呼风唤雨，力量无边，然而现在却变得一无所有。暗影议会已经被毁，毁灭之锤还当上了大酋长。古尔丹知道，如果他无法赢得奥格瑞姆的信任，必将难逃与其他术士一样的下场。

古尔丹乞求大酋长饶他一命，承诺对部落誓死效忠。他向毁灭之锤保证，再也不会动掌控兽人的念头，也不会再跟赋予他们邪能魔法的施恩者有任何瓜葛，还称自己才是背叛和抛弃的受害者。

古尔丹知道他的这番话在奥格瑞姆耳中毫无分量，必须拿出实际的筹码才能打动这位大酋长。古尔丹发现，部落眼下对力量有着无上的渴求，否则他们在即将打响的全面战争中惨淡落败。他告诉毁灭之锤，说自己可以创造出一群全新的战士，跟人类施法者旗鼓相当。人类的牧师与法师在第一次大战中让部落吃尽苦头，根据囚犯吐露的线索，洛丹伦等王国军队中的施法者数量远在暴风城之上。

毁灭之锤不信任古尔丹，可这术士说得没错。部落无力抵抗人类的魔法，何况大酋长已经宣布禁用邪能法术。德莱尼人和人类施放的法术颇为相似，但洛丹伦与其他北方王国的军队在人数上可不是德莱尼人能比的。

奥格瑞姆决定给古尔丹一个证明价值的机会。要是他真能拿出什么有用的东西来，就饶他不死。如若不然，大酋长就会亲手碾碎这个可耻的渣滓。奥格瑞姆知道把古尔丹留在身边必会遗患无穷，但他自认为有信心控制住这个狡猾的术士，不会像黑手那样沦为他的同谋和傀儡。

暂且保住性命的古尔丹已经开始幻想起杀死毁灭之锤的快感，但他很快放弃了这个念头，因为一个熟悉的声音突然向他低语——是基尔加丹。

在静默多年之后，萨格拉斯命令基尔加丹再次与他的仆从取得联系。恶魔领主告诉古尔丹，不要破坏奥格瑞姆对部落的统治。奥格瑞姆攻占了暴风城，取得了远胜黑手的成就，他正是燃烧军团需要的领军人物，有能力号令部落征服艾泽拉斯的防御者。基尔加丹命令古尔丹尽其所能壮大部落的力量，帮助军团实现目标，并再次对其许下了力量的承诺。

基尔加丹说得极为真诚，可古尔丹早已厌倦了为燃烧军团卖命，无法再相信他。古尔丹表面上假意逢迎恶魔领主，私下则在密谋反叛。他已经知道了萨格拉斯之墓的位置，大可以凭借自己的力量前往那里，何苦还要基尔加丹或是燃烧军团帮忙？

要想进入那处墓穴，古尔丹要先找到忠实的盟友。等到部落得知他的真实意图，必须有一支军队替他抵挡族人的怒火。古尔丹说服毁灭之锤，让大酋长允许他创立自己的氏族——暴掠氏族。术士声称他绝不会再像当年控制暗影议会那样隐秘行事，一切活动都会在部落的视线之内进行，要率领氏族成员在前线上与兽人军团同心抗敌。事实上，古尔丹是打算利用这个全新的氏族来扩大自己的影响与力量。

毁灭之锤对此也有所怀疑，但他自信地认为古尔丹绝对不是他的对手。如果那术士想要拥有属于他自己的氏族，那就给他好了。奥格瑞姆会在暴掠氏族中安插眼线，严密监视古尔丹的一举一动。

促使奥格瑞姆做出这个决定的还有另外一个原因。兽人普遍反对古尔丹和他使用的邪能法术，没有任何氏族愿意接受他率众加入。如果真要让古尔丹在战场上发挥作用，就必须让他另立门户。

死亡骑士

黑暗之门开启后 5 年

古尔丹想了许多种方法来实现他创造全新战士的承诺，最重要的是要确保他们能够绝对效忠于自己，这时他想起了暗影议会。尽管议会成员都已死去，他们的灵魂却仍然完好。若是古尔丹能把他们从亡者的界域中召唤回来，这些昔日的追随者一定会对他永怀感激。

古尔丹和古加尔把暗影议会成员的灵魂收集到一起，寻找能够容纳灵魂的躯体。起初，古尔丹想利用在第一次大战中牺牲的兽人——甚至是食人魔的尸体，可他知道部落绝不会容许他们玷污死者。这样做势必会在各个氏族间引起哗然，继而对他大加讨伐。

不，兽人和食人魔是毋庸考虑了，但人类完全可以。古尔丹决定把暗影议会成员的灵魂融入暴风城最伟大的骑士们的尸体之中。

由于邪能魔法已被禁用，古尔丹只能将这些亡兵变成强大的死灵法师。他与古加尔引导了一场又一场血腥的仪式来完成这项任务。在经历了无数次苦涩的失败后，两人终于大功告成。

古尔丹让老友塔隆戈尔的灵魂进入了一位暴风城骑士的遗骸。随着死灵法术的能量在那具腐烂的尸体里流淌，骑士站了起来。这副步履蹒跚的恐怖骨架便是塔隆·血魔。

他是古尔丹创造的第一位*死亡骑士*。

这些黑暗的士兵是术士最成功的作品。他们既不用吃饭，也无须休息。死亡骑士能够召唤死灵能量来汲取敌人的生命，甚至还能复活亡者，使其继续在战场上冲锋陷阵。

经过逐步完善，古尔丹创造出越来越多的死亡骑士。当奥格瑞姆看到这一切时，不禁感到心惊胆寒。这些骑士浑身充满邪气，灵魂来自于死去的暗影议会成员——那群毁灭兽人家园的罪人。然而，大酋长虽然对此难以接受，却无法否认死亡骑士的潜力。他们使用的不是邪能巫术，而是另一分支的魔法，既能极大地打击敌人，又不会有损他们脚下的土地。

再三权衡之下，毁灭之锤接受这群恐怖的战士加入部落。他耽搁得越是久，人类王国就会

通灵师的命运

征募兽人通灵师是一次非常有趣的实验，可他们在战斗中的表现却不尽如人意。最后，古尔丹帮助他们实现了自己的价值。古尔丹和古加尔牺牲了这些通灵师，利用他们的死灵法术能量为死亡骑士赋予生命力。

准备得越是充分。为了粉碎洛丹伦，他必须要使出死亡骑士这种秘密武器，用恐惧直击敌人的内心，同时化解人类魔法的力量。奥格瑞姆命令黑石氏族的成员们密切留意这些死亡骑士的动向，等到部落得胜，大酋长就准备把古尔丹和他麾下的亡灵士兵尽数杀光。

奥格瑞姆对死亡骑士的怀疑是正确的。他们虽然公开表示效忠部落，实则根本不顾大酋长和部落军团的死活。当然，他们也没有古尔丹料想的那么忠诚。这些骑士只忠于自我，在意的仅仅是自身的存亡。

在创造出死亡骑士之后，接下来要做的就是补充部落日渐耗竭的物资和军备。为了实现这个目的，奥格瑞姆把目光投向了卡兹莫丹——铜须矮人的家园。

入侵卡兹莫丹

铜须矮人是一个骄傲而坚韧的族群。两千多年以来，他们始终居住在铁炉堡这座凿于山中的雄伟城市里。附近的卡兹莫丹到处都是矮人的锻造熔炉，山中矿藏丰富，取用不尽。在正式对洛丹伦采取行动之前，兽人要先夺取矮人的领地，利用那里的资源来补充军械。

趁着一场猛烈的暴风雪，部落杀向卡兹莫丹。矮人早已做好准备，派出清拆队挖塌了山中隧道，阻碍兽人行进。与此同时，矮人还请求古老的盟友——侏儒出手相助。两大种族集中力量，在卡兹莫丹各处设起了防御据点。

即便如此，矮人和侏儒仍然无法与兽人大军匹敌。部落借着凛冬风雪之力，横扫卡兹莫丹，无数矮人与侏儒惨死在兽人嗜血的刀刃之下。分散在冰寒大地上的一处处小型聚居地、哨站与武器库悉数落入部落手中。

卡兹莫丹的守军被部落打得仓皇败退，侏儒逃往主城诺莫瑞根，矮人则退回了自己的大本营——铁炉堡。

既然矮人的势力更为强大，毁灭之锤便指挥大军全力攻打铁炉堡。没想到这座主城却不像卡兹莫丹那般容易得手，城中的所有住民几乎全都拿起武器，拼死抵抗。矮人知道这一仗若是输了，定会遭受灭族的厄运，宁可光荣战死也不肯俯首称臣。

部落大军如同破城之槌，纵使狂攻猛袭，却仍是久攻不下。矮人个个以一敌十，打得兽人死伤惨重。见此情景，毁灭之锤无奈之下只好撤军，铁炉堡不是他的主要目标，不必在这里耗费大量兵力。眼下卡兹莫丹和丰富的矿产资源都已归他所有，大酋长的目的已经达到了。

为了控制住矮人的势力，毁灭之锤派血环氏族守在铁炉堡城门外，让黑石兽人在附近开采矿藏，利用矮人的锻炉熔炼金属。不久之后，卡兹莫丹上空腾起了滚滚浓烟，铁匠打造的新式军备与攻城武器分发到部落成员手中。

进攻洛丹伦的战斗即将打响。

守卫诺莫瑞根

兽人大军也没有放过诺莫瑞根，幸而未能得逞。侏儒智慧过人，用手中先进的科学技术来守卫自己的家园。他们在诺莫瑞根周围的森林与山岭间埋下暗雷，大批兽人连侏儒的主城都还没见到就稀里糊涂地送了命。

诺莫瑞根还有一道坚不可摧的钢铁城门。用攻城战车轰击了好几个星期之后，毁灭之锤下令撤退。等到铁炉堡的战斗告一段落，他便命令血环氏族把侏儒控制在城内，无意继续攻打这座主城。诺莫瑞根就这样逃过了部落的怒火。

黑暗之潮

在占领卡兹莫丹后，毁灭之锤开始规划下一步行动。

要想从陆路抵达人类王国，兽人就必须穿过北方那片沼泽泥潭——湿地。这条路线上本就危机四伏，何况还要运送攻城战车，指挥大军长途跋涉。随后，兽人还必须跨过通向北地的萨多尔大桥，桥面狭窄，易守难攻。

人类肯定以为部落会从陆地上杀向北方，然而毁灭之锤却反其道而行。他决定打造一支水上舰队，奇袭人类王国的核心地带。

虽然没人公开质疑大酋长的决定，但多数人都心中没底。兽人天生不擅远航，大多数迷信的氏族都对汪洋大海满怀敬畏。

奥格瑞姆没有想到，古尔丹跟暴掠氏族在说服部落航海出征的问题上倒是帮了他大忙。古尔丹和他的追随者告诉其他兽人：水路行军的安全性远比陆路高，这才是最为明智的行动策略。奥格瑞姆自然乐见其成，但对古尔丹的动机仍然保持着高度警惕。

在位于湿地西南边的一处海湾中，奥格瑞姆亲自督造着这支庞大的舰队。兽人对造船术一窍不通，好在一些食人魔擅长航海，帮忙建造了庞大的重型机甲战船。阿曼尼巨魔还向兽人传授了如何造出小巧轻盈的快船，能够更加稳妥地在海面和河流上航行。

除此之外，毁灭之锤还结识了一个全新的种族——地精。这些机智狡猾的生物躲在暗处，不仅见证了部落的到来，还目睹了强大的兽人攻占暴风城。乱局当前，他们决意要从中分一杯羹。热砂集团的地精们不但没有对部落避而远之，反而主动接近这些入侵者。部落刚到艾泽拉斯，对于这个世界和当地文化还有许多需要学习之处，地精一族表示愿意为其提供新技术、地图以及其他有用的情报……前提是价码合适。

奥格瑞姆不会强行奴役这群大胆的地精，这种事只有黑手做得出来。如果平等地对待地精，兽人将获益良多，如果地精看重金钱，奥格瑞姆愿意满足他们。部落从暴风城的金库里搜刮出大量钱物，但这些对兽人毫无用处。毁灭之锤慷慨地酬谢地精的帮助。当他听说对方在造船方面也颇有造诣时，便雇用他们帮忙监造部落的舰队。

在地精与部落其他成员的帮助下，兽人开始赶制战船。毁灭之锤则尽全力掩护族人，确保不被人类斥候发现他们的动向。

洛丹伦联盟

在遥远北方，七国议会还在对联合抗敌的议题争论不休。会议期间，侏儒与矮人的难民带来了可怕的消息——卡兹莫丹已被兽人军团占领。情势的转折让人类各王国的领导者极为震惊，矮人与侏儒战力强大，竟然在短时间之内就失去大片领土。更糟糕的是，部落正在朝北地逼近。

在如此紧张的局势面前，吉尔尼斯的格雷迈恩国王和奥特兰克的匹瑞诺德国王仍然严词拒绝组建联盟。他们担心一旦联合，就会失去地区的主导权。各国领导者之间的分歧越来越大，争吵渐趋白热化，吉尔尼斯和奥特兰克的领导者甚至威胁要离席而去。

这时一位在场的人类再也忍受不了这些无谓的争执，他的名字叫作图拉扬，是洛丹伦王国最有威望的牧师之一。

图拉扬将暴风城王子——瓦里安带到自己身边，呼吁领导者暂且搁置矛盾。如果低估了兽人的实力，所有王国都将难逃暴风城毁灭的命运。他们的城市会燃起大火，他们的孩子也会像瓦里安一样沦为孤儿，甚至身首异处。兽人嗜杀成性，绝对不会心慈手软。

图拉扬认为，各国眼下正站在十字路口，要是倨傲存异，不肯团结抗敌，人类必会在史册上留下污点，受尽后人耻笑。他们原本有机会挽救艾泽拉斯，却因为政治争端和贪慕权势，弃整个世界于危亡而不顾。

倘若人类能结成联盟，定能改变历史，成为艾泽拉斯的守护者。毕竟，无论哪个种族都不具备人类的资源、领导力与大无畏的气魄。

听完图拉扬的这番热血之辞，七国议会爆发了雷鸣般的掌声，就连格雷迈恩和匹瑞诺德都大为感动。当天，人类各国的领导者一致通过了成立洛丹伦联盟的决议。

随后，各王国继续商讨该由谁来出任联盟军团的领导者，最后选定了安度因·洛萨。安度因来自暴风城，与北方各国没有政治关联，各王国领导者相信他能公正无私地指挥联军，客观公正地解决争端。

洛萨满怀谦卑地接受了这项任命。作为联盟的最高军事统帅，他具有至高无上的权威和影响力，自古老的国王索拉丁以来无人能出其右。

洛萨当即下达军令，要求各国军队在位于湿地北边的希尔斯布莱德丘陵集合待命。

白银之手骑士团

在人类联军集结的同时，洛萨还在做着其他准备。联盟由来自各个王国的军队组成，其中一些王国向来不睦，无论在风俗习惯还是行事之道上都存在着很大差异。要想将他们团结起来，必须要本着英雄不问出身的原则，找出能在各国人民中间一呼百应的勇士。

乍看之下，牧师显然是最为合适的人选，可他们在第一次大战中的表现也有欠缺之处，虽

图拉扬呼吁七国议会结成联盟

然勇气可嘉，却缺乏战斗训练，更加擅长利用圣光之力来治疗伤兵，不足以担当洛萨的重任。洛萨需要其他人。

圣光教会提出了一项解决方案。大主教阿隆索斯·法奥听说了近来在暴风城中发生的一切，包括牧师的表现。他提议洛萨成立一个新组织，代表人类最为优秀的品质。组织成员不仅会熟练地行使圣光之力，还要具备出众的领导才能，并能在传统战争中施展所长。

在得到洛萨的准许后，法奥征募了一群骑士，形成了这个全新的组织。这些骑士在圣光方面都展现出了过人的天资，同时兼具忠诚、勇敢与荣耀这三种难能可贵的意志品质。

法奥将他们称作圣骑士，并把这个组织命名为白银之手骑士团。

骑士团的成员都是来自洛丹伦王国的英雄人物。其中有在七国议会上振臂高呼，促成联盟诞生的图拉扬；有天赋神力、体格彪悍的赛丹·达索汉；有以热忱和坚韧著称的骑士——提里奥·弗丁；还有早已师从法奥多年的乌瑟尔，他既是一位卓越的骑士，也是圣光的虔诚信徒。

洛萨还让同样来自于暴风城的严厉的格文拉德接受圣骑士训练。格文拉德是经历过第一次大战的骑士，久经战火历练。法奥敞开怀抱，热情地接纳了这位学生。

斯坦索姆城今后将作为圣骑士的行动基地。眼下，洛萨决定把他们带在身边，命令其跟随联盟主力军四处征战。这些神圣的战士夜以继日地勤学苦练，法奥向他们传授了如何用光明来治疗同伴、攻击敌人、以身作则、率先垂范。他们不仅要在战场上充当杀敌的武器，无论局势多么严峻，圣骑士都将会是黑暗中的耀目光芒，也是为联盟指明方向的希望灯塔。

法奥悉心引导圣骑士，提醒他们过简朴的生活，切莫追求财富与浮华，时刻都要将他人利益放在心上，无私奉献，至死方休。

随着训练的继续，法奥为圣骑士呈上了一套魔法圣契。这些神圣的书卷是教会中最为古老的圣物，每种圣契都代表着白银之手骑士团的一种核心品质：惩戒、神圣、防护、正义与怜悯。

然后，法奥给每一位圣骑士分发一枚圣契，并要求学生们用实际行动去彰显圣契的真义。图拉扬获得了防护圣契，乌瑟尔获得了正义圣契，提里奥获得了惩戒圣契，赛丹获得了神圣圣契，格文拉德则获得了怜悯圣契。

洛萨经常来白银之手骑士团查看，他对几位圣骑士的训练状况甚为满意，更提出让图拉扬和乌瑟尔担任他的副官。

法奥很愿意为指挥官提供人才，但现在还不行——这两位圣骑士还要再经过几个星期的训练，才能在战场上助指挥官一臂之力。

阿莱克丝塔萨的枷锁

在洛丹伦南方，生命缚誓者阿莱克丝塔萨率领红龙继续寻找恶魔之魂的下落，最终查到了兽人身上。

阿莱克丝塔萨和她的追随者刚好到达，目击了部落疯狂进攻卡兹莫丹的行动。虽然生命缚誓者很想出手帮助矮人和侏儒，可当务之急是尽快找到恶魔之魂。那件神器里蕴藏着除了死亡之翼以外所有守护巨龙的力量，倘若落入恶势力之手，必然会给龙族乃至整个世界造成毁灭。

阿莱克丝塔萨很快就发现恶魔之魂在一位名叫耐克鲁斯的兽人手上。他正在带领龙喉氏族进行实验，肆无忌惮地使用神器之力。阿莱克丝塔萨与她的追随者想要直接从耐克鲁斯手里把神器抢夺过来，料想像兽人这样的原始生物绝对不可能解开恶魔之魂的秘密。

巨龙错了。

阿莱克丝塔萨与追随者没有想到的是，耐克鲁斯已经通过梦境，向死亡之翼详细了解了这件神器。那条黑色守护巨龙不仅揭示了恶魔之魂的真正力量，甚至向耐克鲁斯传授了使用方法。死亡之翼告诉他，利用神器的力量，龙喉氏族将能够奴役阿莱克丝塔萨和其他所有守护巨龙。

耐克鲁斯释放了恶魔之魂之怒，将生命缚誓者灼烧得疼痛难忍。阿莱克丝塔萨从空中骤然坠落，摔进卡兹莫丹境外的山岭间。随后，耐克鲁斯又用恶魔之魂的力量控制了她，其余龙喉兽人一拥而上，用锁链把巨龙牢牢锁住。

尽管恶魔之魂也能用来对付其他巨龙，但耐克鲁斯只是个普通的兽人，对神器的认识仍然相当有限。他意识到自己不能用神器同时解决掉阿莱克丝塔萨和她的追随者，于是便把全部精力都集中在了生命缚誓者身上。其余红色巨龙只能眼睁睁地看着自己的女王受制于兽人，每当有巨龙俯冲而下，想要袭击兽人时，耐克鲁斯都会用恶魔之魂的神力狠狠地鞭笞他们的主人。耐克鲁斯不会讲龙类的语言，却借此传达出了清晰的信息：只要龙类胆敢轻举妄动，阿莱克丝塔萨就要遭受巨大的痛苦。

在奴役了阿莱克丝塔萨之后，耐克鲁斯有效地控制了所有红色巨龙。女王的追随者担心，如果不听从龙喉氏族的命令，阿莱克丝塔萨就会惨遭折磨，甚至会死在那些野蛮兽人手上。

格瑞姆巴托

龙喉奴役守护巨龙的消息很快就传遍了整个部落，最兴奋的莫过于大酋长毁灭之锤。如今，他的麾下又多了一种强大的武器，但要想完全控制龙族，让它们到战场上与强敌厮杀，目前还为时尚早。

毁灭之锤命令耐克鲁斯与龙喉氏族夺取格瑞姆巴托——位于湿地东部偏远山岭间的一座要塞堡垒。这座破旧的据点曾经归蛮锤矮人所有，但在很久之前就荒弃了。

耐克鲁斯与追随者用锁链将阿莱克丝塔萨束缚在格瑞姆巴托深处，还强迫其他红龙与之同

受诅咒的据点

格瑞姆巴托时常闹鬼。几百年前，在黑铁矮人与蛮锤矮人间爆发了一场激烈的战斗。黑铁法师莫德古德召唤黑暗之力席卷了格瑞姆巴托的守军。虽然蛮锤氏族最终将她杀死，并驱逐了黑铁矮人，但他们的家园却再也回不到从前。莫德古德在临死时诅咒了这座要塞，把它腐化得面目全非。后来，蛮锤矮人在一片名叫辛特兰的庄严之地造起了新的家园。

行，若敢不从，就立刻施以报复在生命缚誓者身上。当年在德拉诺，龙喉氏族就曾经将长有翅膀的双头巨龙训练成战斗坐骑，如今时移势易，兽人笃信能在格瑞姆巴托把这群强大的龙族也打造成为任其驱使的奴仆。

正当兽人们忙着驯化坐骑时，耐克鲁斯则在严密监视着阿莱克丝塔萨。生命缚誓者发誓决不会轻易饶过这个兽人，可她所有的恐吓听起来都是那样的空洞。只要有恶魔之魂在手，巨龙只能咽下切齿之恨，根本奈何不了他。

在被囚禁期间，阿莱克丝塔萨开始产下新的龙蛋。耐克鲁斯立即意识到这是一个绝好的机会。如果能成功孵化出雏龙，就能从小把他们培养成为部落的忠实仆从。

在远处，死亡之翼也在愉快地欣赏着阿莱克丝塔萨的遭遇，继续在暗地里为耐克鲁斯支招，教他利用恶魔之魂控制其他的红色巨龙。有龙类助战，部落必然会战力大增，能更好地帮助死亡之翼重振黑龙军团的荣光。但这不重要。更重要的是，他知道如果生命缚誓者看到自己的同族沦为掀起战争的武器，肯定会感到万念俱灰，痛心入骨。

那真是太美妙了。

阿拉希的血脉

在部落整军备战的同时，联盟也在争分夺秒地忙碌着。联盟建立后，人类各个王国的兵力都归洛萨一人统领，但他必须确保胜利。洛萨联合一切可以联合的力量，包括来自奎尔萨拉斯的那群古老而强大的高等精灵。

多年以前，人类曾经和高等精灵共同抗击阿曼尼巨魔。奎尔萨拉斯和洛萨的先祖们联手作战，打得敌人狼狈而逃。胜利后，高等精灵对人类国王索拉丁立下誓言：今后如若他和人类的后世血脉需要帮助，奎尔萨拉斯义不容辞。作为索拉丁的后人，洛萨恳请高等精灵兑现古老的承诺。

听闻洛萨的请求，奎尔萨拉斯的领袖各持己见。高等精灵国王安纳斯特里亚·逐日者早就听说南部杀来了一群奇怪的生物，却没把他们当成真正的威胁。他只是派出一支小规模的精灵舰队加入联盟，下令让其余军队留守本土。身手绝伦的游侠队长奥蕾莉亚·风行者没有听从国王的命令，带着少数精灵南下助阵。她认为部落的威胁不可小视，决定亲眼看看那些兽人到底有什么能耐。

面对少得可怜的精灵援军，洛萨感到非常失望，却没有当众表露出自己的不满，而是对他们表示了热情欢迎。尤其是灵活机动的游侠刚好能作为支援部队补充眼下亟需的弓箭手、斥候和游击支援战队。

就在精灵从海路抵达希尔斯布莱德丘陵时，噩耗骤然传来。与联盟大多数成员一样，洛萨也以为部落一定会经由萨多尔大桥向北杀来，需要经过长达数月的鏖战才可能攻破人类的防线。但是根据人类斥候回报，兽人已经组建了一支舰队，马上就要破浪出海。

敌人杀来的速度将会大大超过洛萨的想象。

洛萨敦促联盟在部落最有可能登岸的希尔斯布莱德丘陵整军集结，并指派海军上将戴林·普罗德摩尔率领海军准备迎敌。

赤焰之海

大酋长毁灭之锤当然知道舰队的秘密总会有得见天日的一天，所以当他得知人类的侦察船发现了他的船只时，也毫无改变战略的意思。此时，部落的舰队已经组建完毕，准备启程。奥格瑞姆坚信，部落大军将会比人类更早抵达洛丹伦南部，把他们打得猝不及防。

虽然这点时间优势算不得十分明显，但久经战火淬炼的奥格瑞姆深知微弱的优势足以决定战局成败。

数以百计的兽人舰船，装载着满船补给品和成千上万的悍勇蛮兵，在波涛汹涌的大海上浩荡起航。然而，早有强敌等在途中——在祖尔德雷岛附近，联盟海军在上将戴林·普罗德摩尔的指挥下，对部落舰队发起攻击。

当一艘艘粗陋的部落船只出现在普罗德摩尔眼前时，就好比是受伤的羔羊遭遇了一只凶狠的野狼。海军上将来自海岛王国库尔提拉斯，一生都在公海上率军征战。放眼整个艾泽拉斯，他的海上作战经验无人能及。

部落的海上舰队被普罗德摩尔的精良战船打得毫无招架之力，联盟的第一发炮弹就将部落的好几艘战舰炸成碎片。汪洋之上，满目沉船，落水的兽人立即就被翻涌的巨浪吞没。普罗德摩尔很快意识到，他甚至可以在海上摧毁整支部落大军，让敌人无法逼近人类的领土。

若不是有巨龙及时赶到，这场战争也许真会就此结束。

大酋长毁灭之锤明白人类王国具有远胜部落的海战优势，所以才命令耐克鲁斯与龙喉氏族派出红龙，为海军提供空中支援。

起初，耐克鲁斯拒绝接受这个任务，他的族人还没有完成巨龙训练。但是迫于毁灭之锤的压力，耐克鲁斯只得让步。他用阿莱克丝塔萨的生命威胁三条红龙沿途守护部落舰队。

红龙无奈地远远跟在兽人舰队后面。当普罗德摩尔的海军发起攻击时，他们从天而降，用烈焰席卷了联盟的战船。

尽管巨龙只有寥寥数条，可普罗德摩尔还是无力抵挡他们的攻势，下令全面撤军。舰队被打得四散而逃。

希尔斯布莱德丘陵之战

黑暗之门开启后 6 年

在大败海军上将普罗德摩尔之后，部落继续向希尔斯布莱德丘陵进发，在岸边顺利登陆。联盟防线稀疏，虽然大部队已经抵达丘陵，却乱得毫无阵法。

兽人大军冲杀上岸，守护部落舰队的红色巨龙却拒绝再往前一步。耐克鲁斯仍然留在格瑞姆巴托监视阿莱克丝塔萨，无法亲自到场下达新的命令。既然保护战船的任务已经完成，巨龙不愿再对人类痛下杀手。为了保住阿莱克丝塔萨的性命，他们只能以这样的方式稍加反抗。

奥格瑞姆决定作罢，把这几条巨龙留在岸边，自行率军杀向内陆，计划取道奥特兰克山脉，继而攻占敌方主城。这条路线虽然艰险，却是直取洛丹伦最快的途径。

洛萨早就料到部落会这么做。站在军事立场上来看，洛丹伦都城绝对是一块让敌军欲罢不能的肥肉，倘若部落能顺利得手，联盟将会彻底瓦解，陷入混乱。洛萨当然不会容许这样的事情发生。于是，他不顾马倦人疲，指挥战士在希尔斯布莱德丘陵各处布防，挡住部落军团北进和西行的路线。接着，洛萨使出浑身解数想要重振士气，但他的话却几乎没有产生任何效果。洛萨在他们的眼中看见了恐惧，大多数人类都是第一次见到如此可怕的兽人。这群怪物就好像是梦魇的产物。

幸好，圣骑士此时已经完成了训练，他们纵马驰骋，奔行在联盟的军阵当中，帮助同胞兄弟找回希望和勇气。

人类圣骑士力战死亡骑士

部落的战鼓已经擂响，铺天盖地的绿皮大军号叫着杀向北方。兽人喊出撼天的战吼，挥舞着手中利刃，冲击着人类的战线。

部落与联盟大军有史以来第一次爆发了全面冲突。奥蕾莉亚和她的高等精灵游侠手握强弓，射杀了不少部落的精兵，与此同时，洛萨与圣骑士并肩作战。在另外一片战场上，卡德加与其他法师也在利用奥术力量抵挡兽人的入侵。

第二次大战正式开始。

突然，战场被一片恶臭的浓雾笼罩，死去的人类战士又都站了起来，调转矛头，转而攻击从前的战友。冲杀在这支邪恶战队阵前的是几个头戴兜帽，骑乘骷髅战马的身影。

死亡骑士来了！

人类军团被震惊得不知所措，任凭他们四处散播痛苦与恐惧。奥格瑞姆喜忧参半地注视着这一切，虽说他至今仍对死亡骑士深感不安，却也惊讶于他们锐不可当的战斗力量。

死亡骑士的出现吓坏了人类，联盟的阵线眼看就要土崩瓦解。就在这时，从乌瑟尔、图拉扬以及其他圣骑士身上猛然爆发出一团耀眼的白光，几位英雄凭借着喷薄而出的神圣能量击倒了被敌人复活的人类，驱散了死亡骑士制造的腐蚀之雾。

接着，圣骑士们又利用自己的神圣之力治疗伤兵，安抚他们的心神，帮助重拾信心的联盟大军整兵再战，以摧枯拉朽之势对兽人的阵线发起反击。

战火在希尔斯布莱德丘陵上愈烧愈旺，部落和联盟势均力敌，难分高下。但毁灭之锤知道，兽人在这里耽搁得越久，联盟就能从各地召集来更多的援军。

眼见人类大军正在死守前往洛丹伦都城最快的路线，毁灭之锤只能改走东边，另想他法。为此，他想到要找阿曼尼巨魔帮忙。巨魔对这片山区地带相当熟悉，同意为兽人带路，但毁灭之锤必须先要兑现诺言，帮忙救出他们的首领——祖尔金。

阿曼尼协定

毁灭之锤当然没有忘记自己许下的承诺，他曾经答应帮助阿曼尼巨魔营救督军祖尔金，兽人斥候已经侦察到，祖尔金被关押在敦霍尔德城堡附近的战俘营里。

希尔斯布莱德的战事还在继续，毁灭之锤亲率突袭队前去营救祖尔金。这群久经沙场的士兵打得那群看守者毫无还手之力。在救出祖尔金后，毁灭之锤邀请他与族人加入部落。

最初，祖尔金不愿应允。伟大阿曼尼部族的督军不愿任由他人驱使。毁灭之锤很快就用领导权打消了祖尔金的顾虑——如果阿曼尼巨魔愿意加入部落，他们绝对不会低人一等，祖尔金继续保有对族人的完全控制权。他与毁灭之锤将平起平坐，共同对抗敌人。

最后，毁灭之锤又开出了一个条件，总算赢得了祖尔金的支持——倘若阿曼尼巨魔的军队能与部落联手，兽人就帮助他们消灭宿敌——奎尔萨拉斯的高等精灵。

攻打奎尔萨拉斯意味着部落要从洛丹伦都城一路北上，然而毁灭之锤认定自己必须去冒这个风险。希尔斯布莱德之战让毁灭之锤看清了联盟的许多方面，其中之一便是圣骑士战力难当，与死亡骑士的实力不相上下。要想战胜强敌，毁灭之锤就必须赢得阿曼尼部族的支持。

毁灭之锤命令部落向东行进，安排他身边最信任的副官瓦洛克·萨鲁法尔亲率由黑石兽人组成的后卫部队牵制联盟，为部落军团穿过希尔斯布莱德丘陵争取到了宝贵的时间。他们沿着一条狭窄的山隘进入了辛特兰。

尽管辛特兰地势崎岖复杂，但部落还是在阿曼尼巨魔的指引下顺利前行。巨魔带领兽人准备经由小路翻越北部山岭，进入奎尔萨拉斯。沿途，祖尔金也不忘将当地的阿曼尼巨魔并入麾下。

一切似乎都进展得非常顺利，不料这时却从后方飞来一群黑影。它们不是巨龙，是狮鹫，骑在狮鹫背上的则是当地勇敢的蛮锤矮人。

闪电与雷霆从部落大军的头顶劈头落下。

乘着雷霆之翼

辛特兰早就成为了蛮锤矮人的家园。矮人据守在山中一处名为鹰巢山的据点，时刻监视着下方的领土。蛮锤矮人生性坚韧，顽强不屈，与狮鹫联系甚密。许多矮人都是老练的萨满祭司，手中挥舞着灌注闪电力量的风暴之锤。

蛮锤矮人向来独来独往，与其余族群少有接触，对部落以及在希尔斯布莱德丘陵上爆发的激烈战斗一无所知。当他们发现兽人军团进入辛特兰后，这才知道了部落的存在。

蛮锤氏族的领导者——大领主库德兰，立即采取行动捍卫家园。他带领一群异常勇敢的狮鹫骑兵从空中出击，用风暴之锤打击部落，在重创敌人之后飞回到云层之中。库德兰不断发难，大大削弱了部落的军力。

眼下能替部落战斗的那几条巨龙仍然留守在希尔斯布莱德丘陵看守舰船，所以兽人拿这些麻烦的狮鹫骑兵毫无办法。如果不把他们解决掉，毁灭之锤就不能率领部落继续北上。于是，大酋长集中全力攻打鹰巢山，迫使库德兰和矮人狮鹫骑兵赶回主城增援。

趁着城外的战斗打得越来越激烈，奥格瑞姆带着一半的部落兵力回撤，打算继续向北进军，让另一半兽人留下继续跟矮人交战。库德兰跟蛮锤军队根本无暇顾及撤退的兽人和巨魔，一心只想守住鹰巢山。

毁灭之锤向北方秘密进军时，洛萨的大军也抵达了辛特兰，帮助蛮锤矮人共守主城。人类、精灵与矮人联军很快就击退进犯的兽人，把他们赶进森林。

鹰巢山之战改变了库德兰和他族人的想法。如今，他们意识到部落的威胁，决定帮助其他势力抗击兽人。

库德兰提出加入联盟的请求，蛮锤矮人的狮鹫骑兵正是联军眼下最需要的力量。虽然兽人自从祖尔德雷那场海战过后便没再调遣过巨龙参战，可洛萨担心那些会飞的猛兽会随时出现在战场上。如果联盟想要在空战上不落下风，就必须将狮鹫骑兵纳入军中。

联盟从库德兰口中得知了一半部落兵力已经偷偷北上的消息，这时洛萨才意识到自己被奥格瑞姆耍了。部落留在辛特兰的只是区区一部分兵力而已。

在得知真相后，洛萨感到很是沮丧，但他没有沉沦在失败中。他立即派遣图拉扬率领大军去追击奥格瑞姆。与此同时，联盟的其余兵力继续留在辛特兰，解决那里的部落余孽。通往洛丹伦都城的另外几条路线似乎都很安全，奥特兰克王国正在坚守东边的防线，国王匹瑞诺德派驻军堵住了山路。如果部落想要从那里杀向主城，也会被守军拖住脚步。

迦罗娜的逃脱

自第二次大战开打以来，迦罗娜时刻处在黑石战士伊崔格的监视之下。她做出了不少贡献，除了与部落战士并肩战斗，有时还能帮忙翻译从联盟信使身上搜出的密函。

起初，迦罗娜只把伊崔格当成有勇无谋，誓死效忠于黑手那个暴君的狂热战士。然而随着时间的推移，她却发现伊崔格身上有很多优点。在这位兽人身上，仍然残存着尚未泯灭的尊严与荣耀。

迦罗娜认为她能赢得伊崔格的信任，把她知道的有关于古尔丹和暗影议会的一切都对他如实道来，还对伊崔格讲述了恶魔和部落的真实意图——兽人不过是一枚棋子，在他们背后有着更为可怕的敌人。一旦部落消灭联盟，恶魔就会把艾泽拉斯变成荒芜之地。

伊崔格却把迦罗娜说的这些话当成了不尽不实的谎言。毕竟，迦罗娜曾经是古尔丹手下的刺客，他怎么可能信任一个干过如此卑鄙勾当的阴险之人？

面对伊崔格的冷言冷语，迦罗娜放弃了帮他看清现实的念头，耐心地等待着逃脱的时机。

机会终于到来了。在辛特兰的混战中，迦罗娜逃进了森林，消失得无影无踪。伊崔格本想去追拿这个半兽人，但此时迎战联盟要远比找回一介囚犯重要得多。

伊崔格放走迦罗娜还有另一个原因。在伊崔格的内心深处，对这个半兽人和她痛苦的过往甚感同情。迦罗娜并非是个天生的刺客，是古尔丹把她变成了后来的样子。只要她今后不把刀刃对准部落，伊崔格愿意放她一马。

也许，她在艾泽拉斯能够走出德拉诺的阴霾；也许，她能在这里找到真正的家。

精灵符文石

正当联盟在辛特兰陷入苦战时，奥格瑞姆带着一半部落兵力畅通无阻地向着奎尔萨拉斯进发。祖尔金还顺道去阿曼尼主城祖阿曼召集了更多帮手，立誓要率领族人斩杀精灵，让敌人血染遍野。成千上万巨魔从祖阿曼蜂拥而出，身上文有仪式刺青图案，颈间挂着魔法护符，争先恐后地加入了奥格瑞姆的部落军团。

数千年来，高等精灵从没见过如此规模的军队进犯边界。部落大军浩浩荡荡地杀来，很快就瓦解了王国的外围防线。

奥格瑞姆继续北进，这时他发现许多死亡骑士和阿曼尼巫医都无法使用魔法了。后来，古尔丹发现了削弱他们力量的元凶。

几千年前，在上古战争结束后，奎尔萨拉斯在王国四周竖起了一道强大的魔法屏障——班蒂诺雷尔，意为“疆界守护者”。魔法屏障是许多块互相联接的巨大符文石，这些圣物能够阻止燃烧军团和其他外来者感应到高等精灵的奥术魔法，同时还能削弱敌人——例如阿曼尼巨魔的魔法。

古尔丹认为，只要拆除其中一块符文石，就能让整道屏障失去作用，让部落再次获得魔法的加护。然后古尔丹可以带领追随者用那块圣物强化部落，确保攻下奎尔萨拉斯。

经过反复考虑，毁灭之锤同意了他的计划。毁灭之锤不信任古尔丹，但到目前为止，这位术士在战斗中功不可没，对部落颇为忠诚。奥格瑞姆在暴掠氏族中安插的眼线也没有发现他们有任何阴险的图谋。可是毁灭之锤没有想到的是，古尔丹早已在暗地里通过威逼利诱等各种手段将那些间谍收买了。

大酋长仍然怀疑古尔丹总有一天会背叛他，控制整个部落。但他无论如何都想象不到真相——术士一直在计划抛弃部落。

几个月来，古尔丹一直在为脱离部落积攒实力。尽管死亡骑士的不忠让他略感失望，但他还有两个强大的氏族——暴掠氏族与暮光之锤作后盾。但眼下还远远不是动手起事的时候。古尔丹必须找到一切可以利用的力量来抗衡毁灭之锤，以及去往萨格拉斯之墓的途中可能遭遇到

力量的工具

在第二次大战期间，古尔丹从麦迪文的脑海中打探到了一些关于强大神器的线索。他从来没有机会亲自去寻找这些圣物，却向死亡骑士透露了它们的存在。

的任何敌人。奎尔萨拉斯的神秘圣物，恰好能让古尔丹获得他所需要的力量。

古尔丹与他的追随者很快就拆下了一块奎尔萨拉斯符文石，并凿开那块巨大的圣物建起了众所周知的风暴祭坛。随后，古尔丹利用悬槌堡食人魔那里流传下来的一个古老仪式强化他的盟友。在遥远的过去，悬槌堡食人魔找到了增强族人力量的办法，只要将原始的奥术魔法引入普通的食人魔体内，就能把他们变成智慧过人的双头食人魔法师。

大多数仍然在世的食人魔都不知道该如何操作，不过古加尔却是个例外。他亲手挑选出了一些凶残的食人魔用以强化。他更是亲自监督仪式的进行。

不久之后，从祭坛里便出现了一个个双头食人魔法师，这些扭曲的生物跟古尔丹预想中一样强大，更重要的是，他们暗地里只效忠于他本人。

现在，古尔丹只需要等待时机了。

奎尔萨拉斯的灰烬

符文石被拆除后，部落的死亡骑士与其他施法者重新找回了力量。奥格瑞姆的大军朝奎尔萨拉斯的主城——银月城发起猛攻。他们烧杀抢掠，把城外的乡野变成人间地狱，但凡是被他们找到的精灵全都难以活命。

国王安纳斯特里亚召集麾下最伟大的将领，誓死也要把部落阻挡在城门外。精灵法师和游侠在奎尔萨拉斯各处迎战奥格瑞姆的军队，但他们并不是孤军奋战，图拉扬和奥蕾莉亚很快就率领联盟军团赶来助战。

在图拉扬率军抗击部落的同时，奥蕾莉亚进入银月城觐见安纳斯特里亚，催促精灵国王尽快加入联盟。然而，根本无须开口。安纳斯特里亚早就对部落的进犯大为震怒，自从巨魔战争以来，精灵从未遭遇如此惨重的伤亡，领土未曾受到这般亵渎。人类和精灵曾经联手拯救过各自的王国，今时今日，他们一定还能击败强敌。

奎尔萨拉斯表示将会倾其所能，支持联盟的战斗。

虽然精灵大军重新加入联盟，但迅速扳回败局的希望立即就在火光与浓烟之中消散了。红龙来了。

经过几个月的艰苦训练，龙喉兽人终于掌握了骑乘巨龙凌空杀敌的技巧。数条巨龙出现在奎尔萨拉斯上空，将从没与巨龙作战过的狮鹫骑兵打得纷纷溃逃。接着，兽人指挥巨龙用烈焰席卷联盟大军，大火从奎尔萨拉斯附近的森林升腾而起，滚滚黑烟遮蔽了太阳的光辉。

被奴役的巨龙眼见自己亲手酿下的毁灭，非但没有感到丝毫喜悦，反而留下了悲伤的泪水。

肆虐的烈焰风暴把大多数精灵防御者都逼进了银月城。国王安纳斯特里亚无法抵挡进犯的部落与巨龙，但他们却另有对策。

精灵法师在银月城周围设起了一道巨大的魔法屏障，屏障的力量来自于太阳井——作为奎尔萨拉斯文化核心的魔法源泉。千万年来，精灵一族都用太阳井的力量建造王国，抵御外来的入侵者。

经过轮番强攻，屏障依然屹立不倒。就连红龙的魔法烈焰都无法将它穿透。

奥格瑞姆的耐心正在耗尽。摧毁高等精灵的据点从来都不是他的首要任务，洛丹伦才是他真正的目标。尽管奥格瑞姆还没有实现对阿曼尼巨魔做出的承诺，却在奎尔萨拉斯收获甚丰。如今，部落有了一群极具天赋的食人魔法师，龙喉氏族终于骑着那群长翅膀的仆从加入了战斗，部落也给奎尔萨拉斯造成了沉重打击，精灵要花费多年时间才能重新振作起来。

于是，奥格瑞姆开始部署下一阶段的侵略战役。他要规划出一条从奎尔萨拉斯直抵洛丹伦的路线，出奇制胜。

奥特兰克的背叛

眼见银月城久攻不下，奥格瑞姆便下达了撤军的命令，率领部众向西进发。再次攻打洛丹伦都城的时机已经到来，大酋长已经设好了路线。

位于奎尔萨拉斯与洛丹伦之间的道路和山谷无疑是最快的捷径，可沿途都有联盟的重兵把守。奥格瑞姆决定舍近求远，带领军队穿过崎岖的洛丹伦都城南部的奥特兰克山脉，让敌人防不胜防。

大酋长毁灭之锤的决定并没有得到所有盟友的认可。祖尔金与阿曼尼部族反对西行，他们与精灵有着深仇大恨，不愿让围攻银月城的战斗半途而废。祖尔金发誓，若是不能亲眼看着奎尔萨拉斯化为灰烬，不能亲手斩下国王安纳斯特里亚的首级，他绝不会率众攻打洛丹伦。

祖尔金的固执让大酋长很是恼火。毁灭之锤必须依靠阿曼尼巨魔指引兽人穿过这片陌生的土地，要是在如此关键时刻失去巨魔的支持，部落必然会大难临头。

古尔丹察觉到了奥格瑞姆的恐惧，他知道摆脱大酋长控制的机会终于来了。古尔丹向奥格瑞姆和祖尔金保证，暴掠氏族已经找到了摧毁银月城屏障的方法，只需再稍稍等上几天即可。只要暴掠氏族一得手，精灵主城就会陷落，巨魔大可以报仇雪恨，然后再去与部落会合。

毁灭之锤不愿把更多军队留在奎尔萨拉斯，可古尔丹的话很有诱惑力。联盟此时已是一盘散沙，一半兵力在守卫银月城，另一半则在辛特兰抗击部落，此时正是夺取洛丹伦都城的好机会，无论如何也不能与这个机会失之交臂。

毁灭之锤决定把古尔丹和暴掠氏族留下破坏屏障，同时命令龙喉氏族留在奎尔萨拉斯监视他们。如果三日之内还没被摧毁屏障，就必须强行让古尔丹和他的追随者向西追赶大部队。

如果古尔丹胆敢抗命，龙喉氏族有权用他喂食他们的战斗坐骑。

毁灭之锤在率军西行的途中，始终存有疑虑。自从在希尔斯布莱德丘陵登岸以来，情况屡屡超出他的计划。可他也深谙战争之道，唯有适者才能得胜，那些墨守成规，拒绝改变的人只会落得惨败的下场。

第二次大战

萨格拉斯之墓
太阳井
银月城
奎尔萨拉斯
祖阿曼
斯坦索姆
洛丹伦都城
奥特兰克城
鹰巢山
达拉然
敦霍尔德城堡
希尔斯布莱德
之战所在地
萨多尔大桥
格瑞姆巴托
铁炉堡
诺莫瑞根
卡兹莫丹
黑石山
暴风城
黑暗之门

部落军团刚一进入山岭，幸运之神便向毁灭之锤露出了微笑。奥特兰克国王匹瑞诺德早就在等着兽人大军的到来，表示愿意效忠部落……

从第二次大战打响的那天起，匹瑞诺德就一直在提心吊胆地抗击着部落，认为兽人是一支无可阻挡的力量。当他听说部落军团中出现了死亡骑士、红色巨龙和食人魔法师后，恐惧感更是日渐加深。

部落抵达奥特兰克山脉的消息终于让匹瑞诺德选择了背叛。国王没有迎战敌人，而是提出跟他们做个交易，只求能够活下去。匹瑞诺德的要求很简单——他不会给兽人大军造成任何阻碍，让他们顺利通过山岭，前提是他们同意放过奥特兰克。

奥格瑞姆急不可耐地接受了国王的提议。匹瑞诺德给还大酋长出谋划策，告诉他如何避开山中的防御岗哨。夜以继日的行军，部落终于毫发无伤地通过奥特兰克山脉。当部落终于抵达提瑞斯法林地时，奥格瑞姆甚至没让军士稍作喘息，即刻指挥全军朝主城的城墙发起猛攻。

围攻主城

图拉扬和他的同伴早就怀疑部落会改道向西，攻打洛丹伦的主城。当奥格瑞姆率领大部分兵力突然从奎尔萨拉斯撤退时，他们的恐惧得到了证实。

虽然部落的一部分军队仍在攻打奎尔萨拉斯，图拉扬却命令大军全速西行。此时，联盟有一半军力被拖在辛特兰，守卫洛丹伦都城的任务全都落在了他的肩上。

图拉扬原本认为援军定然能在奥格瑞姆之前赶到，部落进入了奥特兰克山岭，当地的防御力量肯定会遏制住敌人进击的势头。当匹瑞诺德国王背叛的消息传到众人耳中时，所有人都不敢相信这是真的，人类怎么可能向嗜血的部落俯首归降。

事实不容辩驳，匹瑞诺德的投敌行为引发了灾难性的结果。如果有奥特兰克山脉隔阻，部落大军要在几个月之后才能杀到这里，而在无人阻击的情况下，毁灭之锤的大军已经轻松地抵达了洛丹伦都城。

图拉扬担心主城很快就会陷落，甚至等不及他出手救援，但洛丹伦却不像他想得那么软弱。国王泰瑞纳斯亲自指挥主城防御战，尽管他不是战士出身，却有着极强的领袖魅力和过人的智慧。面对部落投石车的轰击，泰瑞纳斯告诉族人胜败在此一举，人类的未来——联盟的未来——全都押在了他们身上。泰瑞纳斯发誓宁愿以身殉国，也要与部落战斗到底，直到援军赶到为止。他不顾大臣的阻挠，挺身站在了城墙上，身先士卒地组织着城中的防御力量。

奥格瑞姆非常欣赏洛丹伦这股誓不屈服的劲头。他认为人类与他们的国王勇气可嘉，和兽人一样悍勇顽强。可惜他们很快就会成为他的手下败将。每一天，奥格瑞姆都在削弱着洛丹伦都城的防御力；每一天，部落的攻城战车都在冲击着摇摇欲坠的城墙。

只要部落的援兵从奎尔萨拉斯赶到，这座城市必将陷落。眼下的问题是，那些军队何时会来。龙喉、暴掠与暮光之锤这三大氏族早该到了，可至今还是音讯全无。

前页图片：第二次战争期间部落和联盟的势力图

大酋长打从心底里觉察到情况有些不太对劲。当图拉扬率军从东翼杀来时，更加加深了他的不安。他们的到来分散了兽人的兵力，给洛丹伦都城的守军争取到了宝贵的喘息之机。

毁灭之锤不怕图拉扬和他的军队——他怕的是他们到来背后的意义，说明其他联盟军队也在朝着主城进发，部落必须要加快速度，攻占这座城池。奥格瑞姆手下有死亡骑士，可他也需要那些仍然留在奎尔萨拉斯的兵力，才能确保胜利。

可悲的是，他等不到了。龙喉氏族来到了洛丹伦都城外，带来了可怕的消息：古尔丹背叛了部落，还带走了暴掠和暮光之锤氏族，前去寻找在希尔斯布莱德丘陵岸边停靠的兽人舰队。紧接着，奥格瑞姆又收到了另一个噩耗——联盟已经得知了匹瑞诺德国王的背叛行径，封堵了奥特兰克山脉的各个隘口，想要从辛特兰调集援军也绝无可能。

在那一瞬间，毁灭之锤明白这场战争败局已定。即使他的军队能夺取洛丹伦都城，也抵挡不了整个联盟的力量。

一股无法遏制的怒火涌上毁灭之锤心头，部落原本距离全盘大胜只有咫尺之遥，现在却要落得满盘皆输的结局。

奥格瑞姆下令取消攻城，命令大军撤回卡兹莫丹。他派出一位龙喉信使将撤退的命令传达给还在辛特兰的部落军队。如果部落能够重新集结，或许还有扭转颓势的机会。希望虽然渺茫，毁灭之锤也只能勉力一搏。

大酋长派部落的巨龙骑兵掩护大军撤退，尽可能地拦截联盟的兵力。此外，他还派黑齿狞笑氏族前去追杀古尔丹。奥格瑞姆曾经饶恕过这位罪孽滔天的术士一次，绝不会再犯同样的错误。

成神之路

在毁灭之锤率军赶赴洛丹伦都城的几天之后，古尔丹就召集了各路盟友，向他们公开了寻找萨格拉斯之墓的计划。他许下诺言，谁愿意追随他，事成之后一定会得到强大的力量，远比跟着部落进行那场毫无意义的战争要来得划算。几乎所有暮光之锤和暴掠氏族的都表示愿意追随这位术士，但在奎尔萨拉斯的部落军中也有一些引人注目的反对者。

阿曼尼巨魔对古尔丹的雄心没有任何兴趣，还在继续围攻精灵主城。龙喉氏族也不同意古尔丹的做法，甚至打算出手制止。最后，这两股势力都没有冒险与古尔丹战斗，以免落得两败俱伤。

龙喉氏族转而西行，赶去与部落大军会合，同时向奥格瑞姆报告古尔丹的图谋。与此同时，古尔丹率领追随者向南行进，沿途偶尔会遭遇到人类的阻击，但没有人能阻止他们前进的脚步。在希尔斯布莱德丘陵，这伙叛徒驾驶着几艘部落的战舰，向西启航。

古尔丹没有想到，黑齿狞笑氏族的兽人很快就追了上来。他们乘坐其余的战舰，紧紧地尾随其后。

黑齿狞笑氏族不仅仅是古尔丹面临的唯一威胁。基尔加丹很快就听说了他自作主张的背叛，大吃一惊。恶魔领主没想到那术士居然连他也骗了过去。他决定狠狠地惩罚他昔日的仆从，古尔丹一个人毁了燃烧军团唾手可得的胜利。

萨格拉斯亲自出面，阻止恶魔领主采取报复性行动。萨格拉斯并非出于怜悯，而是想用自己的方式去惩罚古尔丹。既然古尔丹那么想要力量，军团之主大可以先让他找到萨格拉斯之墓。他会让古尔丹无限接近目标，让那愚蠢的兽人感觉到什么叫作唾手可得。

然后再把成功的果实从他手里夺走，就像他夺走了部落的胜利那样。

萨格拉斯之墓

根据从守护者麦迪文脑海中搜集到的线索，古尔丹规划出了一条前往萨格拉斯之墓的航线。这趟海上航程漫长而艰险，巨浪滔天，风暴肆虐，仿佛就连大自然本身都在阻挠他达成目标。随着古尔丹渐渐接近标记的地点，他感觉到从墓穴中散发而出的神一般的能量。眼看如此强大的力量马上就能落入手中，古尔丹狂喜得难以自禁。

由于萨格拉斯之墓深藏海底，古尔丹必须和同伴合力将它托出海面。术士引导了一场仪式，汇聚追随者的魔法凝聚成一道强大的法术。转瞬间，天空变得漆黑如墨，海面也在狂风的鞭笞下爆发了狂怒。终于，墓穴一点一点地从海底升了上来。

一座岛屿破浪而出，正中央便是古尔丹向往已久的萨格拉斯之墓。岛屿的地面上覆满藤壶，上面矗立着雄伟的墓塔。

萨格拉斯之墓刚刚升出海面，黑齿狞笑氏族已经逼近了岛屿。古尔丹知道他在人数上绝对不是这群追击者的对手，可如果他能驾驭墓中的力量，就一定能逃过这场劫难。他不知里面里是否暗藏危险，这时也来不及做任何准备。古尔丹命令古加尔和暮光之锤拖住敌人，自己带领暴掠氏族进入了墓塔。当术士和他的追随者匆匆忙忙地在阴暗的走廊中穿行，这时才发现原来里面还有别人……

很久以前，当艾格文将萨格拉斯的化身封入墓穴时，她同时把不少恶魔追随者也关了进去。大多数恶魔都死了，或是在勉强维持着生命。守护者相信，墓穴的魔法封印一定能够控制它们。艾格文想得没错——那些恶魔不可能凭借自己的力量出逃。然而在漫长的岁月中，一部分恶魔渐渐汲取了萨格拉斯化身的残存之力，变得更加强大。

萨格拉斯一声令下，这些恶魔从暗影中飞扑而出，把古尔丹的追随者撕得粉碎。然后，它们将怒火集中在这位术士身上，活活地扒掉了他身上的皮肉。

霎时间，古尔丹凄厉的惨叫声响彻整座墓穴，随后又重归一片死寂。

只有少数暴掠氏族成员侥幸活命。在逃出墓穴之前，他们割下了主人的头颅，相信里面暗藏着巨大的能量。

墓穴外面，暮光之锤也在为存亡而战。在雷德·黑手和麦姆·黑手的率领下，黑齿狞笑氏

古尔丹升起萨格拉斯之墓

族斩杀了这群叛徒，任由他们的尸体在墓穴的阴影中腐烂。

古加尔在战斗中身负重伤，多亏暮光之锤追随者的帮助才活了下来。几名氏族成员把受伤的食人魔带上船，逃到海上。船只被狂风吹向西边那片未知的水域。

在成功复仇后，黑齿狞笑氏族登上船只，向东启航。还从暴掠氏族成员手中抢得了古尔丹的头颅作为战利品。

那个不惜将族人出卖给恶魔的兽人，就这样结束了悲惨的一生。

解放卡兹莫丹

远离萨格拉斯之墓的东北方，部落还在继续向卡兹莫丹撤退。辛特兰的兽人大军从洛萨的包围圈中杀了出来，朝萨多尔大桥全速前进。奥格瑞姆与一半的兽人兵力紧紧跟在后面。随后，洛萨和图拉扬顺利会师，共同追击溃逃的部落。

失去舰队的奥格瑞姆只得从陆上逃亡。长达数个星期的艰难行军与零星战斗，致使部落损兵折将。不久之后，奥格瑞姆和部落的剩余兵力终于踉跄地逃进了卡兹莫丹，从湿地进入那片冰寒山岭的地带。

在前往矮人领地的途中，奥格瑞姆还派出巨龙骑兵打探黑齿狞笑氏族的行动进展。一些斥候带回了消息，他们发现黑齿狞笑兽人正在从海上赶往卡兹莫丹，兽人海员还让巨龙骑兵带回了古尔丹的死讯。奥格瑞姆对此甚感宽慰，至少那个叛逆不忠的术士再也无法操纵兽人一族的命运。奥格瑞姆只遗憾未能亲手夺了他的狗命。

但是当奥格瑞姆点算兵力时，心中的满足感立即消失了。这场战争耗掉了过半的兵力，这还算上仍在海上的黑齿狞笑氏族。他手中甚至连海军都没有。处在这种情况之下，部落绝不可能取得胜利，甚至恐怕连卡兹莫丹都守不住。如果矮人和侏儒也加入战争，战局更是不堪设想。

奥格瑞姆派出信使回德拉诺求援，无论那些嗜血成性的氏族有没有做好战斗的准备，他们都必须马上赶来。然后，他下令让军队在黑石塔集结，在那里等待与援军会合。

黑石塔位于部落控制的领地深处，倘若联盟还敢穷追不舍，毁灭之锤就会让他们付出惨痛的代价。他命令基尔罗格率领血环氏族继续留在卡兹莫丹。统观第二次大战，血环氏族始终都把矮人和侏儒控制在他们的山岭城市之中，现在将要肩负起更加重要的责任。大酋长要求他们拖延住联盟的攻势，使其无力追赶部落的后卫部队。

毁灭之锤召见酋长祖鲁希德，并尽可能地集合了来自龙喉氏族的强兵健将。巨龙骑兵眼下仍然分散在洛丹伦各地，但奥格瑞姆知道，如此宝贵的武器绝对不能弃之不用。他命令耐克鲁斯把其余巨龙集结在格瑞姆巴托，然后把它们连同阿莱克丝塔萨和剩下的资源一起运往黑石塔。奥格瑞姆同时还让耐克鲁斯派出一些巨龙骑兵外出寻找黑齿狞笑氏族，向他们告知部落新集结地的位置，帮助舰船抗击沿途可能遭遇的联盟海军。

洛萨知道部落此时已经元气大损，只要乘胜追击，就能将兽人军团彻底击溃。虽然联盟的士兵经过连月征战也已疲惫不堪，洛萨仍然命令他们继续前进，趁此机会结束这场战事。

如果少了图拉扬和其他圣骑士，联盟的南行追击战绝不可能取得成功。这些神圣的战士日夜不息地治疗伤兵，鼓舞士兵，让他们心中充满斗志与勇气。联盟的军队一鼓作气地杀进了卡兹莫丹，迅速解决了血环兽人。随后，圣骑士们又带领猎杀战队，把当地兽人打得无处藏身。

在击败血环氏族后，联盟解放了铁炉堡与诺莫瑞根。铜须矮人和侏儒欢呼着冲出了各自在山岭中的据点，迫不及待地想要找敌人报仇。两大族群都表示愿意加入战斗，将用自己的战锤、利斧与科技为联盟贡献力量。

东部王国几乎所有高贵的种族凝聚成了一股空前团结的势力。

潮落岛之战

在卡兹莫丹的西北方，黑齿狞笑氏族的海上航程仍在继续。耐克鲁斯派出的巨龙骑兵找到了这些舰船，向他们传达了部落撤退到黑石塔的消息。雷德和麦姆命令黑齿狞笑兽人改变航线，朝仍在部落控制下的暴风城进发，再从那里经由陆路前往黑石塔。雷德和麦姆认为这会是一条阻碍相对较小的南行路线，可惜他们打错了主意。

海军上将普罗德摩尔正在率军巡查这片海域。在潮落岛附近，联盟的海军追上了部落的战舰。这场战斗如同祖尔德雷海战的翻版，普罗德摩尔很快就用火炮轰得敌人无力还手。部落故技重施，又派出了巨龙。只见红龙从高空俯冲而下，瞬间用烈焰席卷了联盟的战船。

这一次，普罗德摩尔没有撤退，蛮锤氏族的狮鹫骑兵已经及时赶来支援。奎尔萨拉斯惨败后，矮人掌握了全新的战术，利用狮鹫的机动性与速度，把笨重的敌人牵制得团团转，成功吸引了对方的火力。一时间，涌动着闪电之力的风暴之锤与巨龙的烈焰吐息点亮了整片天空，海面也被炮火映得通红。

雷德与麦姆率领屈指可数的几艘舰船逃离了战斗，大多数部落舰队都在普罗德摩尔的强大攻势下沉入海底。巨龙骑兵也被勇敢无惧的狮鹫骑兵打得落荒而逃。

联盟在海上打了一场决定性的胜仗，消灭了部落的海军，却也因此付出了沉重的代价。红龙摧毁了普罗德摩尔的指挥舰，许多英勇的战士壮烈牺牲，其中也包括上将的儿子。普罗德摩尔永远无法忘记爱子的死亡，他对兽人的仇恨如同一道溃脓的伤口，至死难以愈合。

阿曼尼的落败

在联盟围攻黑石塔的同时，安纳斯特里亚国王率军把阿曼尼巨魔从奎尔萨拉斯赶了出去。这场战争虽然代价高昂，幸而精灵总算守住了自己的家园。后来，安纳斯特里亚脱离了联盟，指责他们在高等精灵最危难的时刻弃之于不顾。并非所有高等精灵都相信了他说的话，可他还是赢得了足够的支持。

围攻黑石塔

在黑石塔深处，毁灭之锤观察着联盟大军沿着燃烧平原长驱直入，如同一条金银双色的巨蟒蜿蜒而至。千千万万的联盟将士把部落的据点围得密不透风，接着便展开猛烈的围攻。

要塞的大门暂时能抵挡一阵子，但绝非长久之计。来自格瑞姆巴托的巨龙骑兵尚未赶到，黑齿狞笑氏族和德拉诺的援军也不知所踪，看来全都指望不上了。

毁灭之锤的心中生出了绝望，可他立即粉碎了这个消极的念头。身为大酋长，他永远都不会放弃战斗。现在不会，永远都不会！这场战争不仅仅是为了追求荣耀，也不是为了一己私欲，而是关乎全族的存亡荣辱。毁灭之锤向来只有两个选择：要么在艾泽拉斯安下新家，要么带领族人撤回德拉诺等待死亡。

如果他注定命不久矣，他也要光荣战死，绝不愿在饥饿或是疾病中咽下最后一口气。

在黑石塔堡垒中，大酋长煽动着部落的杀戮欲望。他号令全军发起最后一次冲锋，打赢这场决定他们命运的决战。他们是不可阻挡的部落。他们从前曾经战胜德莱尼人，攻下暴风城，重挫无数强敌。这个名叫艾泽拉斯的新世界理应属于他们，区区联盟休想对他们构成阻碍。

正当联盟的攻城战车撼动山岭时，堡垒的金属大门突然打开，成千上万的部落士兵高声怒吼着从堡垒中杀了出来。

奥格瑞姆亲自率军突袭。他当然没有幻想自己能够击败联盟大军，只见他杀出一条血路，直奔洛萨而去。近些年来，毁灭之锤对人类文化颇有了解，知道他们和兽人一样，也对领袖崇敬有加。杀死酋长会立即瓦解兽人氏族的决心与斗志，毁灭之锤希望，杀掉洛萨对联盟也有同样的效果。

部落的自杀式突击打得联盟方寸大乱，毁灭之锤冲破了敌人的包围圈，冲到洛萨面前。联盟最高统帅毫无退意，决意要与毁灭之锤一决高下，就像任何一个光荣的战士那样。

在毁灭之锤和洛萨身边，联盟与部落双方的士兵全都安静下来，整个燃烧平原上只能听见剑锤碰撞的铿锵之音。

两人你来我往，寸步不让，但奥格瑞姆在力量上更胜对手一筹。大酋长挥锤一击，震断了洛萨手中的巨剑。联盟指挥官跌跪在地。

紧接着，毁灭之锤又无情地抡起重锤，击碎了洛萨的头颅。

眼见大酋长杀死了敌方统帅，兽人大受激励，攻势越发凌厉。奥格瑞姆的计划奏效了。他在敌人眼中看见了悲痛与绝望，联盟的士兵偃旗息鼓，已经丧失了斗志。

然而图拉扬却没有被悲痛和绝望蒙住双眼，他深知这些负面情绪帮不到他。洛萨已经死了，他们唯一能做的就是为他复仇。

年轻的圣骑士释放出神圣的力量，光明从他体内迸射而出，照得周围所有人睁不开眼，就连奥格瑞姆也愣住了。图拉扬拾起洛萨的断剑，一击敲晕了部落的大酋长。然后，他鼓舞联盟的战士们在这黑暗的时刻务必要保持坚强，要像洛萨那样昂首挺立。联盟面对过许多考验，他们的指挥官面对强敌从未退缩，始终在用智慧和勇气率领他们奋勇前行。洛萨不仅把他们当成士兵，还把他们看作自己的朋友与家人，他们每一个人都是洛萨的子女，必须实现他的愿望，将部落逐出这个世界。

此刻不是动摇的时候，联盟很快就要大获全胜，他们必须要继续战斗。为了艾泽拉斯，为了联盟，也为了洛萨！

所有听见图拉扬这番话的联盟士兵，心中全都燃起了新的希望。年轻的圣骑士发出一声战吼，率领大军杀向部落，打得兽人慌不择路。兽人分别向北方、东方或是西方逃去，还有一部分朝南边的黑暗之门逃跑。少数勇士抱着宁可战死的信念，在黑石塔外继续抗击着联盟的攻势。

残存的勇士没有得到英雄般的死亡，图拉扬与其他圣骑士很快就击败了这些兽人。他们没有结束残存兽人的性命，而是用锁链把他们和大酋长一起活捉。

黑暗之门的毁灭

在塔隆·血魔和死亡骑士的带领下，一些部落士兵甩开了联盟的追兵，逃向黑暗之门。只有返回故乡，才有活命的希望。

图拉扬和联盟紧追不舍，洛萨的死让他们备感沉痛，但纵然复仇心切，这场追击行动也不能操之过急。在此之前，图拉扬对黑暗之门的确切位置一无所知，他希望能跟着这些败逃的兽人和死亡骑士顺藤摸瓜，找到传送门的位置。他确实找到了。

在黑色沼泽，黑暗之门外围，联盟终于追上了部落的逃兵，爆发了自第二次大战开始以来最为激烈的一场大战。血魔和死亡骑士使用死灵法术散播愤怒与恐惧，虽然他们无法战胜图拉扬的军队，却还是得以让部落的余党穿过了黑暗之门。

图拉扬没有对部落一追到底，战斗打到这个份上，联盟的将士早已油尽灯枯。而且谁也无法预料在传送门的另一侧暗藏着什么危险。接下来要做的事情只有一件，那就是摧毁黑暗之门，阻止部落重返艾泽拉斯。

为此，图拉扬召集了卡德加等一众法师，对这道庞大的传送门施放强力魔法。在卡德加的带领下，法师成功拆解了每一条能量魔线，截断了时空通道。反冲的能量炸碎了坚石门框，爆发出炫目的奥术光芒。

这道给艾泽拉斯带来难言厄运的黑暗之门至此终于化作尘埃，联盟军阵中爆发出了山呼海啸般的欢庆之声。战士苦战已久，曾经无数次目睹亲友惨死，这时全都情难自抑地纷纷跪倒，不少人流下了喜悦的泪水。

战争已经结束。

联盟赢了！

部落的决裂

黑暗之门开启后 7 年

部落输了。

塔隆·血魔与他的追随者给德拉诺带回了这个消息。更为糟糕的是，就连通往艾泽拉斯的路径也已被阻断。当卡德加摧毁位于艾泽拉斯的黑暗之门时，回流的奥术能量涌向了兽人的家园，德拉诺星球上的传送门也发生了魔法爆炸。大门的框架瞬间炸成了一堆碎石。身在德拉诺的兽人再也无法逃离这个垂死的世界。

在浴血奋战了这么久之后，兽人两手空空，一无所获。在德拉诺既没有食物，也没有可以征伐的敌人，等待他们的只有缓慢而痛苦的死亡。

有一些强大的氏族从始至终都没有离开德拉诺，仍像第一次大战爆发前那样嗜血好战。经过多年消磨，兽人的数量已经锐减，可他们至今也没能学会控制情绪。在艾泽拉斯的惨败，更是让他们的怒火燃烧得更为炽烈。

部落过不了多久就会从内部把自己蚕食干净。

至于那些留在艾泽拉斯的部落残兵，他们的日子也不好过。基尔罗格和血环氏族没能及时赶到黑石塔加入毁灭之锤的大军，只能眼睁睁地看着落败的士兵逃进黑暗之门。基尔罗格也想率军紧随其后，却被联盟的军队挡住了去路。与其发起自杀式冲锋，倒不如保存实力，再作打算。于是血环氏族的兽人静悄悄地消失在传送门北部的荒野里，计划着下一步行动。

与血环氏族的情况类似，格瑞姆巴托的龙喉氏族也没能赶到黑石塔帮助毁灭之锤共同抗敌。在联盟得胜后，龙喉兽人撤回了格瑞姆巴托，继续在这个古老的城堡中繁育训练红色巨龙。如果有朝一日被联盟发现，他们至少还有能够与之对抗的武器。

雷德、麦姆与其余的黑齿狞笑氏族成员也都活了下来，他们在部落战败后才抵达黑石塔。他们集结了以黑石氏族成员为主的部落幸存者，等到联盟撤出燃烧平原之后，这才偷偷溜回塔中，重新控制这处据点。

雷德和麦姆将部落的失败归咎于毁灭之锤的无能领导。自从奥格瑞姆发起玛克戈拉击败黑手那时起，他们就对这位新任的大酋长心怀不满。两兄弟现在计划着把残存的部落打造成他们心中的模样，可他们也知道这样的宏伟大业不可能一蹴而就。他们渐渐与其他部落幸存者族群取得联系，想要将其招揽至他们这个全新的部落麾下。对此，基尔罗格没有理会，他已经看清了自己的命运，不屑与雷德和麦姆的“伪”部落为伍。

龙喉氏族却表示支持黑石塔中的兽人，若是雷德和麦姆需要，他们愿意为之提供一些巨龙。

其他部落成员逃进了荒野，有些成群而居，有些独自谋生。在那些独行侠中有迦罗娜的看管者——伊崔格。在部落战败后，他时常会回想起迦罗娜的警告——有黑暗势力在背后操纵着他的族人。他开始相信迦罗娜说的话，对部落的一腔忠诚也随之渐渐淡化。无论是古尔丹的承诺、“施恩者”基尔加丹还是黑暗之门，这些东西全都没有看起来那般单纯。部落的形成对于兽人一族来说意味的不是救赎，而是毁灭。

怀着羞愧与愤怒，伊崔格离开了部落，只身前往北地，希望能在那里度过余生。

找个地方，平静地死去。

战争的代价

这边的部落在苦苦挣扎，艰难求存，那边的联盟则在普天同庆，欢庆胜利。人类、矮人、侏儒与高等精灵都沉浸在大胜的喜悦中。然而欢庆过后，他们却要面临一个严酷的现实——生活再也回不到从前。

战争毁灭了整个东部王国，无数村庄城镇被部落血洗。从希尔斯布莱德丘陵到奎尔萨拉斯，

奥蕾莉亚与图拉扬

在第二次大战期间，联盟的许多成员彼此都缔结了诚挚的友谊。其中一些人——例如奥蕾莉亚与图拉扬，甚至形成了更为亲密的关系。精灵和人类原本属于不同的世界，是战争让他们走到了一起。几个月来，奥蕾莉亚与图拉扬相互之间愈发了解，经过战火的洗练，竟成了生死相依的眷侣。最终，爱战胜了一切。

从大路小径到山岭隘口，全都尸积如山，让人目不忍视。

对于上阵杀敌的每一名联盟成员来说，黑暗之门的毁灭并不代表战争的结束。幸存者每晚都被恐怖的噩梦困扰；不少士兵失去了亲朋好友，甚至所有家人；还有一些战士将要拖着残废之躯，苦熬过今后的人生。要想寻获内心的平静，需要一个漫长而又艰难的过程，这场仗远比对抗部落的战斗更加难打。

甚至连图拉扬也被心中的阴影所困。导师洛萨的死，就象一记钢铁重拳，狠狠地击中了他的胸口。他真想撂下一切，躲到人们的视线之外，但图拉扬绝不会在人民最需要他的时候丢下他们。如今，他已经升任为联盟的最高统帅，千万部众都在等着他的领导与指引。

图拉扬知道，要想让生活重回正轨，就必须重建东部王国。他向位于洛丹伦的联盟领袖求助，统治者们同意联合各国资源来弥补战祸留下的创伤。背叛联军的奥特兰克领导者没有参加这次会议，高层领袖们还没能就如何处置那个叛徒王国达成共识，争论将持续几个星期之久。

暴风城的重建具有至关重要的意义。洛丹伦的泰瑞纳斯国王决定帮助暴风城复国，扶持瓦里安·乌瑞恩王子继承王位。在某些人看来，暴风城象征着人类的未来。如果连暴风城都能从灰烬中重生，任何人都能振作起来。

王国的难民对暴风城重建的消息怀有一种复杂的情绪。许多人都不愿意回到破败的家园，以免睹物思情，徒增伤悲。这些难民宁可在洛丹伦开始全新的生活。

但仍有一些难民选择返回自己的王国，其中也包括瓦里安·乌瑞恩王子。图拉扬亲自护送暴风城的公民回国，亲眼目睹瓦里安登上王座，还在少年身边安排了几位经验丰富的臣属与顾问，来帮助他更好地适应角色。

在图拉扬忙于帮忙重建暴风城的同时，其余的圣骑士前往洛丹伦。白银之手骑士团成立的初衷是为了抗击部落，在黑暗之门毁灭后，他们的使命并未就此终结。圣骑士与圣光教会联合起来，帮助联盟继续前进，一边治疗病患，一边为那些在战争中遭受沉重打击、无力照顾自己的幸存者提供庇护之所。

兽人战俘营

并非所有联盟成员都在忙于治疗和重建，在许多人心中对兽人的仇恨之火仍然熊熊燃烧着。奥蕾莉亚·风行者亲眼见到无数精灵在第二次大战中惨死，在复仇欲望的驱使下，她不眠不休地追击着那些侥幸逃脱的作恶者，用这样的方式来排遣内心的痛苦与悲伤。

除了奥蕾莉亚之外，还有大批人类、精灵、矮人和侏儒也踏上了追猎兽人余孽的征途，在东部王国遥远的荒野与山岭间苦寻猎物。联盟的猎手抓住了许多兽人，被当场杀死的也不在少数，就算是为那些被战火夺去性命的亲友复仇。

在如何处置俘虏的问题上，联盟成员之间产生了明显分歧。吉尔尼斯和激流堡提议立即将这些罪人处死，洛丹伦却不同意这么做。他们认为联盟之所以比部落更加文明高贵，正是由于

敦霍尔德城堡

虽然达纳斯·托尔贝恩全权监管所有俘虏营，但他也把一部分权力下放给几位第二次大战中功勋卓著的老兵。位于希尔斯布莱德丘陵上的敦霍尔德城堡外面也有一处牢房，负责看守的是备受尊敬的埃德拉斯·布莱克摩尔。

在第一次大战期间，布莱克摩尔偶然发现了兽人婴儿古伊尔，并把他带回了敦霍尔德城堡。后来，他瞒着其他联盟成员，偷偷把那个小兽人抚养长大，并给他起名叫作“萨尔”。

布莱克摩尔私底下想要把萨尔培养成他的得力战将，等他长大后率领兽人俘虏对抗联盟。布莱克摩尔希望自己有朝一日能够称霸人类各国，成为统领四方的帝王。

他们存有怜悯之心。相比处决这些兽人，洛丹伦认为应该把他们关进将由联盟出资建造的战俘营。

达拉然的肯瑞托也赞成这样的做法。在第一次大战过后，提瑞斯法议会已经淡出历史舞台，那个秘密组织当初的职责全都转移到了肯瑞托成员的肩上，其中也包括调查恶魔活动。达拉然的法师希望能够对兽人和他们奇怪的魔法加以研究，在追求知识的同时也能满足战略需要。肯瑞托争辩说，只有更好地理解兽人，取长补短，才能在今后的战争中克敌制胜。

联盟最终达成了一致意见，各方成员将共同出资修建战俘营，用于关押兽人。营地建造完成后，交由激流堡的著名战士达纳斯·托尔贝恩看管。倘若运转良好，联盟就会允许营地继续存在下去。如若不然，这些兽人将被全部杀光。

事实证明，战俘营方案实行得相当成功，但其存在始终是联盟成员心中的一根刺。吉尔尼斯认为，维持战俘营的运作无异于是自找麻烦，他们已经为重建暴风城花费了大笔经费，现在又要浪费钱财去延续敌人的性命。

在接下来的年月里，战俘营的开销渐渐让吉尔尼斯不堪重荷，最终致使该王国脱离了联盟。

守望堡

在遥远的南方，卡德加注视着黑暗之门原先矗立的位置。凭借着在第二次大战中的英勇表现，他赢得了大法师的头衔。然而现在根本不是庆祝的时候，他知道部落的威胁远远没有消除。

部落的邪能能量破坏了黑暗之门附近的大片土地，而且情况还在继续恶化。虽然传送门已被摧毁，但邪能魔法还在不断地向艾泽拉斯渗透。经过一番调查，卡德加最终发现他的世界与德拉诺之间仍有些许联结，在当地存在着一道难以消除的时空裂隙。来自兽人家园的邪恶能量正通过这道裂隙影响着艾泽拉斯。

无论卡德加怎样尝试，裂隙都无法关闭。除非卡德加和其他法师能将邪能魔法控制住，否则它将蔓延到整个东部王国，榨干每一寸土地上的生命之力。

卡德加和法师将这一发现报告给了联盟。大法师警告族人，只要裂隙还在，就无法排除部落再次入侵的可能性。他呼吁联盟各国出资建造一座要塞——守望堡，让法师能够在那里控制邪能魔法的扩散。

经过多番争论，卡德加争取到所需的资源。守望堡在一处俯瞰着黑色沼泽的南部地带的山丘上拔地而起。随后，卡德加便在这里监视着这片破碎的大地，留意着邪恶能量的动向。

他时常会思考，兽人的家园是怎样的景象？那里到底暗藏着什么可怕的力量？从传送门逃离的那些敌人如今境况如何？

不久之后，他就能找到答案。

PETER LEE 16

第六章

穿越黑暗之门

第六章

穿越黑暗之门

重建部落

黑暗之门开启后 8 年

第二次大战结束后，德拉诺的兽人过得苦不堪言。他们的世界依然挣扎在死亡线上，邪恶能量继续蔓延，致使自然生物濒临灭绝。在兽人血脉中流淌的恶魔嗜血欲望毫无消减，自相残杀的乱象几乎要让全族走向毁灭。其中，战歌和碎手氏族显得格外暴力。

在如今的部落军团之中，最接近领袖的人选便是耐奥祖——当初是他在不知情的情况下带领族人走入了燃烧军团的圈套。古尔丹认为没必要把这位年迈的萨满祭司带去艾泽拉斯，于是将他留在德拉诺。在那之后，耐奥祖一直留在他的故乡——影月谷，德拉诺各地的兽人经常会来找他寻求指引。尽管如此，深陷绝望的耐奥祖却无心当此大任。他日夜饱受死亡景象的折磨，看见在一个满目疮痍的世界里遍布着兽人的骸骨。他的脸上甚至还被文上了颅骨的刺青，萨满祭司历来习惯用这样的图案来惩罚不成器的学徒，对族人来说他们已经“死了”。

在耐奥祖看来，似乎再也没有办法能挽救部落。入侵艾泽拉斯本来就是兽人无奈之下的最后一搏，结果还是以惨败收场。现在的兽人，连整军再战的力量都没有了。

塔隆·血魔却不准备就此放弃。古尔丹的计划已经全盘破灭，但也让他见证了难以置信的力量。征服艾泽拉斯？或许是不可能的，可是古尔丹从麦迪文的脑海里搜索到了不少情报，而且曾告诉死亡骑士，在那里有许多强大的神器，等着他们夺为己有。

最令血魔感兴趣的神器有三件。第一件是麦迪文之书，一本包含着守护者的无边力量，记载着不同派系的魔法融会贯通的技巧的魔法书。第二件是达拉然之眼，这是肯瑞托制造的圣物，能够汇聚并扩大魔法能量。第三件是萨格拉斯权杖，许久之前出自燃烧军团之手，能够打开连通不同世界的传送门。

血魔和死亡骑士们只忠于自我，他们渴望找到一个全新的世界，成为那里独一无二的霸主，可他们也知道必须得到部落的帮助才能逃离德拉诺。只要找到这些神器，兽人就能创造出新的时空裂隙。即便不能通往艾泽拉斯，部落也能在其他世界上找到出路。

但是这些神器全都在艾泽拉斯，古尔丹也没有把它们的确切位置告知死亡骑士。即便血魔能够重建黑暗之门，也还是要部落帮忙，才能把东西夺过来。这项挑战很是艰巨。部落的幸存者早

前页图片：洛萨之子反攻德拉诺

就不再信任古尔丹的党羽，更何况是邪恶的死亡骑士。血魔认为，成败只在耐奥祖一人身上，德拉诺的兽人当中只有他还具备统率各族的影响力。

血魔的提议遭到了耐奥祖的强烈反对，光凭着几件神器怎能成事？光凭着几件神器又怎么能救得了兽人？更重要的是，多年前，血魔曾经背叛过耐奥祖，成为古尔丹最亲密的同党之一。耐奥祖怎么会信任一个死亡骑士？

血魔没有退缩。他坚称，只要找到那些神器，就能打开新的时空裂隙，帮助兽人逃离垂死的家园。在浩瀚的宇宙间等待他们征服的世界数之不尽，部落就算势力大损，也一定能在某个星球上再创辉煌。

血魔的计划确实很有吸引力，耐奥祖的意志渐渐发生了动摇。德拉诺的日渐消亡让耐奥祖痛心不已。他对于自己引燃烧军团入室的过错倍感内疚。如果能找到一个全新的世界，带领族人重新开始，那也许会是他赎罪的唯一机会。

他将其余氏族的领导者召集起来，其中包括战歌氏族的格罗玛什·地狱咆哮、碎手氏族的卡加斯·刃拳和雷神氏族的芬里斯。耐奥祖没想到他们这么快就被他说服了。地狱咆哮、刃拳和芬里斯与第一次和第二次大战失之交臂，他们渴望鲜血，渴望任何战斗。

另一些氏族也当即响应了他的号召，只要有机会离开德拉诺，他们都愿意一试。

初次开启黑暗之门需要消耗惊人的魔法能量，相比之下，重塑时空裂隙的难度则要小得多。连接两个世界的桥梁依然存在，只不过力量大不如前。塔隆·血魔告诉耐奥祖，古尔丹之颅中的力量足以让黑暗之门再次矗立起来。

好消息是，那术士的头颅已经被部落的难民带回了德拉诺。自从黑暗之门关闭以来，古尔丹之颅就成了在兽人之间往来交易的商品，被他们当成了珍贵的饰物。

在找到那颗头颅之后，耐奥祖与死亡骑士便着手实行那个宏大的计划。他只希望联盟对这一切毫无防范。

迦罗娜归来

在第二次大战结束后的几个月间，迦罗娜一直独自游走在艾泽拉斯的土地上。她仍能感觉到暗影议会的力量在脑海中徘徊不散，试图扭曲她的思想，导致她无法分清敌友。凭着耐心，她渐渐恢复了对自己的控制力，挣脱了古尔丹布下的精神锁链。

最后，她终于找回了信心，自认为能够对抗暗影议会的命令。这意味着迦罗娜已经做好准备，前去造访她在这个世界上唯一信任的那个人——卡德加。

在夜幕的掩护下，迦罗娜潜入了守望堡，趁着卡德加熟睡时悄悄进入了他的私人房间。自从大战麦迪文以来，两人就没再见过面，有许多事情急需商谈。

迦罗娜给卡德加讲述了她在第二次大战中的所作所为，同时也坦承是自己刺杀了莱恩国王。卡德加相信了她说的话，认为她是受到了古尔丹的指使，法师还能感觉到在迦罗娜的脑海中残存着暗影议会的魔法力量。

这股黑暗气息的存在也证明了另一件事——在艾泽拉斯至少还有一位幸存的暗影议会成员。若非如此，魔法力量在古尔丹丧命的瞬间就会失去效力，看来必定是有人还在努力维系着与这些傀儡之间的联结。

此后的几个月里，卡德加频频与迦罗娜在守望堡门外见面，小心地帮助她摆脱暗影议会的控制。终于，他成功了。迦罗娜有生以来第一次获得了自由。

为了表示感谢，迦罗娜主动提出要尽全力追击暗影议会留在艾泽拉斯的漏网之鱼。卡德加急切地答应了。近来，法师感觉到在附近的裂隙里涌动着诡异的能量，他怀疑德拉诺的部落军团又在蠢蠢欲动。

卡德加要迦罗娜在他调查的同时暂且留在这里，避开联盟的耳目。

邪能之兆

没过多久，卡德加就给联盟各国的领导人寄去信函，要求他们立即到守望堡会面。成员国对此有些抗拒，第二次战争刚刚结束，大多数王国都还在忙于重建。

纵使如此，领袖们还是来了。当他们来到这里，便明白了卡德加为什么会催得如此急迫。卡德加与其他法师确实设法阻止了邪恶能量的蔓延，可也把黑色沼泽的南部地带变成了不毛之地，堡垒的守军将这片区域称为“诅咒之地”。黑色沼泽的北部地带仍然郁郁葱葱，被他们改名叫作悲伤沼泽，以纪念在第二次大战中牺牲的同胞。眼见诅咒之地的荒芜之景，不禁让各国领导者再次想起了被联盟击败的黑暗力量……万一它们卷土重来的话，艾泽拉斯不知又将付出何等代价。

但这里的变化还不算是真正的噩耗。卡德加告诉他们，在黑暗之门原先矗立的地方有邪能魔法涌动的明显迹象，他担心兽人正在扩大时空裂隙，想要再次杀入这个世界。

参加集会的领袖纷纷表示愿意全力支持卡德加。尽管战乱刚平，百废待兴，可他们也绝不愿意再让部落踏足艾泽拉斯半步。

正在忙于重建暴风城的图拉扬当即调遣军队，指派第二次大战中最为杰出的战士达纳斯·托尔贝恩率领一小支军队先行赶赴诅咒之地。与此同时，图拉扬将集结联盟剩余兵力，挥军南下。

不幸的是，部落入侵的号角已经吹响。

重启黑暗之门

就在卡德加向联盟发出警告的几个星期之后，耐奥祖终于取得了成功。他利用从古尔丹之颅中汲取的能量，成功扩大了连通德拉诺和艾泽拉斯的时空裂隙。

格罗玛什·地狱咆哮当即率领由战歌、碎手、雷神和嘲颅氏族组成的部落先遣部队攻入了诅咒之地，血魔与死亡骑士们也迅速赶来帮忙。兽人开始在时空裂隙周围修建实体框架，要创造出一道新的黑暗之门，无须力量维持即可永久性地保持开启。

基尔罗格·死眼与血环氏族始终在观察着诅咒之地，等待着部落的归返。在先遣部队抵达后，基尔罗格便赶去与格罗玛什和死亡骑士见面，向他们报告自第二次大战以来艾泽拉斯发生的种种变化，为后续战局提供了宝贵的情报。血魔命基尔罗格带领族人返回德拉诺，他们自从战争结束后就在为生存而战，是时候好好休息一下了。

等到达纳斯率军抵达黑暗之门时，面对的是远胜联盟数倍的部落大军，人类根本不是对手。双方在诅咒之地的南部边缘地带爆发了激烈的冲突。

只有达纳斯活着逃回了守望堡，希望能够调用堡垒的守军。虽然吃了败仗，达纳斯还是信心十足地认为自己能够牵制住兽人军团，直到联盟大军赶到。

他的想法没错。兽人在人数上确实不足以发动真正的入侵。但他们此次到来的目的不是为了征服这个世界。

部落勇猛的士兵佯装出要大举进攻的势头，同时，血魔和死亡骑士趁乱带兵离开诅咒之地，去寻找神器。这支军队主要由死亡骑士和兽人组成，其中也包括雷神氏族酋长芬里斯。有几个人类士兵看到了他们的离开，但猜不到他们用意何在。

然而迦罗娜却敏锐地察觉到了异样。她开始追寻他们的踪迹，想要查清部落的图谋。

达瓦尔·普瑞斯托领主

死亡之翼自第二次大战结束后就躲了起来。他的计划失败了——兽人们没能征服艾泽拉斯——却也算是小有所成。大多数红色巨龙，包括他们的首领阿莱克丝塔萨，依旧处于龙喉氏族的控制之下。其他守护巨龙还没有对兽人采取行动，大多数龙类担心沦为恶魔之魂的牺牲品，遭受和红龙女王相同的厄运。人类王国损失惨重，短时间内也无法振作起来。

当感应到通往德拉诺的时空裂隙再次扩大时，死亡之翼怀疑兽人是否已经设法恢复了实力，准备再次发动全面进攻，但他很快就意识到，他们的"入侵"只是个幌子，真正的目的并不是征服。

死亡之翼对此很感兴趣。他决定再次伪装成人类，影响联盟的应对策略。这一招在第一次大战期间非常奏效。眼下，在各国之间又产生了新的政治危机。联盟对奥特兰克的背叛大为愤怒，在如何处置这个王国的问题上存在着颇多争议，有些成员甚至提出要彻底消灭这群叛徒。

当下，领袖们正在洛丹伦争论得面红耳赤，于是死亡之翼以全新的人类样貌回到那里，声称自己是达尔瓦·普瑞斯托领主——匹瑞诺德国王的远亲，利用与奥特兰克王室的血缘关系为自己的言辞增加了分量。

普瑞斯托向洛丹伦国王泰瑞纳斯提议，请他对奥特兰克实行军事管制，直到王位继承的问题尘埃落定。这一举动旨在分散联盟的兵力，使其无力应对部落的再次入侵。人类各国的领导者觉得普瑞斯托既亲切又有魅力，提出的建议也颇为实用。他没有只顾自己“人民”的尊严，而是把联盟的大局利益放在心上。

眼看联盟在无谓的乱局中泥足深陷，死亡之翼继续谋划如何帮助黑龙军团找回昔日的力量与荣耀。部落的入侵未必会给人类造成严重伤害，因此他在艾泽拉斯的计划难有进展。任何想要重建黑龙军团的企图都会被联盟发现，其他守护巨龙更是不会放过他。

也许解决问题的关键根本不在艾泽拉斯，而在兽人的世界……德拉诺。在那里，死亡之翼再也不怕受到其他守护巨龙的阻挠。

他不在乎那个世界是否已是满目疮痍，巨龙和凡人对大地的依赖性本就不同。

打定主意后，死亡之翼便立即动身，再次与部落取得联系。

麦迪文之书

当诅咒之地被战火吞噬的同时，血魔亲自率领部落的秘密战队前往北方。在那三件神器之中，他只知道麦迪文之书的位置，听说那本书就在距离黑暗之门甚远的奥特兰克王国。

血魔的军队悄悄前往黑石塔，想要联络黑手的两个儿子——雷德和麦姆。通过与格瑞姆巴托龙喉氏族结盟，他们如今也能使用巨龙，血魔迫切需要那些飞行生物帮他加速抵达目的地。

这是一场灾难性的会面。雷德已经自封为“正统部落”的大酋长，怒骂耐奥祖是懦夫和篡位者，根本无意帮助他实现计划。

血魔两手空空地离开了，但死亡之翼很快就与他取得了联系。他提出要跟这位死亡骑士及其同伴做个交易——他愿意把黑龙借给他们，帮部落达成目的，作为回报，部落也要帮他把一批“贵重物品”运到德拉诺。为了表示诚意，死亡之翼向血魔透露了另外两件神器的位置，以及他的军队在途中可能会遇到的危险。他说一件神器在达拉然，另外一件在萨格拉斯之墓。

血魔无法拒绝死亡之翼开出的条件，他命令军队兵分三路，骑乘黑龙，即刻前去夺取那三件神器。

血魔认为麦迪文之书最难得手，所以决定亲自赶赴奥特兰克。死亡之翼提醒他，那个王国现在正处于军事管制之下，他们在那里可能会遭到顽强抵抗。结果，占领主城的联盟军队听闻黑龙和死亡骑士即将攻来的消息，就已经彻底乱了阵脚，等部落突袭军杀到时，大多数士兵早就吓得落荒而逃了。

进入城堡后，血魔找到了匹瑞诺德国王，发现这个人类已是疯疯癫癫，满口胡言。原来死亡之翼早有准备，让这位“远亲”患上失心疯，才能确保他在洛丹伦编造的谎言不会败露。血魔先是被匹瑞诺德的癫狂样逗得乐不可支，随后答应以消灭联盟的守军作为条件来换取那件神器。局面越是混乱，人类的注意力就越是分散，他就能有更多时间来完成任务。

夺取麦迪文之书后，血魔便率领他的死亡骑士追随者撤出了那座主城，留了城中的疯国王一命。血魔兑现了自己的承诺，驻守奥特兰克的联盟兵力根本无力抵挡黑龙的无情攻势，被彻底消灭。

真相显现

在血魔率军攻入奥特兰克王国的同时，守望堡的战局陷入了血腥的僵持状态。图拉扬已经带领联盟援军赶到，联手卡德加和达纳斯的部众共同将部落挡在墙外。可人类却怎么也想不明白兽人军团的用意何在：联盟斥候时刻警惕着敌人的大举来犯，然而部落似乎只是日复一日地考验着守望堡的防御阵线，不想彻底占领这处据点。

随着时间的推移，联盟援军的规模不断壮大，不仅能守卫堡垒，甚至能向部落发起反击。战火渐渐从守望堡门前蔓延到了开阔空旷的诅咒之地上。

这应该能让部落知难而退才对……然而并没有。兽人莫名其妙地死守阵地，宁可牺牲士兵也决不退让。

卡德加的怀疑日渐加深，继而得出了一个令人不安的结论：部落只是在拖延时间，这场入侵实则是声东击西之计。

为了找到答案，联盟军队活捉了一名敌人，将他带回守望堡严加审讯。图拉扬亲自出马，召唤圣光的力量来从那兽人口中逼问答案。

那名俘虏最终证实了卡德加的担心。部落新任领袖耐奥祖醉翁之意不在酒，他在联盟的鼻子底下派出了数支小规模的突袭队，到艾泽拉斯各地寻找强大的神器。他不知道他们去了哪里，也不清楚他们到底要找些什么。

达拉然之眼

在诅咒之地北方，血魔的时间所剩无几了。他希望其他两支队伍已经找到了各自的目标，没想到他们都没能得手。当血魔与前往达拉然的突击队会合时，才听说他们根本连达拉然之眼的位置都还没感应到。死亡之翼道出了原因，是达拉然的肯瑞托法师们在那件圣物周围布下了结界，让人无法在一定的距离之外察觉到它的存在。

幸好肯瑞托没有意识到部落正在对神器虎视眈眈。他们给达拉然之眼施加魔法，仅仅只是因为其重要性，法师们根本没想到真会有自不量力的蠢货想要把它偷走。

虽然血魔和他的追随者感应不到神器的具体位置，但死亡之翼在这类事情上比他们更加敏感。死亡之翼为血魔指明了方向，然后派出黑龙攻打达拉然的外围防线，让血魔趁乱率领死亡骑士溜进城内。

在法师忙于对抗巨龙时，血魔等人则在达拉然的大街小巷中秘密穿行。没过多久，他们就找到了锁在魔法宝库中的达拉然之眼，粉碎了神器周围的结界。

结界粉碎立即引来了关注，肯瑞托强大的领导者之一——大法师安东尼达斯立即赶来调查扰动的源头，带领几位法师阻截了死亡骑士的去路，但血魔和死亡骑士早有准备。在杀死其中一位法师后带着神器溜之大吉。

安东尼达斯竭尽全力地追击敌人，谁知他们很快就骑上黑龙，在空中失去了踪影。大法师能做的只有尽快通知卡德加。

萨格拉斯权杖

第三支军队在前往萨格拉斯之墓时遇到了困难。他们无法骑在黑龙背上直接抵达那里，途中没有歇脚的岛屿，即便是死亡之翼的强大仆从也不能一口气飞那么远。死亡骑士必须另外找路前往那处墓穴。

于是，他们决定从毁灭之锤当初监造兽人舰队的海港里偷取船只。海港已被联盟控制，改名叫作米奈希尔港，以表达对洛丹伦国王的敬意。那里停泊着许多舰船，大都听从海军上将戴林·普罗德摩尔的指挥。

尽管风险重重，血魔麾下的突击队却只有夺船这一条出路。他们只能寄希望于奇袭，联盟海军肯定料想不到会有黑龙和部落突然杀到。

可惜死亡骑士想错了。

血魔刚一出发，就已经被人盯上。迦罗娜尾随在他身后，暗中发现他与死亡之翼达成了约定。当血魔将突击队兵分三路后，迦罗娜选定了自己的方向。她跟着其中一支突击队来到米奈希尔港，认为他们的目的地必然会是萨格拉斯之墓。

在死亡骑士们计划进攻港口的时候，迦罗娜立即出手干预。她不能直接提醒人类——人类绝不会听信一个兽人说的话——但她熟悉对方的语言，把入侵的情报写在了一张纸上，确保港口的卫兵看到字条。很简单，她故意在港口的卫兵面前现身，引他们来追，再把字条掉在地上，逃之夭夭。

她的行为立即引来了关注。兽人闯入者留下字条的事情可不常见，其中的情报又是那么的耸人听闻。

当黑龙在几个小时后正式露面时，人类早已有所防范。他们与敌人在港口爆发了激烈的厮杀，突击队费尽力气也只偷走了几艘窄小的慢船，手忙脚乱地扬帆出海，黑龙则在他们身后用火焰席卷了联盟的追兵。迦罗娜无法继续跟随，当即赶往诅咒之地，向卡德加报告情况。

死亡骑士乘坐本就不适合公海航行的船只，在去往萨格拉斯之墓的途中屡屡遇险。好不容易抵达了墓穴，还要从杀死古尔丹的恶魔中杀出一条血路来，结果自然是死伤惨重。

萨格拉斯权杖确实在墓穴之中，部落突击队不枉长途跋涉，总算如愿以偿。这件神器具有撕开现实界域的力量，将大大有助于耐奥祖在德拉诺实现大业。

随后，仅有少数几个幸存的死亡骑士带着权杖回到了东部王国。

在与血魔会合后，他们便开始准备通过黑暗之门重返德拉诺。死亡之翼早已带来了几大车“贵重货物”，这些物品庞大笨重，还有魔法保护，凡人用肉眼无法看穿那些粗陋的容器里面装着什么，就连魔法能量似乎也对其产生不了任何影响。血魔无意深究，一心只想完成使命。

死亡之翼感到非常满意，部落将帮他把一大堆黑龙蛋运到德拉诺，很快，他将和兽人一起，在那里亲眼见证黑龙军团的重生。

洛萨之子

血魔担心在部落再次入侵艾泽拉斯之后，联盟也许会反守为攻，于是留下了一群士兵来避免出现这种情况。这支军队主要由地狱咆哮统帅下的战歌兽人组成，一同留守的还有莫克纳萨混血兽人雷克萨。安排妥当后，血魔便率领其余的部落成员返回了德拉诺。

联盟注意到敌人的离去，从中觉察到了危机。根据从大法师安东尼达斯和迦罗娜那里得到的情报，卡德加渐渐悟出了部落的意图。尽管有些疑团仍未解开——他见过巨龙，可死亡之翼对于大部分凡人来说还很陌生——但这一切都难逃邪恶的本质。

当联盟抓住一名死亡骑士并严加拷问后，卡德加才弄清了部落的计划。大法师用奥术魔法轰击那名俘虏，迫使他一五一十地说出了耐奥祖的全部计划。最后，一切全都昭然若揭了——耐奥祖和部落打算建造新的传送门来逃离那个垂死的世界，他们抢走神器正是为此。

卡德加告知图拉扬自己的发现，两人都认为绝不能再让部落为祸另一个世界了——不能让厄运降临到别的星球上。

可是联盟的其他人恐怕未必会认同他们的看法。攻打德拉诺势必会劳师动众，死伤无数。经过与部落的多年征战，图拉扬和卡德加都不确定能否再次调动起大军的士气。

既然如此，唯有一试才知。图拉扬竖起旗帜，宣布自己将亲自率领这支名叫“洛萨之子”的大军征讨兽人的星球，彻底终结部落的恶行。

很多联盟士兵都响应了图拉扬的号召，包括所有参加过第二次大战的著名英雄们——奥蕾莉亚·风行者、达纳斯·托尔贝恩和库德兰·蛮锤纷纷率军赶到守望堡，准备全力出击。

迦罗娜也想要参加这次远征，哪怕是在暗地里助战也好。卡德加知道迦罗娜熟悉德拉诺，可眼下还有别的任务等她去完成。他们都知道在艾泽拉斯还藏有暗影议会的成员，卡德加需要这位女半兽人留在这里，把敌人全部剿杀干净。

洛萨之子击溃了地狱咆哮的军队，把他们赶到了诅咒之地的偏远角落。在扫除障碍后，联盟远征军便冲进了黑暗之门，第一次见到了德拉诺的模样。他们瞬间被眼前的景象惊呆了。他们站在这片曾叫塔纳安丛林，而今叫作地狱火半岛的土地上，放眼望去，只见红土漫天，一片荒凉。

洛萨之子在最初几天里没有遇到什么真正的抵抗力量，兽人的军队没料到追兵真会闯入德拉诺，但联盟入侵的消息很快就在部落中传播开来。

与龙谋事

血魔把货物全都运到了地狱火半岛，大酋长耐奥祖正在那里焦急地等待。此时，部落已经听说了联盟的军队穿越黑暗之门的消息。留给耐奥祖的时间不多了。

但是当大酋长看见血魔的收获后还是吓了一跳。血魔不仅找到了三件神器，还带回了好几车可疑的货物。这些物品属于一个神秘的来客——死亡之翼。黑龙和其他龙族成员把自己伪装成兽人的模样穿过了黑暗之门，以免引起不必要的麻烦。

初次见面，耐奥祖就被死亡之翼的气势震慑住了。虽然他没有以真面目示人，但浑身却散发的巨大力量。死亡之翼感受到了古尔丹之颅的潜能，希望大酋长能把它让出来。耐奥祖虽然稍有犹豫，但很快就答应了这个要求。他自认无力跟如此强大的生物对抗，反正那头颅重开黑暗之门的使命也已经完成，再把它留在手里也没多大用处。

死亡之翼想利用古尔丹之颅中的残存能量来强化黑龙军团，加速龙蛋和雏龙的生长。本着“礼尚往来”的原则，死亡之翼命令一部分黑龙留守地狱火堡垒，帮助部落抵挡联盟的入侵。

随后，死亡之翼便带着古尔丹之颅离开了兽人的堡垒，想要在戈尔隆德寻找一处合适的地方将龙蛋藏好。

与此同时，耐奥祖也在实行自己的计划。有三件神器在手，他已经能打开通向其他世界的传送门，但他还需要找到开始仪式的地点。黑暗之门坐落于魔法能量线的交汇处，那个位置很是理想，可惜已被联盟控制。

耐奥祖还知道另一处类似的能量交汇点，那就是黑暗神殿。他命令其余部众随他前往黑暗神殿，同时安排卡加斯·刃拳率领碎手氏族留守地狱火堡垒，阻击联盟军团。

攻打地狱火堡垒

卡德加和图拉扬都认定当务之急是要阻止耐奥祖，只要他的计谋不能得逞，部落必然也就无法为祸其他世界。洛萨之子以为耐奥祖还在地狱火堡垒，对那处据点发动了全面进攻。

刃拳带领碎手氏族据守地狱火堡垒。他本想至少拖住联盟一个星期，然而兽人的防线在短短一天之内就宣告瓦解。即使有黑龙相助，空中的矮人狮鹫骑兵和地上的陆军部队还是打得卡加斯难于应付，等到卡德加和法师们加入战斗后，卡加斯立刻放弃阵地，逃进了荒野。

洛萨之子打了一场漂亮的胜仗，可局势容不得他们稍作喘息。黑龙出现在地狱火堡垒是不祥之兆，更糟糕的是，卡德加发现耐奥祖已经率领部落大军，夹带着大部分强大神器逃往西南方向。奇怪的是，大法师感应到他们没有带上古尔丹之颅同行，反而在北方察觉到了它的存在。

卡德加知道洛萨之子不能把全部精力都集中在耐奥祖身上，大法师需要用古尔丹之颅摧毁德拉诺一侧的传送门。经过一番争论，图拉扬决意把军队分成两路，一路前去寻找古尔丹之颅，另一路赶去追击耐奥祖，夺回他手中的神器。

卡德加、图拉扬和奥蕾莉亚·风行者率军向北，追查古尔丹之颅的下落；达纳斯·托尔贝恩和库德兰·蛮锤则挥军南行，追捕耐奥祖。

双方即将陷入新一轮的生死混战。

奥金顿之战

耐奥祖和兽人对地狱火堡垒仅一天就陷落的消息深感失望，但他们已经领先了联盟一步。部落熟悉这片土地，加上行军如飞，敌人想必不可能追得上来。

不幸的是，库德兰·蛮锤和他的狮鹫骑兵决定先行侦察，在影月谷西部的白骨荒野边缘地带发现了大酋长和他军队的身影。矮人骤然从空中发难，无情地狂轰猛打，除非耐奥祖和兽人能找到一条更为安全的路线，否则很快就会在前往黑暗神殿的途中丧命。

附近的备选路径只有一条，那就是德莱尼人的墓穴城市——奥金顿。那片神圣的陵墓如今已是废墟一片，但其中不少地下墓室和通道依然保存完好。在部落与德莱尼人的战斗中，血魔听说了许多有关于奥金顿的消息，他知道有些使用率极低的廊道通往影月谷，刚好能让耐奥祖率军避开洛萨之子的追击，接近目的地。

奥金顿寒气逼人，鬼影森森，可耐奥祖没有别的选择。

在耐奥祖带领部落进入通道时，狮鹫骑兵发起了勇猛的攻势——他们很快就会后悔这么做。库德兰从狮鹫背上被敌人打落，落在了部落手中，还没等其他矮人出手，他就被抓进了漆黑的奥金顿墓穴。基尔罗格·死眼对他严刑逼供，要他说出联盟真正的兵力数目，库德兰咬紧牙关，没有吐露只言片语。

达纳斯·托尔贝恩的地面部队就在不远处，当他们抵达奥金顿后，从狮鹫骑兵口中得知了库德兰被俘的消息，却苦于无力营救。奥金顿地形狭窄，不管他带领多少军队进去也发挥不了任何用处。兽人兵力虽少，却熟悉这里的转弯拐角，肯定会布下埋伏，让达纳斯有进无回。

就在这个时候，当地一位意想不到的住民向联盟伸出了援手。他是一名鸦人流亡者，名叫格瑞兹克，早已对部落恨之入骨。多年以前，卡加斯酋长攻陷了高阶鸦人的主城通天峰，把那里的民众屠杀得所剩无几，被捕获的鸦人也被扔进了被诅咒的塞泰克山谷。格瑞兹克就是这些不幸者之一，凄惨地沦为了流亡者，被山谷中的暗影能量扭曲得不成样子。在复仇之火的驱使下，格瑞兹克主动要求给联盟带路，帮助他们穿过奥金顿。

在这位鸦人的带领下，达纳斯和士兵们冲进了这座墓穴城市，小心翼翼地避过了部落的伏击，仔细搜索，最后成功救出了库德兰。

然而联盟怎么都没能找到耐奥祖，只发现了基尔罗格和血环氏族的余党。他们主动请命，在此拖住联盟，让部落的其他成员逃往黑暗神殿。促使基尔罗格做出这个决定并非只是高贵的牺牲精神。许多年前，他曾经在仪式上见到了自己的死亡，如今他意识到，奥金顿就将是他的葬身之地。

血环氏族从黑暗中杀向联盟，双方在奥金顿深处打得鲜血四溅。乱军之中，达纳斯与基尔罗格大打出手，陵墓的殿堂中回荡着激烈的喊杀声，直到达纳斯用利剑刺穿了那兽人的喉咙。酋长一死，血环氏族立即溃不成军，纷纷弃械投降。

基尔罗格的牺牲没有白费，他为耐奥祖争取到了宝贵的时间，使大酋长能率领军队安全地抵达黑暗神殿。

屠龙者格鲁尔

戈尔隆德地形险峻，不宜居住，恰好适合死亡之翼在此建造一处庇护所，远离那些不会飞行的生物。他率领黑龙在山岭上空盘旋，耐心地寻找着用于安放龙蛋的安全地点。

尽管戈尔隆德是一片荒蛮之地，却也有物种在此定居。这里是戈隆的家园，它们从德拉诺的缓慢消亡中幸存了下来。当地最为强大的戈隆名叫格鲁尔，带领一群食人魔和低级戈隆定居在崇山峻岭之间。格鲁尔的族人原本具有极强的领地意识，不喜欢彼此之间住得过近。但降临在德拉诺的灾难改变了他们的习性，为了存活，戈隆一族只得选择群居而生。

格鲁尔与他的追随者不愿把家园让给入侵者，凶狠地奋起反击，让黑龙大呼意外。

死亡之翼没有把戈隆放在眼里，只当它们是上蹿下跳的一群小虫子。在黑龙军团忙于迎战当地生物时，他只在一心一意地给这些未经孵化的孩子寻找藏身的处所。

这份傲慢导致他计划的毁灭。趁着死亡之翼分神的机会，洛萨之子已经抵达了戈尔隆德，继续寻找古尔丹之颅。戈尔隆德的景象让联盟的士兵深感忧虑。黑龙和戈隆之间爆发了激烈的战斗，致使死伤无数。格鲁尔和他的追随者们把敌人的尸体钉在了尖桩上，以此炫耀战果。

戈隆险些又要把怒火发泄在洛萨之子身上，但卡德加和图拉扬及时说明了来意，表明联盟也是黑龙军团的敌人，并与格鲁尔达成了一个简单的约定——要是格鲁尔能让联盟安全通过戈尔隆德，他们就会帮忙打败死亡之翼。

戈尔隆德的一处贫瘠山谷是死亡之翼最大的龙蛋存放地，戈隆和联盟准备在那里发动伏击。洛萨之子没有浪费一分一秒，干净利落地摧毁了许多无人看管的龙蛋，希望能借此把死亡之翼引来。

听闻这般挑衅之举后，死亡之翼立即率领巨龙从远处飞来，朝这些大胆的闯入者喷吐出炽热的烈焰。格鲁尔早有准备，赤手空拳地在戈尔隆德的山脊上跟死亡之翼打了起来。

在此同时，卡德加也用奥术力量攻击这条黑龙，撕裂了他背上的金属铠甲。死亡之翼的身体开始崩解，熔火能量从破碎的躯壳中向外迸发，向戈尔隆德大地上洒下火焰与岩浆。剧痛之下，死亡之翼松开了古尔丹之颅。如果他再多受几处伤，当天就会死在德拉诺。眼见大势已去，死亡之翼放弃了先前的计划，从大批被震惊得目瞪口呆的联盟士兵头上飞过，穿过黑暗之门径直飞回了艾泽拉斯。

死亡之翼永远也不会忘记这一天的遭遇，立誓要向那些攻击他的敌人复仇，尤其是卡德加。

戈隆与黑龙的战斗还在继续，卡德加与洛萨之子的成员拿起了古尔丹之颅，匆匆撤退，深恐格鲁尔会在得胜之后转头攻击联盟。

当戈尔隆德的硝烟散尽后，大多数黑龙都已死亡，格鲁尔仍是这片土地的至高霸主。经过与死亡之翼的这场大战，族人对他更加崇敬有加，他也因此赢得了屠龙者的称号。

格鲁尔大战死亡之翼

黑暗神殿

既已拿到古尔丹之颅，图拉扬便挥军南下。影月谷地处偏远，可有魔法相助，要想抵达那里也不是难事。卡德加和法师们打开了若干个相互贯连的传送门，帮助洛萨之子赶往德拉诺南部。

联盟的两股兵力在黑暗神殿门外顺利会师，却还是没能及时阻止耐奥祖。更糟糕的是，部落已经料到他们会追到这里，早就布下防御，阻挡洛萨之子的脚步。

更令卡德加忧虑的是，他感应到黑暗神殿顶上散发着强大的能量，耐奥祖正在带领追随者准备施法，打开新的传送门。联盟没有时间在殿外和敌人耗下去，更来不及绕道另寻突破口。

洛萨之子不顾一切地朝神殿发起冲锋。在激烈的战斗中，卡德加则率领法师前去阻止耐奥祖，希望能中断他的法术。

他们没能取得成功。

在神殿最高的塔顶，耐奥祖集结了一众死亡骑士和影月兽人协助施法，并抵御联盟的攻击。此时三大神器——达拉然之眼、麦迪文之书和萨格拉斯权杖的力量都已在他手中。耐奥祖从黑暗神殿底下的能量枢纽中汲取力量，但是他对这种仪式所需的技能一无所知。情急之下，他鲁莽地出手，致使能量完全失控。虽然他成功在现实界域中打开了裂口，可裂口的数量却远远超出了他的预想。

耐奥祖的魔法让德拉诺的能量线失去了稳定性，强大无边的力量开始在德拉诺各处撕开一道道时空裂隙。这个世界无时无刻不在发出更加痛苦的呻吟声，山河破碎，大地崩陷。

卡德加和其他法师及时赶到，却亲眼目睹了这一连串的连锁反应。他们设法夺回了达拉然之眼和麦迪文之书，却没能取回萨格拉斯权杖。耐奥祖和他身边几位最亲密的追随者带着那件神器，逃进了最近的传送门。

耐奥祖救了他自己，却毁掉了族人的世界。

德拉诺的毁灭

卡德加找回了两件失窃的神器，却无力阻止德拉诺的毁灭。大地上到处都是不稳定的裂隙，很快就会粉碎整个世界，几乎所有生灵都无法活命。更可怕的是，毁灭能量要冲破黑暗之门，连艾泽拉斯都将难以幸免。

在与图拉扬商议过后，卡德加知道他该如何应对这场危机。洛萨之子必须摧毁黑暗之门，只有这样才能保护他们的家园，而且还要在德拉诺星球上动手。在如此混乱的情势下，大军根本没有时间在艾泽拉斯集结。虽说这是一次等同于自杀的绝命行动，但谁都没有丝毫犹豫。

蔓延的能量阻碍了卡德加的施法，他无法打开通向地狱火半岛的传送门，只好和同伴们骑乘狮鹫前往黑暗之门。在卡德加、图拉扬、奥蕾莉亚、库德兰、达纳斯的带领下，联盟的远征

耐奥祖在德拉诺打开了无数道传送门

军即刻踏上了征程。

驻扎在地狱火半岛的大部分联盟士兵都已返回艾泽拉斯，可部落的余孽此刻也正在拼命想要穿过黑暗之门。

兽人显然不愿别人关闭自己唯一的逃生之路。

双方在狭窄的通道口爆发了生死决斗，所有人似乎都忘了逃离。随着战斗的白热化，卡德加和法师释放出古尔丹之颅中的力量，同时尽量避免受到其邪恶本源的影响。图拉扬率领大军将法师保护在中间，同时阻挡那些惊慌的兽人逃离他们的世界。

法师的法术炸毁了黑暗之门的石质框架，切断了连通艾泽拉斯和德拉诺的桥梁，但却顾不上品尝胜利的喜悦。

耐奥祖释放出的毁灭能量还在这个世界蔓延，破坏力变得越来越强。强烈的地震撼动着大地，卡德加和洛萨之子匆忙之下只好逃进了附近的时空裂隙。他们既不知道这条裂隙通往哪里，也不知道自己是否还能活命。片刻之后，德拉诺轰然炸裂，化作了无数碎片。

从此，德拉诺这个曾经得到过阿格拉玛的眷顾，由原兽和破坏者共同塑造，孕育过埃匹希斯文明与神秘兽人氏族的世界，再也不复存在。

部落的残军

赶在黑暗之门关闭前逃走的兽人给艾泽拉斯的部落成员带来了沉重的噩耗——他们的家园已经毁灭，耐奥祖为了保住自己和少数忠诚的追随者的性命，把所有人全都当成了牺牲品。经过这场灾难，德拉诺上想必再也不会剩下任何幸存者。

对于格罗玛什来说，这消息简直令他无力承受。他唯一的亲人——爱子加尔鲁什——还在德拉诺的玛格汉营地中。格罗玛什强忍悲痛，率领战歌氏族前往北方的悲伤沼泽寻找容身之所。他没有放弃，只是要重整旗鼓。格罗玛什相信兽人和人类永远都不会和平共处，必须让战士们做好御敌的准备。

“正统部落”的兽人认为，德拉诺的毁灭标志着他们才是黑手大酋长的合法继任者。在随后的若干年中，雷德和麦姆一直致力于壮大自己的兵力。

格瑞姆巴托的龙喉氏族也是一样。祖鲁希德和许多氏族成员都在第二次大战结束时返回了德拉诺。当家园被毁的消息传来，留在艾泽拉斯的龙喉兽人都认为首领已死。耐克鲁斯接管了统军之权，命令部众继续看管好被关在格瑞姆巴托的阿莱克丝塔萨和她手下的红色巨龙。

部落的其余成员更没有理由和联盟继续战斗下去。莫克纳萨混血兽人雷克萨认为他的族人都已经惨死在德拉诺，对这些年来发生的一切厌倦透顶，满腔忠诚已化为尘埃。雷克萨回到了艾泽拉斯的荒野之中，孤身一人四处游荡。

在奥特兰克山脉深处，德雷克塔尔与霜狼氏族建造了新的家园，远离其他兽人，希望能以此避开联盟的追杀。这样的生活艰苦而又孤寂，却也使他们从中获得了不少的益处。德雷克塔尔和元素重新建立起了联系，利用元素之力来保护族人的安全。

在与东部王国相距甚远的地方，古加尔和暮光之锤对德拉诺的命运一无所知。就算知道，他们也毫不在乎。上古之神正在发出低声呼唤，古加尔和他的追随者正在朝着遥远的卡利姆多进发，前去寻找他们黑暗的主人，迫不及待地想要实现暮光审判。

他们不知道自己被人盯上了。迦罗娜已经发现了古加尔，她跟着这位从前的暗影议会成员一同前往神秘的卡利姆多大陆。

英雄谷

从德拉诺逃到艾泽拉斯的兽人纷纷在诅咒之地投降联盟，随后被运往位于洛丹伦附近的战俘营。在如何处置这些俘虏的问题上，联盟的各个王国仍然争议不断。

然而联盟此时更为关注的不是这些兽人，而是黑暗之门。一些重要将领和英雄尚未平安归来，根据洛萨之子幸存者的对那场毁灭性的画面的描述，他们生还的希望极为渺茫。可所有人都希望有一天图拉扬、卡德加、奥蕾莉亚、库德兰、达纳斯能够率众归来。

日复一日，年复一年，这份希望渐渐寂灭。最终，联盟宣布那些失踪的士兵已经死亡。他们在暴风城大门处矗立起了一座座远征军领导者的雕像，让所有公民都能时刻铭记他们为拯救艾泽拉斯所做出的无私奉献。在雕像上还钉有各种祭奠铭牌，上面刻着他们的朋友、战友和爱人们的悼念之词。

几十年后，艾泽拉斯才能得知真相。

与此同时，东部王国的人民也都开始过上了新的生活。第一次与第二次大战影响甚广，大大改变了各地的平衡。提瑞斯法议会早已不复存在，为单一守护者赋予力量的理念也已被弃用。艾泽拉斯如今有了新的保护者，其中最为突出的便是联盟的存在。虽然部落已经落败，联盟的各个成员国都认为应该继续保持彼此之间的联结，分享资源，互补短长，共同守护这个世界。

白银之手的圣骑士也在虔诚地戍守着这片土地。图拉扬当时命令他们留在这里，独自一人去了德拉诺。圣骑士很快就以自己的方式训练出了一批新的神圣战士，这支正义之师的规模不断壮大。

在达拉然，肯瑞托的法师在研究那些兽人俘虏和他们的魔法。法师深知东部王国还有部落的余孽，务必要做到知己知彼，才能在今后的战争中立于不败之地。

正如原始德拉诺和宇宙间的万千世界一样，这场战事也永远地改变了艾泽拉斯和这个世界的住民。然而，之后他们还将面临更多的挑战。在今后的年月里，艾泽拉斯必须要依靠联盟和其他力量协同守护，才能得以幸存。

未完待续……

暴风城为德拉诺远征军中的失踪英雄矗立的纪念雕像

索引

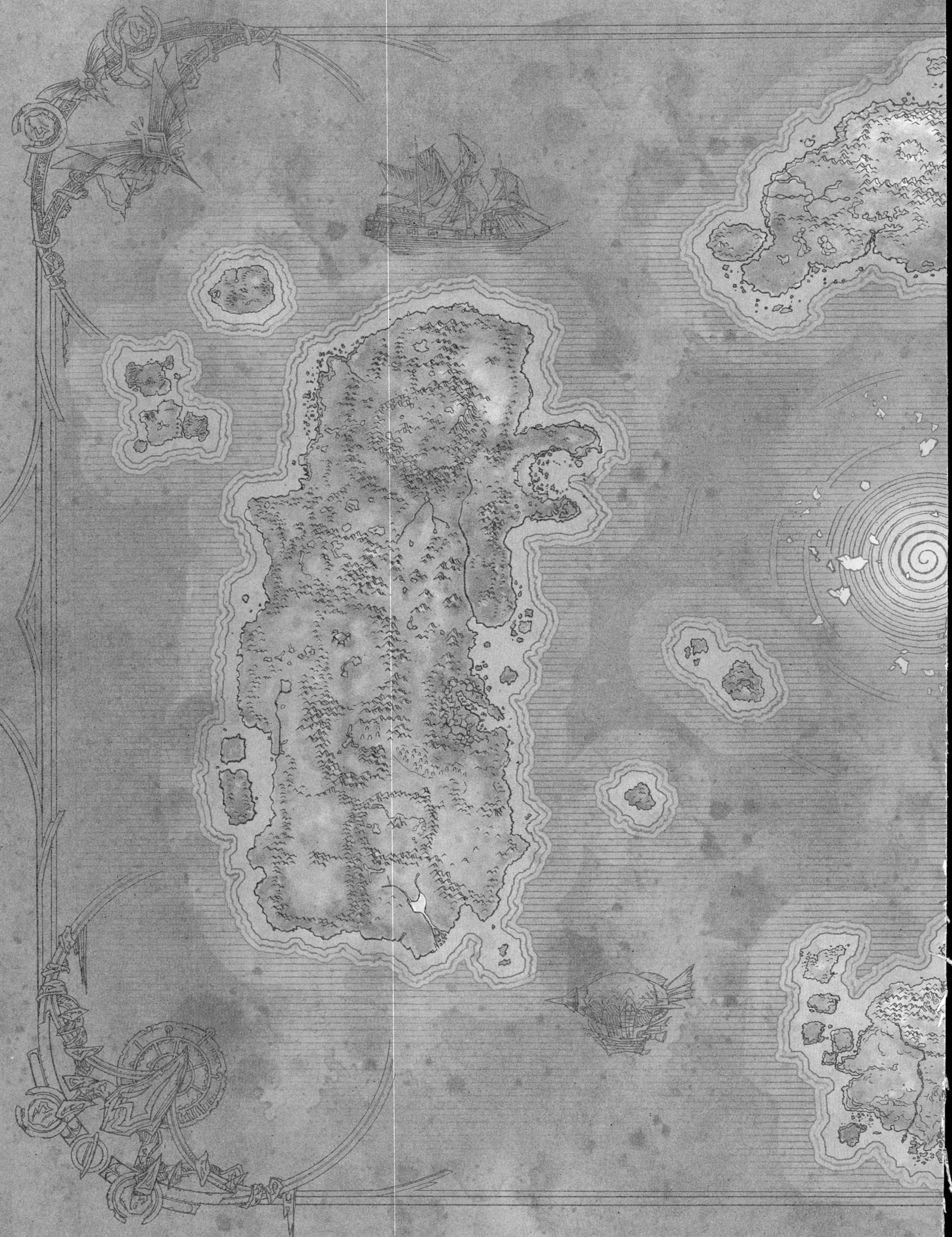